大河恋

A River Runs Through It and Other Stories
Norman Maclean

［美］诺曼·麦克林恩 著

陆谷孙 赵挺 译

上海译文出版社

献给珍和约翰,
我一直为他们讲故事

目　录

序　言 ……i
致　谢 ……i

大河恋 ……1

伐木兼拉皮条的"搭档吉姆" ……157

美国林业局 1919
护林员、厨子、天空的窟窿 ……189

译后记 ……330

序　言

罗伯特·雷德福[1]

1981年，在一次蒙大拿之行中，我和好友汤姆·麦夸尼聊到西部作家。我们就他们书中题材的真实性展开了争论，这些作家到底是亲身经历、真正了解书中那些事，还是单纯出于热爱而进行的想象。我们随便提到了几个作家，华莱士·斯蒂格纳，伊凡·杜瓦哥，A. B. 古斯里，瓦迪斯·费什。最后，麦夸尼建议我去读诺曼·麦克林恩的《大河恋》，说读完后这个问题就会彻底解决。"这是真正的西部小说。"

我一开始觉得麦夸尼的论断靠不住，但当我读到第一句——"在我们家，宗教和蝇饵投钓这两者之间，没有明确的分界。"我觉得自己可能被里面的某种东西吸引住了。

当我看到最后一句，我知道吸引我的是什么东西了。我读完这部中篇小说后，就打算将它搬上银幕。

我之前听过有关麦克林恩的一些传闻，说他是个不容易接近的人。他堪称一个现象，芝加哥大学退休英语教授，在七十高龄写了三个故事，费了一番周折后才得以出版。他出生在世纪之交的蒙大拿，早年生涯丰富多彩，充满各种元素：打架、钓鱼、林业、文学，以及身为长老会牧师的父亲的严格家教。麦克林恩并没有借助自我推销或文学评论，却跻身备受推崇的作家之列。无论对待文字还是荣誉，麦克林恩都抱着十分严肃的态度。别的作家都去追求作品的电影改编权，往往还追求不到，据说麦克林恩却因为一个演员没有钓鱼执照而拒绝他出演影片。

上个世纪八十年代中叶，我在犹他州的圣丹斯和麦克林恩晤面，商讨将他的作品拍成电影。他待人客气，讲究礼节，又不失戒心，而且天真得出奇。我决定破除围绕我俩各种传言的最好办法就是拿出一个具体方案，这样或许会增加彼此的信任。六个星期内，我三次前往芝加哥，就

---

1. 罗伯特·雷德福（1936— ），著名美国演员、导演、编剧、制片人。1992年，雷德福执导电影《大河恋》，凭借该片提名第50届美国电影电视金球奖电影类最佳导演奖。

是为了和他商讨这件事。他可以提出他的疑问，我也会问一些我的问题。我告诉他读完作品后的感受，他会对我的感受提出质疑，并一针见血地指出我看法中的错误，这也是他喜欢的行事风格。最重要的是，我们彼此都只说真话，坦诚以待。如果遇到不和谐的事情，我们就一带而过地略去。

我当时并不敢肯定《大河恋》一定能拍成电影。它的故事情节比较单薄，而且过于依赖麦克林恩本人作为叙述者。这本书还极其晦涩难读，在书中麦克林恩像个拳击手那样，在读者面前腾挪闪跃，冷不丁迅速照你两眼之间猛击一下，向你展示作品的语言之美，或者用深沉的情感直捣你的心窝。

不过六周之后当我们的会晤结束，我坚定了拍这部电影的想法，诺曼也基本保证同意拍摄。为此我还使出了最后一招：在剧本第一稿的写作时，我会请他过目。如果他不喜欢，可以否决这个项目。如果诺曼觉得剧本不错，那么后续就请他回避，剩下的拍摄工作将由我不受干扰地完成。

又过了三年，其间剧本几易其稿。我再次前往蒙大拿时，是为了电影《大河恋》的拍摄。而诺曼已于几个月前离世。若是他还活着，我不敢肯定他是否能承受从写作这种私密行为到拍电影这种公众活动的转变。他的这本著作是个巨大的挑战；我希望我们能在大多数问题上看法一致，并且最后在电影里体现这种一致性。

致　谢

虽然这只是一本小书，却也幸得多方帮衬才得以成书。《圣经》说，人生七旬乃一大限，而我直到这个年纪才开始写作，这时光靠我一个人的力量是不够的。而且从文学角度来讲，更麻烦的事是，书里所讲的都是西部故事。就像一位出版商在退稿时说的那样："这些故事里面都是树。"

是我的孩子珍和约翰督促我动笔的。他们希望我把小时候给他们讲的一些故事写下来。不过我现在并不想责怪孩子们多事。讲故事的人都知道，一旦决定把故事写下来，写作本身就会对故事产生巨大改变。所以，这本书里的故事和我当年给孩子们讲的故事并不十分相似。其中一个原因是，写作会对事物进行放大和拉长；给孩子们讲故事的一个主要目的是哄他们睡觉，而这本书里的故事肯定比达到这个目的所需要的长度长得多。不过故事长也有好处，可以让孩子们知道他们的父母是什么样的人，或自认为是什么样的人，或希望成为什么样的人。

当我退休后受到鼓励，开始动笔写作时，另一个问题出来了。这个问题源自一个事实，即人们写作时都不希望让别人知道。他偷偷摸摸地写，连孩子们也不知道父亲已经采纳他们的意见。但这种偷偷摸摸的写作，会令他对自己的行为产生怀疑，进而很快产生一种想获得公众认可的需求。说到这里，我又欠下了第二轮人情债。

当我刚写完第一个故事，正不知道写得怎么样、该不该继续写下去时，我隶属的一个学术俱乐部的秘书给我打电话，说俱乐部下个月的例会轮到我提交论文。这个学术俱乐部自称"Stochastics"（该词在古希腊语中意为"思考者"），最初是由一群生物学家创立的。后来为了顺应近年来的文化变迁，也吸纳了一批人文和社会科学领域的学者。总的来说，该俱乐部是个成功的尝试。来自不同社会阶层的人士，无论在餐前、餐中还是餐后的学术演讲，大家表现出的酒量都旗鼓相当。

我突然从这次邀请中看到一个契机，可以借此摆脱身患的幽闭恐惧症,对自己文学创作产生的幽闭恐惧症。我对秘书说:"我刚完成一篇论文,而且乐意宣读。"我写的第一个故事,是基于我在伐木营地几个夏天的干活经历。秘书回复说:"那太好了。你这篇文章有标题吗?我需要把演讲者和标题印在明信片上,作为通知寄给与会者。"

如果要问我在创作时有没有遇到灵感的时刻,那么我下面的回答至少可以算一个。我当时灵机一动,对秘书说:"那就在明信片上标题那一行写'伐木兼拉皮条',演讲者那一行写'诺曼·麦克林恩,著名权威人士'。"

结果我听到电话那头一言不发,只有呼吸声。为了让对方缓过神来,我又加了一句:"这是一篇学术文章,用学者们挂在嘴边的那句话说,是一篇对增长知识有所裨益的文章。"

演说结束后,秘书告诉我,听我演讲的人数创下该协会有史以来最高纪录。不过我还是有点疑惑,不知道出席这次学术讲座的听众,是冲故事来的,还是冲标题来的。

第二年秋天,我再次应邀参加同样的聚会,发表演说。他们把这次聚会戏称为"异性恋会议",因为与会者的太太们也获邀参加。当时我已经基本完成了《美国林业局1919》这个故事。在聚会上,为了应景,我宣读了故事中有女性角色的那部分，虽说这个女性角色是个妓女。结果这个女性角色和我本人受到与会者和他们太太们的热烈欢迎。这令我一直到书稿写完，在道义上都不再需要额外的支持了。

退休后，我很晚才明白，在写作这个创作过程中，让书获得出版（算上整个出版过程）本身就是创作的主要一环。除非人到晚年还有朋友点拨，否则迟迟不会明白这个道理。为了长话短说，我还是回到"Stochastics"俱乐部。在出书这件事情上，俱乐部那些年纪轻轻就已有足够写书经验的人士，觉得我这么大岁数，不应该孤立无援地误打误撞下去。所以我要尤其感谢戴维·比温顿、韦恩·布斯、约翰·卡维尔蒂、贾尔·迪拉德博士、格温·诺伯、肯尼斯·诺思科特和爱德华·罗森海姆。我相信，如果没有他们的帮助，我现在手头上不过是一些冗长的、无法讲给孩子们听的儿童故事手稿。

芝加哥大学出版社有个优良传统，不允许图书作者点名感谢出版社员工，并向来以此为荣。我尊重这个传统，不过作为该社有史以来出版的第一部原创小说，本书的出版仰仗出版社的某些人士对故事的强烈兴趣。他们大力促成了本书的出版。如果我对这一殊荣毫无感激之意，未免显得麻木不仁。也许我能找到其他途径，譬如用某个古老的西部说法，让他们知道，我对此永远感激在心。

在芝加哥大学出版社及其管理层同意出版该社第一部虚构类图书后，我很快又欠下一轮人情债。这本书当然主要是虚构的，不过大多数儿童故事都具有说教这个次生功能。这本书里的故事也不例外。孩子远比成年人更爱听他们出生前发生的事，尤其当这些故事发生在现在显得比较奇异的地方，或者那些地方压根已经消失，但他们的父母过去曾经生活过。所以很久以前我就养成一个习惯，在写作时会不失时机地插入一些场景描写，描写在西部地区人们和马匹是如何干活的。在那里，所谓主干道也不过是一些狩猎步道而已。况且我向来重视带孩子身临其境去真正的森林看看，不是小红帽故事里的那种森林。对我来说，一直以来感到捉摸不透的是如何将这种奇异的现实描述出来。后来有一次在创作中，我的思想经历了一次决定性的转型。我记得苏格拉底说过，假如要画一张桌子的图画，你最好让木匠高手来评判你画的好坏。以下就是在描述这片我所热爱的土地，蝇饵投钓、伐木营地、林业局等这些我年轻时从事过的活动和职业时，我请教过的相关专家。

关于《大河恋》，我要感谢珍和约翰·巴克斯夫妇细致而专业的审读。他俩是大西本绵羊牧场的牧场主。他们经营的这个牧场很大，从赫勒纳峡谷一直延伸到狼溪，最后抵达大泥腿河。这一大片三角形区域覆盖了我人生的很大一部分，也是我笔下好几个故事的背景地。至于苦根山脉和我早年工作过的林业局，我要感谢W.R.摩尔提供的专业意见。他是美国林业局火灾管理和空中行动部的主管。作为一个林业人员，他在我们那片山区堪称传奇人物，甚至被授予若干名誉博士学位，虽然他本人只上过小学。他十三四岁时，冬天就在苦根分水岭铺设陷阱线。那时我刚开始替林业局干活。如今他已从林业局退休，但每年冬天，他还会每周花上两天时间，对从岩溪穿越蓝宝石山脉最后到达苦根山谷的这段陷阱线进行写作、教学和研究。我不建议任何年轻人效仿他，穿着雪地靴横穿这片凶险的山区。

我还要感谢林业局另外三位女专家在我写作时提供的帮助——比弗利·艾耶斯，图片档案员，萨拉·希思和乔伊丝·海莉，制图工程师。她们都是第一流的工作人员，每次都能知道我需要什么，哪怕有时连我自己都还没想到。

我把关于我兄弟和蝇饵投钓的故事送给乔治·克隆能博和戴维·罗伯茨审阅。前者在四十多年前曾帮我们兄弟俩系蝇饵投钓，后者长期从事钓鱼和狩猎，并且每周花三四次时间来写这些经历。他俩是我认识的最好的蝇饵投钓手。

说起他们俩，我又要进行新一轮的感谢了。他们俩和我爱上蝇饵投钓，都要归功于我父亲。我父亲是乔治·克隆能博蝇饵投钓的启蒙老师，而戴维·罗伯茨至今偶尔还在专栏文章里写到我父亲。至于我自己，我写的这些故事都可以看作是对他老人家的感恩致敬。

你们也许会问，我为什么要请夏安印第安人领域的专家彼得·鲍威尔神父来审读我的书稿，毕竟在我的书中只有一个夏安印第安人，而且她还是个混血儿。其实我是需要这位从事圣业的善良而伟大的老人来给予我肯定，让我相信自己回忆中的某些片段还是受到了精神生活的感染。

最后，我要说的是，我出版的所有书籍，都从玛丽·波罗夫的批评（她称之为"建议"）中获益良多。玛丽是耶鲁大学英语系第一位女性正教授。如果你认为让一位女士花时间去读半个世纪前关于伐木营地和林业局的故事，纯属浪费时间，那我只好来引用她曾对我说过的话。

不过在引用之前,我要补充一句,她本人也写诗。对于我写的第一个故事(关于伐木那个),她说我光顾着讲故事了,结果没时间做个诗人,用诗歌来稍稍表达对那片历经沧桑、我所挚爱土地的感情。你们只要把我前后写的两个长篇故事和第一个故事做个比较,就不难发现我认真采纳了这位耶鲁女士的忠告。

简而言之,这是一本写给孩子、专家、学者、学者夫人们,以及诗人学者的西部故事集。我希望本书读者中还是有一些人不介意书中有那么多的树。

大 河 恋

在我们家，宗教和蝇饵投钓这两者之间，没有明确的分界。我们住在蒙大拿州西部几条盛产鲑鱼的河流的交汇处，父亲是长老会牧师，又善垂钓，会自制蝇饵，并以渔技传授他人。他告诉我们关于基督门徒都擅垂钓的故事，还让我们，譬如说我弟弟保罗和我，自己去推想，加利利海最出色的渔夫，都是使用蝇饵的，而最得欢心的使徒约翰，是使用浮饵[1]的。

不错，每周一天全花在宗教方面。星期天早上，弟弟保罗和我要上主日学校，过后参加"早祷仪式"，听父亲传道；夜晚去做"教会勤工"，完事之后去"晚祷仪式"，再听父亲讲道。两次之间，星期日的下午，我们得花一个钟点学习《威斯敏斯德小要理问答》，琅琅背诵之后，才能跟着他去爬山，让他在两次布道仪式的间隙，稍事放松。可是他只考问我们对答辞中的第一问："人生的首要目的是什么？"我们齐声回答，这样要是有一个忘了，另外一个仍可应付："人生的首要目的就是荣耀上帝，并以他为乐，直到永远。"他听了好像总是显出满意的样子，对如此美妙的答辞焉能有别的反应？再说，他急着去脚踏青山，在那儿重新充注灵魂，以便晚上讲道时思若泉涌。他重注灵魂的主要方法，就是对着我们大声诵出晚上就要宣讲的内容，晨课中的精华语句不时充实其中，增色几分。

尽管如此，从保罗和我度过的童年中取一最具代表性的星期为例，在蝇饵投钓方面所接受的教育，以钟点而论，可能并不少于其他精神熏陶。

兄弟两人精于钓技之后，这才认识到父亲投竿抛饵其实并不高明，只不过瞄准技术尚可，动作也潇洒，投饵的那只手上还戴只手套。当他按下摁扣，戴好手套，准备给我们上一课时，他常说："这是种艺术，讲究的是节奏，从钟面十点到两点的位置，你得从一默数到四。"

作为苏格兰人和长老会牧师，父亲相信，人就其本质而言是杂乱无章的，已从原先的受天恩眷顾状态堕落。不知道为什么，我从小就觉得父亲是从一棵树上堕落下来的。就父亲本人而言，我从来拿不准他是否认为上帝是位数学家，可他一定相信上帝是会数数的，而惟有按上帝的

---

1. 手工结扎的假蝇饵中一种浮于水面的蝇饵。

节奏行事，我们始能重获力量与美。跟很多长老会的人不同，父亲常用"美"这个词儿。

戴好手套，他会平直地持竿于身前，任那钓竿随着他的心跳而微微颤动。钓竿长八点五英尺，重量只有四点五盎司。用剖开的竹竿做成，而竹子取材于遥远的北部湾。钓竿外面缠绕着红蓝双色的丝线。丝线之间的分隔是很花了些心思的，使得难以吃力的竿子非常强固，可又并非僵直得不能抖动。

这物件只能叫做钓竿。要是有人把它叫做长杆子，父亲就会像海军陆战队的班长看新兵一样，投去不满的一瞥，因为新兵把来复枪叫做了枪。

弟弟和我宁可跑到河边抓几条鱼，从实践来学垂钓，宁可完全免去高难度或技术性强的准备工作，须知那只会减少捕鱼之乐。然而，跟着父亲学艺，可不是让你享受乐趣。要是一切都按父亲的心意办，不谙捕鱼的任何人都不得信手抓来一条就是，那可是对鱼的大不敬。也就是说，你也得以水生生物学和长老会的方式去逐步接近这门艺术。你要是从未碰过蝇饵钓竿，那么很快你就会发现，不论从事实上还是从神学角度说，人就其本质而言，确确实实就是该死的杂乱无章。那重四点五盎司、用丝线缠绕并会随着体内肌肉运动而抖动的东西，也就因此成了没有头脑的一根竿子，连最最简单的要求都不肯替你办到。钓竿要做的只不过是把钓线、钩头和蝇饵拽出水面，撩过头顶，接着，再往前一挥，让三者次第入水而点滴不溅：蝇饵、透明的钩头，然后是钓线——不然的话，鱼儿会看出是假饵而弃之遁去。自然，还有手法特别的抛掷，谁都知道那是很不容易的，需要高超的技艺。用这种抛掷法时，钓线往往因为投钓者身后就是峭壁或大树而无法越顶而过，而为了使钓饵从垂柳之下穿越，就得侧抛。如此等等。那么，拾起连着钓线的钓竿，直直地越过河面抛出去，又有什么特别的难处呢？

这么说吧，直到人类得救，钓翁总是只会把蝇饵钓竿远举头顶后方蓄势，就像一个不脱本性的人运斧或挥杆打高尔夫时，总会用力过度，以致气力会在空中耗尽。惟一不同在于抛掷钓竿时情形更糟，钓饵会纠缠在身后远处的矮树丛或岩石当中。父亲说到投钓是一门到得钟面两点的位置才结束的艺术时，常常补充一句："更接近十二点而不是两点。"也就是说，钓竿只能举在头部稍稍靠后一点的位置（直对头顶就是钟面上的十二点）。

人一味追求力量，而不设法找回天赐优雅，这也符合人的本性。因此,他来回嗖嗖挥舞钓线,有时甚至让鱼饵从钩头脱落,而那原本只求将小小鱼饵送过水面的力量,也因此异化作将钓线、钩头和蝇饵纠结成鸟窝般杂乱一堆的蛮力,使三者越过空中,在垂钓人身前约十英尺处入水。不过,如果你把钓线、透明的钩头和蝇饵离水回归的轨迹设想在先,抛掷就变得容易一些。离水的时候,自然是最重的钓线打头,轻的透明钩头和蝇饵随后。只是三者经过头顶的时候,必有一拍子的小顿,后面二者才能赶上向前移动的最重的钓线,可立刻又得再次后随。若非如此,回收的钓线必与犹在腾空而起的钩头和蝇饵发生纠绕,这杂乱的一堆,也就是前面说的鸟窝,只能扑通一声掉进身前十英尺处的水里。

然而,就在放线时将三者前后次序重新排顺之际,马上就又得倒转,因为蝇饵和透明钩头必须先于最重的钓线着水。如果鱼儿看见的是那触目的钓线,那么钓鱼人将会看见的就是黑乎乎的东西飞快游走。于是乎,他最好还是换个地方去蹲守,再次核准头顶高处的位置(钟面十点左右处)去重新抛线。

从一到四计数以确定节奏,当然有其实用性。数一的时候,将钓线、钩头和蝇饵提拉出水;数二的时候,把三者看似笔直地抛向空中；数到三，按父亲的话说，就是达到最高位时，钩头和蝇饵必须有一小拍的略顿，以便跟上前行的钓线；数到四的时候，就得用力，将钓线收进钓竿，直到十点钟的位置。接着，就是对准了抛掷，让蝇饵和钩头先于钓线，以最理想的柔和方式着水。不是做什么事情都得瞎用力气，有时更讲究在哪个环节用力。"记住，"父亲老是这么说，"这是种艺术，讲究的是节奏，从钟面十点到两点的位置，你得从一默数到四。"

父亲对于有关宇宙的某些事情，都有确定的看法。对他来说，所有的好事——鲑鱼也好，永久得救也罢——都来自天赐优雅，而优雅来自艺术。艺术可不是随随便便就能习得的。

就这样，弟弟和我学会了用上节拍器，以长老会方式投竿钓鱼。那节拍器是母亲的，由父亲从城里的钢琴上面取来。母亲偶尔会从小屋门庭处，看一眼下方的埠头，心头忐忑，不知道节拍器如果掉进水里，能不能浮起。过分紧张时，她干脆踏着重步走下埠头，把东西要回去。父亲于是就双手合十，敲打出从一到四的节奏。

最后，他推荐我们阅读有关垂钓的文献。每当摁上手套摁扣，准备投竿时，他总要说上几句入时妙语。"艾萨克·沃尔顿，"弟弟十三或十四岁那年，他曾这样告诉我们，"可不是什么值得敬仰的作家。他是圣公会教士，钓鱼时用活饵。"保罗虽然幼我三岁，但事涉投钓，他样样都走在我前头。是他先弄到一册《垂钓大全》来说给我听的。"这家伙居然不知道怎么拼写'complete'[1]。而且，他还给挤奶女献歌呢。"我把书借来读了，对他说起读后感："有几支歌很不错哩。"他说："这儿谁见过大泥腿河边有什么挤奶女？"

"我倒想，"他接着说，"请他到大泥腿来钓上一天鱼——此外还要赌一把。"

这孩子说时恨恨，我敢肯定，他准能赚到圣公会教士的钱。

在你十几岁那些年——整个一生也说不定——比弟弟年长三岁，就会让你感到，他只是个孩子。不过，我已经预感到，弟弟定能成为投钓高手。除了训练有素，他还有其他资质：天赋、运气，以及满满的自信心。即便是小小年纪，他就喜欢跟包括我这个哥哥在内的任何一个一起钓鱼的伙伴一赌高下。看着这么个孩子把自己作赌注，而且

---

1. 艾萨克·沃尔顿在《垂钓大全》里用的是 17 世纪拼法"compleat"。

几乎准保能赢,有时候我觉得好玩,有时候又不那么好玩。我虽然年长三岁,可觉得自己还不是大人,不该赌博。在我看来,下注这类事是后脑勺上覆一顶草帽的男子汉们干的。所以说,开头两次当他问我要不要"外加小赌一场增添点兴味"时,我有些不知所措;待到第三次他又提出同样要求时,我准是发怒了,就此他再也不跟我说起钱的事,即使真正缺钱的时候,也不会向我伸手借贷。

我俩打交道时务必非常小心。我常把他看作孩子,可绝不能把他当孩子对待。他从来不是"我的小弟弟",而是一门艺术的大师。他不需要什么兄长进言,不需要金钱或帮助。弄到最后,我真帮不了他了。

幼时兄弟的默契之一,在于了解两人多么不同。保罗给我留下的长存记忆之一,便是他如何痴迷于下注。他会跑到县里的集市去,像成年男子一样赌跑马,只不过他投注的数目太小,兼之年幼,彩票站不肯接受。遭到拒绝之后,他会说,就像他说到艾萨克·沃尔顿或其他被他视作对手的人时那样:"我要那杂种到泥腿河来比上一天,外加再赌一把。"

过了二十岁,他已经开始大玩俗称"梭哈"的种马纸牌赌了。

外部情势也促使兄弟二人之间的差别越来越大。第一次世界大战的征兵，顿时使林区里男子奇缺。这样，在十五岁上，我就开始为美国林业局工作。之后的好几个夏天，我不是替林业局干事，就是在伐木营工作。我喜欢森林，也爱干活，只是好几个夏天因此没怎么钓鱼。保罗还太小，没力气去整天抡斧拉锯，而且他从小已经打定主意，此生惟有两大目的，一是钓鱼，二是不必干活，至少不让干活影响钓鱼。十几岁那年，他揽到一份夏季工作，在市泳池当名救生员。这样，傍晚时分，他可钓鱼。白昼的时间，他可以饱览泳衣女秀色，到了深夜，便跟她们幽会。

到了择业的年龄，他去当了一名记者。为蒙大拿一份报纸工作。所以说，起初，他已经颇接近实现自己的生活目标了，而在他心目中，这些目标并不与《威斯敏斯德小要理问答》中对第一问的答案相悖。

毫无疑问，要是我们家人的关系不那么亲密，也难以看出兄弟之间有云泥之别。我们主日学校的一面墙上，涂着"主即爱"三个字。我们一直以为，这是直接针对我们一家四口说的，与外面世界没有关系。弟弟和我不久发现，外部世界多的是坏种，离开蒙大拿州的密苏拉越远，这样的人越是飞速倍增。

我们同样认定，兄弟俩都是硬汉子。这点认识随着年龄增长而加深，至少伴随我们到二十好几，也许直到多年以后。但是硬汉子的表现也有显著的不同。我是美国林业局和伐木营之类的硬汉集体培养的产物；保罗自认为硬汉子，是因为他觉得自己比任何一个硬汉集体都更强悍。日复一日，母亲和我在早晨都看得目瞪口呆，只见苏格兰牧师逼着小儿子吃麦片。父亲同样目瞪口呆——起初是因为长着同自己一样肠胃的儿子居然拒食上帝恩赐的麦片，随着岁月流逝，又发现这么个小不点儿，竟比老子更加强硬。牧师暴跳如雷，孩子低头对着食物，合拢双手，活像父亲在做餐前感恩祷告。只有一个征兆说明他内心的狂怒：他的嘴唇给咬肿了。父亲越是发作，麦片粥冷得越快，最后老人家精疲力竭。

于是，兄弟俩不但知道对方是条硬汉子，而且还明白，各人也都有硬汉子的自我意识。保罗知道，我这时已做到森林防火队的工头，要是他在我手下干活，也像他当记者时那样在工作时间喝酒，我肯定会打发他去工役营，罚他补足懈怠的时间，一步步从最苦的活干起。而我也知道，要他去森林灭火，就跟要他喝麦片粥一样没门。

对于街上殴斗——倘若群殴看上去免不了时，兄弟俩倒共持一个重要理论，那就是，先发制人。两人都知道，多数坏蛋并不像他们的臭嘴巴那么凶，甚至包括那些不但说话，连模样也够凶悍的杂种。这些家伙要是突然发现有几颗牙齿松动，也只会抹抹嘴，看看手上沾的血，反倒主动买酒请客。"话说回来，即使他们还想打个明白，"我弟弟说，"不等开打，你已经领先狠狠的一拳了。"

理论虽好，却有一个问题，那就是只在统计学意义上成立。你不时会碰到个跟你一样想动手而且比你擅长打架的主儿。你打得他牙齿松动，他可能会要了你的命。

现在想来，命中注定，弟弟和我非得大打一架，不会从此罢休。由于兄弟俩所秉持的打架理念，那一回可真是像南北战争废奴歌里唱的那样，凶猛而迅疾。大打出手过程中的有些场面，我并未目击。母亲走到我们中间，试图叫我们住手，我就不曾看见。她个子矮小，架一副眼镜，而即使戴上眼镜，视力仍然不好。在这之前，她从未看过人打架，也不知道卷入其中可能受到多么严重的伤害。显然，她就那么一步走到两个儿子中间。我第一眼看到的是母亲灰白的发髻，上面插了一把大梳子。更引我注意的是，母亲的头部紧靠着保罗，这使我无法挥拳过去。再往后，母亲就从我视线中消失了。

打斗似乎自动戛然而止。母亲倒在我们兄弟之间。接着，两人都哭了，盛怒之下又扭打起来，一边狂喊："你个龟孙子，竟把母亲打倒在地。"

母亲从地板上爬起来，因为丢失了眼镜，盲人般地在我们两人之间跌跌撞撞转着圈子劝架，可又认不出是在对谁说话："不，不是你。我脚下打滑摔了一跤。"

这就是我们之间惟一的一次打架。

也许我们始终没法确定，两人之中，谁更强悍，而孩提时代的问题在某一时间之前得不到解答的话，此后就再也不会重新提起。于是，兄弟又恢复到原来谦和礼让的模样，正如主日学校的墙语所示。当我们一起走过树林和溪流时，我们感到大自然对我们同样谦和礼让。

是的，我们不再时不时结伙去钓鱼。我们如今已经三十出头，所谓"如今"，从这儿开始往后，指的都是1937年的夏季。父亲退休了，和母亲一起住在密苏拉老家。保罗在州首府赫勒纳当记者。我嘛，按弟弟对我生活中发生的事情的描述，"出道了，成家了"。我暂时跟妻子一家住在名叫狼溪的小城，距赫勒纳只有四十英里，所以兄弟俩仍可不时见上一面。见面当然意味着有时会一起去钓鱼。甚至可以说,如今我来赫勒纳见他,都跟钓鱼有关。

还有一个因素是岳母也确实叫我这么做。我其实并不情愿,但也知道弟弟到最后肯定会说你来吧。他从来没对我直接说过不字,而且他也喜欢我岳母和我妻子,在墙上做记号备忘的人之中就有她俩,虽说他从来弄不明白"我是怎么昏了头",居然会想到结婚的。

我在蒙大拿俱乐部前不期然遇见弟弟。那俱乐部是富有的金矿矿主们修建的,据说就建在那名叫"最后一丝希望的矿渠"的黄金发现地点上。虽然才到上午十点,直觉告诉我,他要买酒喝了。在启口问他之前,我有消息要先告诉他。

待我说过消息,弟弟说:"让我欢迎小花柳啊?"

我对弟弟说:"宽容一点嘛,他可是我小舅子。"

弟弟说:"我可不跟他去钓鱼。他从西海岸来,又是个用蚯蚓活饵的。"

我说:"住嘴。你知道他在蒙大拿出生长大,只是去西海岸工作罢了。这次他回家来度假,写信对他妈说,要同我们一起钓鱼,特别是你。"

弟弟说:"西海岸的人几乎个个都出生在落基山区,

因为不会用蝇饵钓鱼,这才搬到西海岸去当了律师、持照会计师、飞机公司老板、赌棍,要不就是摩门教传教士。"

我不敢肯定他是否准备去买酒喝,可他肯定已经喝过一杯了。

我俩站在那儿对望着,觉得很不对劲,但又留意不让各自过分驳对方的面子。不过,实际上对于我那位小舅子,兄弟两人的看法并非大相径庭。在某些方面,我比保罗更不喜欢小舅子。为了一个你不喜欢的人,非看老婆脸色不可,这可不是什么乐事。

"再说,"我弟弟说,"他是用活饵钓鱼的。这些从蒙大拿去了西海岸的子弟,夜里泡酒吧,满嘴编造自己在偏远边境的童年故事,装得像猎人、设陷阱的捕手和蝇饵投钓大王似的。可是一回家,来不及在门口吻妈妈,就直奔后院,捧个希尔兄弟公司的红色咖啡空罐子,忙着挖蚯蚓。"

赫勒纳那张报纸的大部分内容都出自我弟弟和他的编辑之手。编辑是小城报人的仅存硕果,接受过人身攻击的经典训练。他一大早开始喝酒,这样一天之中就再不会觉得自己对不起谁了。编辑和我弟弟惺惺相惜。全城都怕这两人,尤其是因为两人文字功夫了得。在这么个充满敌意的环境里，两人都需要家人的关爱，且也确实得到了。

直到此刻，我可以说我一直在设法阻止弟弟去沽酒。果不其然，他终于熬不住了："找家酒吧，举杯去吧。"

我犯了个错，说话的意思像是怕直截了当去指摘他的操行："抱歉，保罗，不过这会儿开始喝酒，对我来说太早啦。"

意识到自己得赶快再说些别的什么，这可算不上改进自己的操行，至少在我自己看来是如此："是弗罗伦丝叫我求你的。"

我厌恶自己把责任推给岳母。保罗和我喜欢她的原因之一是她看上去像我们的父亲。两人都是苏格兰人，经加拿大来到美国；两人都是蓝眼睛，头发都呈浅灰色，而年轻一些的时候可是火红的；两人说"about"这个词的时候，都操加拿大口音，换了个诗人来押韵，那就跟"snoot"同韵。

不过，也不必过分自责，因为确实是岳母将我推出来求他的。几分真实里被她掺杂了恭维，就让我不知所措了。"虽说我不懂捕鱼，"她这么说，"我知道保罗是天底下最好的钓手。"这话含义复杂。她知道该如何把鱼过过清，去做男人忘了做的活儿；她知道怎样烧鱼；最重要的是，她会始终探头察看鱼篓，一边发出"哇，哇"的叫好声。所以说，她那一代女人所能了解的捕鱼情景，她全知道。同时，对于捕鱼作业的细节一无所知也是事实。

"真希望尼尔同你们兄弟做伴。"她最后说，无疑期望我们帮他改进品行甚于投竿抛线。城里人都知道，保罗和我是"牧师的孩子"。多数做妈妈的并不愿把我们俩指给她们的孩子看，可这位苏格兰女人把我们认作"牧羊善人的儿子"，又是蝇饵投钓能手，会在冰凉的齐腰水里站上一整天，让操行欠缺经受各种难题的考验，是真正的却又并非不可克服的难题。

"可怜的孩子。"她说，把尽量多的苏格兰卷舌音 /r/ 加在"poor"一词后面。苏格兰籍的母亲，比之其他妈妈，更得使自己习惯于外流与罪恶。对她们来说，儿子全是浪子，回头就是金不换。苏格兰男人对于欢迎男性亲人的回归，要含蓄得多，而且多半是在女人强大的影响之下。

"当然，我愿意，"保罗说，"假如弗罗伦丝要求我。"我知道，保罗答应之后，不会再难为我了。

"喝一杯去。"我说。时间是早上十点一刻。我付了酒钱。

快到十点一刻的时候,我告诉他尼尔后天到狼溪城,翌日去鹿角河钓鱼。"还准备家庭野餐呢。"我对他说。

"不错。"他说。鹿角河是条流向密苏里州的小溪。保罗和我都喜欢钓大鱼,瞧不起那种听老婆唠叨什么"我们喜欢小鱼,吃着香呐"的男人。不过,鹿角河也有不少特色,诸如从密苏里远道游来的大褐鲑。

虽然鹿角河是我们中意的小溪,保罗在付了第二杯酒钱之后还是说:"我明天晚上之前不用上班,那么明天歇一天,在野餐日之前,到大河去钓一次如何,就你我两人?"

保罗和我去钓过鱼的大河还真不少,但是兄弟中只要有一人说到"大河"这个词,另一个顿时领会,指的只是大泥腿。这并不是我们钓过鱼的最大的河,可水势汹涌,而就每磅体重而论,这儿的鱼劲儿也大。河水湍急直泻——在地图上或是从飞机上俯瞰,大泥腿差不多就是一条直线,从位于大陆分水岭上的劳济思山口发源,一路向西流往蒙大拿州的邦纳,在那里分别融入哥伦比亚河的南面分支和克拉克分支,一路喷薄急进。

在大陆分水岭的发源处附近,有个水雷式装置带有温度计,指示水温在零下六十九点七华氏度。这是全美国

（阿拉斯加除外）官方记录中的最低温度。从源头到河口，大泥腿全由冰川造成。由北南下的冰川划破大地，形成河谷，上游开始六十五英里的河水，就在这儿撞上南岸的峭壁；下游二十五英里的河道更是形成于一夜之间。当时，覆盖蒙大拿州西北部和爱达荷州北部的冰川大湖，突然冲决坚冰大坝，蒙大拿和爱达荷山脉的残存部分倾泻于华盛顿州东部数百英里的平原之上。这是世界上地质证据犹存的最大一次洪水，也是波及面最为广袤的地质剧变，对此，人类惟有依靠想象，而不能实证，直到地球卫星能够摄得照片之日。

地图上的直线同样意味着河流起源于冰川。不见曲曲弯弯的河谷，为数不多的农庄大都位于未被冰川撕裂的南部支流，而不是面向河口附近的广阔的洪泛平原。巨大的冰坝融化以及大湖消失时，一夜之间形成的河谷，渐渐变狭，到最后，河道、一条年代久远的伐木铁路和一条通行汽车的公路三者要容纳于此，惟有让其中两者绕行山腰。

鲑鱼要生存在这样一个地方可不容易——河水咆哮不说，湍急的水流使藻类无法附着于岩石成为食料。所以这儿的鱼都少脂肪，肯定可以保持鲑鱼蹦高的纪录。

再说，这是我们最熟悉的河流，世纪之初，兄弟俩就在大泥腿钓鱼了——父亲更早。我们把它视作家族之河，是我们生活中的一部分。现今，我只有老大不情愿地把大河让给城里人跑来兴办的伪农场、不分青红皂白闯进大瀑布城的居民和来自加州的摩尔人后代入侵者。

第二天一早，保罗来狼溪把我接上，驶过劳济思山口，就是那个温度计指示再降十分之三格便到零下七十华氏度的地方。跟往常一样，清早时分尤甚，我们保持着虔敬的缄默，坐在车里，直到越过分水岭，自以为进了另一个天地，方才开口说话。保罗几乎总有趣事可说，自己在其中扮演主角，虽非英雄。

他用一种看上去轻松又略带诗意的心绪讲述"大陆分水岭"故事。这种心绪是记者在写作"生趣百态"的报道时常见的。但是，只要你把这种心绪一剥离，故事涉及他的内容便难以获得他的亲人们的认同，或早或晚总会被我看穿。他肯定还觉得，出于尊严，自己必须告诉我，他同时过着几种不同的生活，尽管他对我讲的明里是滑稽故事，却饱含谜一样的内容。很多时候，在我们越过两个天地分界线的时候，我并未领悟他对我说到的关于他自己的事。

"你知道，"他的开场白说，"有两三个星期没来大泥腿钓鱼了。"开头，他的叙述很像如实报道。他是一个人来的，斩获平平，于是只好坚持到夜晚以达到自己的定额。因为要直接返回赫勒纳，他沿一条多年的泥路往内华达河上游驶去。车随分道线而行，到了分道拐弯处，就取直角转弯。这时已是月下行车，人很累了，巴不得有个同行的朋友能让自己保持清醒。蓦地，一只长耳野兔窜上路面，随着汽车的前灯蹦跳。"我没去紧紧地挤操它，"他说，"因为我不想失去一个朋友。"他接着说，自己就一边开车，一边把头伸出车窗，这样才觉得跟兔子更亲近一些。月光洒在他的头上，他的叙述开始变得诗意浓浓。晦暝的月光世界被前灯打出的明晃晃的三角形白炽光刺破。等腰三角光的中央正是那只长耳野兔，若不是它跳跃的距离长，简直成了雪兔。身披一身荧光的野兔，正力图保持自己在等腰光柱中央的位置，生怕发生偏差。它回过头来检测车灯，双目闪烁着大自然赋予它的蓝白两色。弟弟说："我不知道该怎么解释接下来发生的事，但这时路上出现一个直角的陡转。兔子看见了，我却没看见。"

后来，他不经意地附带提到，修车花去他一百七十五块钱。在1937年，花同样的钱足可以旧车翻新了。这一点他自然不曾提到。尽管他钓鱼时不喝酒，可他垂钓结束时总要喝上两口。

沿泥腿河驶去的路上,我好一阵子都在想,坏运气最后化作幽默,这算不算一个"生趣百态"的故事,要不,他是要告诉我,自己饮酒无度,车头给撞得一塌糊涂。

哪一种解释都不重要,所以我最后决定把这事忘了,可是正像诸位看到的,我实际上并没忘记,只是转念想起我们要去钓鱼的峡谷。

位于清水桥上方的峡谷,乃是泥腿河涛声最响之处。山的脊梁骨是不会断裂的。于是,大山就把那水势已经颇为汹涌的河流,挤压作声音和水花之后方容通过。当然,在这儿,大路和河流分道扬镳,峡谷里无处容得下一条印第安人的小道,甚至早在1806年,当路易斯让克拉克[1]沿大泥腿河勘探时,他也得与峡谷保持着安全距离,绕行而过。这儿不是小鱼出没之处,也不是捕小鱼的人应来的地方。高浪蹴天的巨响会给鱼增加蛮力,要不至少使捕鱼人怯懦不前。

在峡谷,我们俩在同一边垂钓,原因很简单,峡谷里无处可以让你蹚水到达对面。我可以听见保罗走过我身边,到我头顶上方找好钓位的声音。当我注意到再没声音

---

1. 分别指 Meriwether Lewis 和 William Clark。其事详见 1804—1806 年两人穿越美国大陆的探险。

传来时，就知道他已不再走动，而在那儿注视着我了。我从不佯装高明，可对我说来重要的是，我是个捕鱼人，看上去也得像，尤其是跟弟弟在一起钓鱼的时候。开始保持肃静了，我知道自己实际上什么角色都不像。

虽说我对峡谷抱有个人柔情，这却不是我理想的钓鱼地点。在这儿，你必须有远抛钓线的能力，可身后到处是峭壁和树木，所以必须得把钓线全部置于身前，就好比棒球的投手不能大挥臂。这地方逼着蝇饵投钓人做一种人称"滚式抛掷"的动作。这动作非常难做，我始终不曾学会，它要求抛掷出去足够长的钓线，以达到一定的远点，不让钓线落到身后，接着便是短弧发力，抛线入水。

他慢慢提起钓竿，为下一次远投而回抽钓线，他提得如此之慢，钓线留在水下的部分，超过了平时的长度，而水上的一段则呈现出一个松垂的半弧。弧形在变大，因为手臂现在笔直向上了，而手腕也转到了一点半的位置。眼看钓线出水的长度够了，这时，他用尽全力高扬钓线出水，再由蝇饵和钩头牵引着入水——手臂就是套筒[1]，手腕

---

1. 套筒、转轮和击锤都是左轮手枪部件。这里把抛掷钓线的动作比作一次手枪射击过程，但作者并未使用手枪部件的规范名称，所以用表明这些部件原理的词汇比如 piston, revolver 和 punch 替代。

是待击发的左轮枪，驱动击锤的便是全身之力。另外有一点也很重要：钓线在水下的额外长度给了抛掷动作一个或虚或实的基点。这过程有点像响尾蛇发动攻击时，长段尾巴着地，形成一个发力点。响尾蛇这么做再容易不过，但对我来说却总是很难。

保罗知道我对自己的钓技并不自信，所以留心着不来指点，以免自显高明。可是他注视我有好一会儿了，不能什么也不说就走开，于是最后提醒了一句："鱼儿在远处呢。"像是怕这么一说会使亲人间的关系紧张，又赶快说明："远一点点的地方。"

我慢慢收线，不朝后看，以免见到他。他也许有些后悔刚才说话，可既然说了，又不得不多说几句："收线时别成一直线，要从靠下游方向对角收进。这对角会使线圈不轻易脱开基点，这样你前抛时力量更大，着水点也会稍远一些。"

接着，他装得什么也没说过的样子，我呢，装着什么也没听见。他转身即刻离开时，我已开始对角收线，发现果然有效。一俟投竿稍远，我又跑去找了个新钓位，算是生活里一个新的开端吧。

这一带水势奇美，不管是在钓鱼人还是摄影师眼里，虽说这两种人找地方安放装备时瞄准的对象大不相同。这儿其实就是水下瀑布。礁岩在水下约两英尺处，河水在此受阻而腾扬，形成一个滔天巨浪，复散作水花四溅，最后恢复流势，水色蓝澄澄地向前淌去，仿佛从方才的惊悚中复苏了，回头看那水位的落差。

大河在此迸发出斑斓色彩，又曲伸争湍，定是摄影的精彩场面，却不是鱼儿栖息的好地方。鱼多麇集于那慢悠悠的逆流中，在那混有泥土的水沫里，泥土是吸引鱼儿的主要原因。松树撒下的花粉是泥土的一部分，但泥土的主要成分还是被瀑布冲刷而死的可食小虫。

我盱衡周围。虽说我的滚式抛掷距离刚有三英尺的长进，还得好好琢磨一下如何弥补其他不足之后才能投竿。不过自觉开头还不错，已经弄明白大鱼出没于何处以及为什么如此。

接着发生一件怪事。我看见它了。一条黑脊在泡沫中上下沉浮，我甚至觉得连背鳍上的条条鳍骨都看清楚了，于是对自己说："上帝，这家伙不可能大到连鱼鳍都清晰可见的程度吧。"过后又补充着自我否定："那儿泡沫那么多，若不是你先想象那儿有鱼，压根儿就看不见鱼。"可我又确信看到了大鱼的黑脊，印象挥之不去，因为就像被意念牵着走的人一样，我知道自己常常这样心至而后目随。

看到那条我心目中以为必定存在的鱼，使我继而琢磨鱼在河流中的游向。"第一次抛掷时，要记住你刚刚看见它时，那是在流水打着漩涡往上游去的逆流一带，也就是说，鱼头朝向下游，而不是上游，就好比鱼在主流中游弋。"

由此我又联想到该用何种钓饵的问题，结果决定用上大饵比较稳妥，譬如四号或六号饵，倘若真要抓住泡沫里那隆背庞然大物的话。

从鱼饵这最前端我又想到投钓作业的最后端，自问究竟应从何处抛线。瀑布处全是嵯峨巨石，我选中最大的一块，打量着如何爬上去，思忖着爬得越高，抛掷距离会越远，可马上又问自己："如果钓着它了，我站在那么高险的地方，究竟该怎么把它拖上岸呢？"如此看来，还是找块小一些的岩石，虽说抛掷距离会短一点，可一手提钓竿，一手抓大鱼，哧溜滑将下来会容易些。

我其实正逐步接近所有的河边钓鱼人投竿前都应当回答的问题："钓到个大家伙，拉上岸以后到底往哪里放呢？"

蝇饵投钓的好处之一是，经过一段时间，世间一切不复存在，惟余投钓的念想。同样有意思的是，钓鱼的念想是由对话来表达的。对话的双方，一是希望，二是疑虑——要不，多数就是两种疑虑对话，一方非压倒另一方不可。

第一种疑虑沿河岸望去，对我说（我是超乎双方的第三方）："三十码之内全是岩石，可是别怕，在你一路过去到达第一个河口沙洲前设法把它弄上岸就是了。"

第二种疑虑说："到第一个沙洲的距离是四十而非三十码。这一阵天气暖和，鱼嘴肯定绵软，你要是往下游方向跟它纠缠四十码之遥，它肯定有办法脱钩逸去。不是办法的办法就是，把它拉到附近的一块岩石上。"

第一种疑虑又发言了："河中有块大石，你得把鱼拖过那儿才能把它弄上岸。不过如果你紧拉钓线，把鱼的位置保持在岩石这一边的话，就可能让它溜掉。"

第二种疑虑说："可是如果你让鱼扑腾到岩石的那一边，钓线会卡在石头底下的，那么鱼就准溜。"

这时你才知道想得太多是怎么回事——"可能让鱼溜掉"和"鱼就准溜"，你自己跟自己对话了。我也并未就此完全敛思会神，只是思路转换了主题。书里虽不曾说过，可只要是人，都会在抛掷之前略一沉吟，估摸那鱼儿会在想什么，纵然一丁点儿的鱼脑小得与鱼卵一样，而且当你在水下游泳时，你根本想不到鱼儿还会思想。即便如此，没人能够说服我相信，鱼儿只知饥饿和恐惧。我尝试过只谙饥饿和恐惧的生活，却还总是难以想象，一条鱼长到六英寸的长度怎么可能除去两者，其他什么感觉都没有。事实上，有时我会走得更远，设想鱼儿也有成熟的思想。投竿之前，我想象着那黑背鱼镇定自若地躺在充满二氧化碳的水里，周围全是瀑布激起的流沫水泡。它朝下游方向看着，只见泡沫夹带着鱼食，就像一座流动的自助食堂逆流而来，准备为顾客服务。在它看来，沾着星星点点鱼食的泡沫也许就像一杯蛋奶酒，上面撒满肉豆蔻。蛋白分离露出隙缝那一刻，它从这儿望出去，看到岸上的我，也许正暗自庆幸不迭："我真他妈的走运，在这位置钓鱼的是这位，而不是他的弟弟。"

我胡乱想着这些，还转了另外一些毫无实际意义的念头，接着抛出了钓线，而且捕到了这条大鱼。

我一直保持着镇定，直到从鱼嘴里取出钩子那一刻才乱了方寸。鱼正躺在被我拉上岸的小块沙砾地上，周身沾满沙粒。鱼鳃张开，那是在作断气之前最后的叹息。突然，它以头顶地，一个猛子直立起来，用尾巴扫我，而且打得沙尘飞扬。慢慢地，我的双手开始颤抖。尽管我知道发抖的手一定很不雅观，可硬是没法止住抖动。最后，我终于打开渔刀的大刀身，可在刺进鱼脑之前，刀身在鱼头上打了几次滑。

我把鱼弯着放进鱼篓，但是鱼身太长，尾巴还是伸在篓外。

鱼身上有黑斑，看上去像甲壳类生物。这似乎是条海鱼，身子底下还黏附着小贝壳一类的东西。我走过在下一个钓位上的弟弟身边时，看到他在仔细打量那尾巴，然后缓缓脱下帽子。他可不是对我的钓技表示敬意。

我好歹捕到了鱼，于是就坐下看这位钓翁表演。

他从衬衫袋里掏出香烟和火柴，放进帽子，又把帽子紧紧扣在头上以防渗漏。接着，他解开他那鱼篓的缚带，把篓子挂在肩沿，这样，要是水势太猛，可以速速把篓子卸下。如果说他在估量形势，那也是即刻间的事。只见他从一块岩石上纵身跃进激流，朝着将流水一劈为二的沉河巉岸游去。他和衣游泳，只用左臂划水，因为右手高高擎着钓竿。沉浮间，有时我只能看见鱼篓和钓竿，前者如果被水注满，那就只见钓竿了。

水流猛力将他冲到巉岸,这一撞准让他痛得够戗,可他的左手手指仍有足够的握力,得以抓着山石的一处裂口不放,这样才不致给冲刷到下方澄蓝的水里去。接着,如同勘探人使用鹤嘴尖镐一样,他以左手手指和右手的胳膊肘攀爬,还得登上岩顶。当他最后站上巉峰时,衣服全因水压而变形,像是顷刻间就要跟身体分离似的。

脚下不再踉跄的同时,他像鸭子和狗那样浑身抖一抖,把水珠甩干净。双脚展开,俯身,垂头。接着他让自己站稳,抛出钓线,这下,水成了世界的全部。

下方是滟滟大河。在他附近是那块把河水劈作两半的岩石,岩石周围腾起浓浓的水雾。抛出的钓线后面留下小得不能再小的水滴,一时形成一圈圈蛛丝般的水迹,很快融入正在升腾的浓浓氤氲,旋使蛛丝圈成了仅在记忆中留存的印象。从他身上甩出的水是更小的微滴,给他蒙上一轮他个人独有的光环。这光环时隐时现,就好比他是离开自身三英寸的摇曳烛光。他和钓线不时融入大河腾起的水雾,雾霭袅袅往峭壁的顶部升去,被风一吹而成缭绕,终与赫赫暾光混作一体。

他所在的那块岩石上下方,多产虹鳟鱼。他总是用力先向上游方向低低抛掷钓线,让蝇饵蹦跳过河面而不着水。然后，他在原地转身，在头顶画出一个椭圆，倒转钓线，同样有力地朝下游方向低抛，同样让蝇饵若即若离地跃过水面。这套繁复的来回转身动作，他做了四五次，动静虽大，却一无所获。虽然看不见，你只能设想总有个把小鱼在那儿乘浪游动。叫人吃惊的是，大动作有了回报，大泥腿河和河的上空这时像有虹霓划过，原来是一条虹鳟鱼的拱形鱼腹。

他把这叫做"影子抛掷法"。说句实话，我拿不准该不该相信这种方法背后的理论，亦即鱼儿会被首抛时掠水而过的鱼饵阴影引起警觉，所以蝇饵真的着水时，就会游来攻食。这多少就是"吊足胃口"的理论，异想天开而难以奏效。话说回来，善钓之人都有几套匪夷所思的绝招，自己用来得心应手，换了旁人便失灵了。影子抛掷法我就不会用，不过也许是因为自己臂力和腕力都不够，没法让钓线在水面来回打转，而让鱼儿误以为来了一窝苍蝇。

湿漉漉的衣服使人更易看到他的强健。大多数我认识的抛掷有力的渔夫都是超过六英尺的大个儿，身高自然有助于放长线在空中形成一个更大的弧圈。弟弟只有五英尺十英寸，可是垂钓多年，形体已在一定程度上被抛掷动作锻炼得非常健美。这年，他三十二岁，正值壮硕之盛，能全身心投入到那重四点五盎司的魔竿中去，那简直就是他的图腾。很久以前，他就超越了父亲腕抛的技术，结果他本人的右腕因频用而比左腕宽大。他的右臂，曾被父亲缚在身边动弹不得，以此专练腕部的力量。但那右臂鼓出在衬衣外，像个特制的零件，同样也比左臂要粗。随着肩胛和髋部的原地旋转，他那浸了水的衬衫鼓起后把纽扣都绷开了。不难看出，他为什么同时又是个街头打架好手，尤其是他坚信一定要用右手打出第一拳去先发制人。

节奏之重要毫不逊于色彩，就复杂性而论，两者不分先后。父亲关于钓线和手腕"从一数到四"的节奏，仍是节奏之本。不过，在这之上得附加手臂作套筒的二步节奏，以及压倒一切的长四步节奏，亦即倒置圆圈，最后完成一个8字形。

峡谷由节奏加色彩而变成熠熠生辉的宝地。

我听见有人在我身后说话，一名男子和他的夫人，各执一根钓竿，正沿小路走来。不过两人也许不准备花大力钓鱼，只是为了双双品尝户外活动之乐，此外再顺道多摘些黑莓回去，为做馅饼之用。那年月，女式山地运动服还不多，而这位太太身材高大，行状粗犷，身穿普通男工的连裤工作服，那一对已做母亲的乳房挺起在工装的背心下。是她先看见峭壁顶上回旋身子的弟弟的。对她说来，这个人定像个牛仔驯野比赛中的绳技大家，除了跳进跳出绳圈以外，别的特技全做齐了。

她目不转睛地凝望，一边在身后摸索着，把松针抚平，好让自己坐在那上面，一边不住叫好："喔，喔！"

她丈夫也驻足观看，并惊叹"耶稣啊"。他不住呼喊"耶稣"，每叫一次，妻子必点头认可。妻子是那种典型的美国母亲，让她们自己直呼神名亵渎，想也不敢想，可就喜欢丈夫这么做，到后来竟成不可或缺，就像嗅闻男人的雪茄烟味。

我往下一个钓位走去。"别啊，"她说，"不能等一等吗？等他回到岸上来，看他钓到的大鱼？"

"不，"我答道，"我宁可记着一鳞半爪的细节。"

她显然觉得我有点痴呆，我这才又说："等一会儿过来看。"为让女士听懂我的意思，我不得不补充一句："他是我兄弟。"

我往前走去，但后背告诉我，人家正从后面端详我呢，既因为我是峭壁上那人的兄弟，也因为我犯傻只注意细枝末节。

我俩钓到的鱼都够大，值得喝上几杯庆贺，也该在事后稍稍说说经验什么的,这样,回赫勒纳便晚了。回去途中,保罗问:"干吗不跟我住一夜,明天早上再回狼溪去?"他又说自己"晚上得出去",午夜一过即归。我后来才发现,当我听到玎玲声响起时,准保已是凌晨两点光景,我稀里糊涂从河上雾霭和水分子中间穿过醒来,上得楼去接电话。电话里,一个声音问:"你是保罗的兄弟吗?"我反问:"是又怎样?"那声音说:"我要你看看他。"我发觉线路有问题,便嘭地敲打一下电话机。"你是谁?"我问。一个男声答:"我是警局值班的,要你来看看你兄弟。"

我到达看守所时手里仍捏着支票簿。值班警官皱了皱眉头说:"不,你不用为他付保金的。他负责采访警察巡逻,在这儿有朋友。要你来,是看看他,然后领他回家。"

过后他又说:"不过他还得回局子来。有人要告他。也许是两个吧。"

全然不知自己会看到如何一幅景象就去见他,我不放心,所以一次次问:"出什么事了?"值班警官见是时候了,这才告诉我:"他打了人,打掉了那人几颗牙,人家可浑身是伤。"我又问:"那么第二个要告他的人又是怎么回事?""因为他砸盘子,还砸了张桌子,"警官说,"第二位正是这家餐馆的店主。挨揍的那位是餐桌食客。"

现在我做好准备，可以去见弟弟了。事情渐渐清晰起来，警察打电话叫我来是要跟我谈话。他说："近来，他老是犯事被抓。酒喝得太多了。"听到的竟比我想知道的更多。可能，从根子上说，问题出在我从来不想听到太多关于他的事。

警官最后说到要害，这才算把问题和盘托出："另外，他在温泉城梭哈豪赌中欠了债。在温泉城豪赌中欠债可不是闹着玩儿的。

"你们兄弟俩自以为在街上打过架就了不得啦。在温泉城用拳头可太小儿科了。这儿是梭哈豪赌的地方，其他种种都与这个有关。"

被突然吵醒后，来听这我不愿听到的事情，我还懵懂着。"咱们再从头来过。他怎么会在这儿的？他受伤没有？"

警官说："没伤，就是醉了。他喝得太多。温泉城的人喝酒都不过量。"我要求警察："说下去。他怎么会在这里的？"

根据警官所述，保罗和他的女朋友进了瓦伊斯餐厅去吃份三明治。餐厅的夜宵生意特别红火，因为店堂后面设有双人座,你带上你的女人可在这儿入座并拉上帷幕。"那女人,"警官说,"是个有一半印第安血统的姑娘。你应该认识的。"他补充说,像是认准了我是知情人。

听上去,保罗和他的女友当时正在找个没人的双人座,走过一处时,有个男子从帷幕后边伸出头来,怪叫一声"哇嚯"。保罗一拳上去,顿时打落对方两颗牙齿,那人的身体弹回去撞倒餐桌,破碎的餐盘把那人和他的女友都割伤了。警官说:"那人对我说:'耶稣啊,我只是想说,找个印第安人约会够好玩的。开个玩笑而已。'"

我对警官说:"一点也不好玩。"警官认同:"对,真没什么好玩的。可你兄弟要把这件事了结,得花很多钱和时间。真正不好玩的是,他在温泉城的赌场欠了钱。你难道不能帮他把事情摆平了?"

"我不知道该做什么。"我对警官实话实说。

"我知道你的意思。"警官也实话实说。那年头做值班警察的还都是些爱尔兰人。"我有个弟弟,"他说,"好小伙一个。就是老惹事。我们叫'不肖黑皮爱尔兰'的那种。"

"你是怎么帮他的?"我问。沉吟许久之后,他说:"我带他钓鱼去。"

"要是那也没有用呢?"我问。

"还是去看看你兄弟吧。"他回答说。

为了看清一个真实的他,我站在原地不动,等着脑海浮上穿连裤工装的妇人惊诧地望着他作"影子抛掷"时的印象。然后,我推开门,走进他们抓来醉鬼往里一扔的屋子。要到醉汉能笔直走过地板上的一道坼隙,这儿才能放人。"那女人跟他在一起。"警官说。

他站在窗前,但不可能是在往外张望,因为铁窗蒙着厚厚一层挡布。他也不可能看见了我,因为他正用那只抛掷钓线的大号手遮着脸。若不是一直对他那只手抱有专注温情,事后我可能还会怀疑自己是否真的看见了他。

女友坐在他脚边的地板上。她那黑发乌油油的,我所中意的一种女人就是她这样的。她母亲是北方印第安人夏安部落一员,因此当那乌亮头发一闪出光,女人的模样确很俊俏。从侧面看去,她更像阿尔冈昆和罗马人,而非蒙古人种,颇有巾帼豪迈之风,特别是在几杯下肚之后。至少,她的曾祖母一代是北方夏安,曾同达科他的苏人一起,消灭卡斯特将军和第七骑兵军团。[1] 当时,在小盘羊河

---

1. 详见1876年的小盘羊河之役。

扎营的是夏安人，对面就是将被他们世代纪念的小山包[1]。战事一结束，率先打扫战场的就有夏安妇女。她的先祖中至少有一个，曾在黄昏时分兴高采烈地割去第七军团骑兵的睾丸，而这酷刑是在人死之前施行的。

瓦伊斯餐厅里那个探出头来怪叫"哇噻"的白脸鬼子，只丢了两颗牙，还算他走运。

跟她一起走在街上时，连我也避免不了被她惹的祸牵连进去。星期六晚上，她喜欢一手挽保罗，一手挽我，走在"最后一丝希望的矿渠"大街上，挤得行人纷纷靠边避让。要是有人不肯让出人行道，她就把保罗或我猛地朝对方身上推过去。周末夜晚，在"最后一丝希望的矿渠"大街，你不用推人到阴沟，就足以引发斗殴了。可如果请她出游的人，没有因为她而跟人大打出手，她就老觉得这个夜晚过得没劲，说我们都不在乎她。

每当她黑发可鉴之时，惹祸再多似乎也值，而且她还是我见过的最为婀娜多姿的舞娘之一。她使舞伴觉得，自己的舞步马上就会跟不上对方，如果不是已经落后的话。

那是种奇妙灵动和自惭形秽兼而有之的感觉，你搂着

---

1. 指卡斯特率领骑兵最后被歼处。

的舞伴像是要把你从地球上连根拔起，你怎么也跟不上她的节奏。

我叫她莫-娜-瑟-塔，那是夏安"小石"酋长娇女的名字。起初，她并不特别喜欢这名字，虽然名字的意思是"春天荣发的嫩草"，然而听我说过传闻莫-娜-瑟-塔跟乔治·阿莫斯特朗·卡斯特将军生过一个私生子之后，她自然而然地喜欢上了这个名字。

这会儿俯身看着她，我只见到披散在肩上的头发和地板上伸展的双腿。头发失了光泽，我也不曾见过那双腿就这么静止叉开在地板上。知道我来看她了，她挣扎着站起来，可修长的腿发软，丝袜又滑落，所以还是回到地板上保持原来的姿势，露出了袜子的顶部和吊袜带。

两人身体发出的怪味比看守所的空气还要难闻。那种怪味跟醉鬼的身份倒很相符。人体受冻又灌了一肚子酒时所分泌的东西，注满了两人的胃；身体还隐有知觉，明白出了什么事情，还希望明天不再来临。

两人谁也不看我一眼。他一句话也不说。倒是她先开的口："领我回家。"我说："我就是为此来的。"她说："把他也带上。"

一个善舞，一个擅钓，真是两相匹配。我搀扶着她，任她脚趾拖地也顾不得了。保罗转过身，对什么都视而不见，也不说话，只是跟了上来。他那特别发达的右腕支撑着右手，蒙住眼睛。在醉汉的脑袋里，好像这样我就看不见他了；他可能还以为，这么一来，他自己也看不见自己的样子了。

走过警局前台时，警官说："你们干吗不都去钓鱼？"

我没把保罗的女友送回她的家。那些年月，不住居留地的印第安人都得住在城外。他们一般都在屠宰场或垃圾站附近扎营。我把两人送回保罗的公寓。我侍候保罗在他的床上睡下，又把她放在原先我睡的床上，还换了新床单，让她的双腿搁上去觉得平滑。

我替她盖上毯子时，她说："他该杀了那杂种才是。"

我说："也许真杀了。"一听这话，她翻过身去睡了。我对她说的一切，特别如果事涉惨重伤亡，她始终是深信不疑的。

这时，密苏里河那边的山上，曙色初临。我驾车回狼溪去了。

从赫勒纳到狼溪四十英里崎岖不平的路，当年开车要走一小时左右。太阳从大带山脉和密苏里河钻出升起，随即山川皆披日光。我在已有的生活经验中遍寻可能助我开窍的教益，使我可以主动去帮助并打动弟弟，让他正视我们俩的关系。有一阵子，我甚至觉得值班警员开始时说的那席话也许管用。作为坐台值班的警察，他一定富有生活经验。他还说过，保罗其实就是苏格兰版的"不肖黑皮爱尔兰"。无疑，父亲家族中，从赫布里底群岛南部海角小岛的祖上老家，一路迁徙到北极圈以南一百一十至一百十五英里的阿拉斯加州费厄班克斯，定也出过几个"不肖黑皮苏格兰"。老祖宗当年为了躲避揣着逮捕令的警长和手持猎枪的丈夫，最远也只能逃到阿拉斯加了。这些陈年旧事都是姑姑婶婶们说的；叔叔伯伯们全是共济会的人，相信凡男人就要秘密结社抱团，才不说这些呢。不过，姑姑婶婶们说起不肖子孙来，都是眉飞色舞的，告诉我那些人都是高大的伟男子，对年幼时的她们可好啦。而读着叔叔伯伯们的信，显然这些男人还把女人们看作当年的小姑娘。每年圣诞，只要他们还没死在遥远的异乡，这些仓皇出走的哥哥，都会给当年都是小姑娘的妹妹们，发来爱意浓浓的圣诞贺卡，用粗大的笔迹写上些保证回来的话，"回到美国，帮着她们在圣诞前夜，挂出圣诞老人的袜子"。

发现自己要参考女人来解释为什么我不懂得男人的同

时，我回忆起几位曾经相好的女友，她们的叔伯与我弟弟颇有几分相似。那些人对于自己爱好的一行，有相当熟练的技艺。其中有一位是个水彩画家，另一位是俱乐部的高尔夫冠军。这些人个个注意所选职业，一定要使自己可把大部分时间花在爱好的这一行上。那两位为人敦厚玲珑，可是不跟他们谈过话，不知道他们的底细，你还真不知道该怎么跟他们打交道。由于挣钱不多，没法把爱好当饭吃，家里人只好不时跟代表县政府的地区检察官会面，把令人难堪的事情压下来。

朝阳当头时分，往往是你感觉良好的一刻，认为你能找到办法去帮助跟你亲近的人。你认为他正需要你的帮助，即便对方并不这样想。太阳升起，光焰铺地，但事情并不因此就件件明豁。

离狼溪还剩十二英里左右处，路面沉入小刺梨峡谷，这儿的黎明来得也晚。突然再次进入晦暝的环境，我使劲注视路面，同时对自己说：见鬼，我弟弟才不像别人哩。他不是我女友的叔伯，亦非我姑姑婶婶们的哥哥。他是我的兄弟，有一身好技艺，四点五盎司钓竿在手，更是位大师。他可不会握支画笔，四处闲逛，或是为了改进短击技术去上高尔夫课；即使急需，他也不会收别人的钱；他不会抛下谁出走，尤其不可能跑到北极圈去。不像话，我竟然不理解他。

然而，孑然一身独在峡谷的我也知道，这样的人不会少：有自己并不了解的兄弟，但又很想援手帮助。这样的人可能就是人称"兄弟保护人"一类的角色，具有最古老的本能反应之一，而这种反应可能又是最为徒劳无功的反应之一，同时肯定也要缠你终生，不让脱身。

我驾车出了峡谷，重入寻常的昼光。我上了床，一点没有睡意。这时妻子来叫我了。"别忘记，"杰西说，"你要同弗罗伦丝和我去火车站接尼尔。"事实是我确实已忘。但是一想到他，我觉得轻松不少。记起妻子家有个大家为之担心的人物，这是件好事；而记起在我眼中这是个多少有点发噱的角色，感觉更佳。我需要释放调剂，喜剧式插曲看来是最好的调剂了。

妻子老站在门口，等我翻过身来又设法再睡。她没料到的是，我一骨碌跳将起来下了床，开始穿衣。"颇感荣幸呢。"我对她说。杰西说："你真好玩。"我问："我怎么好玩啦？"杰西说："我知道你不喜欢他。"我说："我确实不喜欢他。"我用"do not"代替"don't"，怕的是发音含糊。杰西说"你真好玩"，一边关上了门，过后又推开一条缝说:"你一点也不好玩。"妻子学我样,重读了"not"这个词儿。

他是最后一个下火车的。沿月台走来时,试图装出他认为一个国际网球杯赛选手应有的做派。他身穿法兰绒白裤,套了两件运动衫。无疑,在蒙大拿狼溪站以如此打扮,走下北部大铁路客车的乘客,他是第一个也是最后一个。那时候摆酷的人都穿红、白、蓝三色网球衫。他呢,在红、白、蓝三色高领套衫外面再穿一件红、白、蓝三色的V字领。当他认出我们几个亲属时,方意识到自己不是网球大师比尔·泰登或文坛巨匠F.司各特·菲茨杰拉德,这才放下箱子,叫了声"喔!",看到我也在场,他未吱声。过后,他把脸侧过去,等着别人吻他。女眷轮流亲他之时,我仔细瞧了瞧搁在他那双精致的香槟皮鞋旁的箱子。草编的两侧已破损开裂,一个锁已然无法摁下。拎环手柄中间,有字母F. M.,那是他母亲出嫁前名字的缩写。母亲见到这箱子便哭了。

就这样,他带着离开蒙大拿时的几乎全部家当回家来了,母亲的箱子仍在,还有他把自己视作戴维斯杯网球运动员的错觉,须知此项杯赛发轫于狼溪时,你要是跳过网去,准会踩上仙人掌。

等到那晚八点半或九点模样,他缩着身子试图乘人不注意时钻出门去,谁知道给弗罗伦丝和杰西候个正着。我妻子说话不善拐弯,所以为免开她的尊口,我站起来陪着他同去黑杰克酒吧,一个虽然很少但偶尔仍被人叫作酒肆的去处。

黑杰克是个卸去了轮子的货车车厢,在横跨小刺梨河的桥那一头,桥堍的沙砾地上。闷子车厢的外壁上有北部大铁路的标徽,一头山羊正透过白胡子瞪眼看漆成红色的世界。能把世界一眼望到底的山羊仅此一头,它通常所见的就是一瓶贴了"3-7-77"标签的酒吧威士忌。这数字是私刑治安队[1]用针缀在被他们绞死的剪径贼身上的,标明的也许是死鬼们坟墓的尺寸。(人说数字表示墓宽三英尺,长七英尺,深七十七英寸。)改装的吧台是根一劈为二的原木,这个用斧子的人手脚笨拙,也许是黑杰克本人吧。幸好酒客们的胳膊肘摩擦再三,把原木弄得油光锃亮的。黑杰克长得矮小,患有颤抖病,从不远离油污原木后面搁着的左轮手枪和包了皮的大铁棒。这人牙齿都坏了,可能是狂饮本店威士忌的后果。这酒是由此往北的羊沟某处酿

---

1. 当指19世纪60年代蒙大拿法外维权的民众团体,行动时多戴猿猴面具。

造的。

吧台前的凳子由杂货店运货的板条箱改制而成。当尼尔和我进去时，两只板条箱已有人占了，都是北部大铁路那山羊熟悉的老主顾。第一个名叫"满弓"。这儿一度是印第安人的地盘，谁要信口胡吹自己狩猎和枪战的斩获，都被称作"拉满弓"。

不过我见过此人开枪，因而从不认为他关于善使枪支的话是什么夸夸其谈。我见过他的一个朋友往空中抛出五片阿司匹林，接着便是听上去像单次击发的连续五枪，药片顿时化作五朵盛开的小白花。

我同样肯定，他可以挑战泗本农场里的头号羊倌，不比别的，就比羊倌的特长。泗本农场是蒙大拿州西部最好的设施之一，从赫勒纳河谷一路延伸到林肯城以远。农场主包科斯夫妇，简恩和约翰，讲了一个他们曾经雇用的羊倌的故事。那人特别受到器重，后来身体不行就送了医院，谁知内衣裤怎么也脱不下来，原来他长年就穿这一套，久而久之，毛发居然透过衣裤长了出来。最后，他们只好像给鸡煺毛似的硬剥，内衣裤竟扯带着一块块皮肤一起脱落。"满弓"敞着衬衫的领口，基本不扣扣子，可以看到他的内衣也长出毛发来了。

吧台那一端的板条箱上,坐着一个北部大铁路上色鬼称为"老厚皮"的女人。大约十年前吧,7月4日的国庆庆典上,她被选为狼溪选美皇后。她曾骑着光背无鞍马,穿越狼溪两条主街中的一条,接受排列在街道两边一百一十一个居民的注目,这一百一十一个人里多数是男子。她的裙子高高扬起,就这样成了选美冠军。不过,由于还欠缺成为一名专业骑手的必要条件,她不得已而求其次。然而,她还一样穿着时行的西部女骑手的裙裤,虽说就她新操的营生而论,裙裤只会碍事。

尽管是座小城,狼溪在地图上还标示得颇为醒目呢。这儿有两个几乎国人皆知的明星。一个是驯服野牛的高手,另一个是花式绳套师。[1] 夏季,两位当地师傅忙着去县城集市献技,几个月下来可赚个五六百块钱,当然扣除的医药费也少不了。"老厚皮"想在运动方面一露峥嵘,可壮志未酬,不甘心就此度过余生,所以这个冬天跟花式绳套师同居,下一个冬天去跟驯牛高手姘合。偶尔,在预计来冬苦寒的晚秋季节,她也会跟两人中的一人结婚,只是

---

1. 均是美西牛仔驯野赛中的角色,前者从奔马上跳下,扭角制服野牛,后者善用花里胡哨的动作转圈之后,抛掷绳套捕驯野畜。这类驯野比赛正受动物保护主义者诟病。

婚姻不是这个女人本性中追求的幸福，这样，不到开春，她又成了另一个的女人。姘居生活淋漓尽致发挥出"老厚皮"长盛不衰的顽强性格，与婚姻不同，足可维持整个冬季。

到了夏天，两位师傅去了县城，成天吃热狗为生，扳牛脖子的时候自己的肚肠也给挑穿。这时，"老厚皮"就住黑杰克酒吧，不再讲究，随便找个流浪的渔夫厮混，多数是从大瀑布区过来用活饵和五金浮饵垂钓的那一类人。所以对她来说，就像其他世人一样，生活自有沉浮盛衰。可是被万有引力吸着坠落的影响，从她身上未必看得出来。像许多花式骑手一样，她生得娇小，但强悍耐劳，腿部尤有力量。她经历的风雨多多，绰号绝非浪得虚名。不过，这女人看上去并不比她三十岁的年纪见老多少，虽说此生大多数时间都花在马匹和骑手还有瀑布区的各种运动上了。

即便酒吧里只有她和"满弓"两人，那也总是分坐吧台两端，给四处流动的渔夫们留出中间的位置。

尼尔和我走进酒吧，正是在这中间的位置上落座。

"嗨，'满弓'。"尼尔说着捏住对方的手一摇再摇。"满弓"不喜欢别人这样叫他，虽说他知道别人在背后都叫他这个名字。相对于尼尔,他只是平凡的老"满弓"而已。3-7-77标签的黄汤一两杯下肚,不管是开枪,还是狩猎和设陷阱,尼尔就都胜过政府雇用的专职捕手一筹了。

尼尔心灵深处有种对行中老手说谎的强迫倾向,即使这些人最能看透他。他属于那种撒谎时非得被当场戳穿不可的人。

至于"老厚皮",尼尔还没正眼瞧过她。我早已看穿尼尔对付女人的第一招就是故意不理不睬,这时才开始认识到这一招还真灵验。

吧台后方有面镜子,镜面像是经过擦拭仍留有波纹的前寒武纪泥岩。尼尔老看镜子,看来对自己那幽暗变形的映象十分痴迷,因为这会儿镜中人活得真实——忙着买酒,喋喋不休说话,别人说什么全不必去听。我试图不让尼尔垄断场面,便去跟坐在我身旁的"老厚皮"搭话,可她太在意不被他人理睬,也就不来理睬我。

最后,既然没人听我说话,我只听不说了,当然还不至于去掏钱买酒。尼尔曾经循迹追踪一只母水獭带着它的崽往上爬到劳济思山口,就是温度计测得零下六十九点七华氏度官方记录的地方。他追踪水獭,我则根据他的描述,猜度那水獭的动物谱系。"跟上它可不容易,"他说,

"因为是冬天，那皮毛全变白了。"如此说来，它必有部分白鼬的血统。他赶水獭上树后，他说，它在低低的枝头摊开四腿，守候着准备扑向第一头跑过来的鹿。如此说来，母水獭又有山狮的属性。可它肯定同时又是部分的水獭，因为它会逗人，还冲着他微笑。可这母兽的主要成分怕是3-7-77，因为在蒙大拿西部，除了人类，只有她才会在冬季下崽吧。[1]"小崽子们直往我衬衫里钻。"他说着，还让我们大家看看他穿在两件红、白、蓝三色运动衫里边的衬衣。

"满弓"用空杯子的厚底轻轻敲击吧台，不吱一声，怕的是显出不在注意听人说话的样子。那厢的"老厚皮"，却再也受不了别人对她——不管那动机是什么——不理不睬的态度。她探过我身前，侧对着尼尔的脸说："喂，小子，水獭在大陆分水岭顶上干什么？我原以为水獭只在溪流里游水，在烂泥里找乐子。"

一句话方说到一半，尼尔赶忙住嘴，瞪眼看看镜子，这次想找的是刚才说话那人的变形映象，不是他自己的。"咱们再来一杯，"他对着所有扭曲的映象说，然后又对着

---

[1]. 意即这种动物纯属尼尔的酒后胡言。

吧台背后真人实体的黑杰克说,"也给她一杯。"算是首次正式承认有女士在场。

酒递来时,"老厚皮"一把握住酒杯,同时一直盯着尼尔的侧面瞧。在狼溪这座农场城,她和北部大铁路标徽上的公羊一样,见过的眼窝深陷的白鬼子还真不多。

我推开板条箱起身,准备实践早点回去的诺言。"满弓"说了声"谢了"。这一夜我没买过酒请客,所以他谢我定是因为我把小舅子留给他们了。我一站起,"老厚皮"马上挪到我的位置,以便跟尼尔做邻座。她盯住他的侧面,体内早已骚动不止。

出门途中,我转过头来对尼尔说:"别忘了,明天早上你要钓鱼去的。"他扭头问:"什么?"

保罗说话算数,次日一大早就到狼溪。兄弟俩长大成人那些年,虽说早有行动自由,可从不背叛儿时的宗教训诲,那就是上教堂,干活儿,还有钓鱼,始终必须守时。

弗罗伦丝在门口迎接,忐忑不安地说:"真对不起,保罗,尼尔还没起身。他回家晚了。"

保罗说:"我昨夜一宿都没沾床。把他叫起来,弗罗伦丝。"

她说:"他不太舒服哩。"

他说:"我也是,可几分钟之内一样得出发钓鱼去。"

两人对视着。苏格兰籍的母亲,如果有个懒惰儿子赖床,决不愿让别人抓个正着。去钓鱼的苏格兰籍人,更不喜欢盘桓着等候一个宿醉的男亲戚。苏格兰人发明了威士忌不假,可他们拒不认同宿醉这类事情,尤其是在亲属圈子里。换了平时,这场面很可能发展成为弟弟和岳母之间的对峙,可是这次情形算是难得,一个苏格兰籍的妈妈实难想出任何理由来为儿子辩解,只好去把他弄醒,虽说动作都是够轻柔的。

我们从惟——一位留在狼溪的小舅子肯尼那儿,借了辆载重半吨的卡车,慢慢装车。三个女人业已把车厢阴影处的一头用个旧床垫遮住,让西海岸来的亲戚往床垫上一躺。待到找到空间,把土豆凉菜、烧烤架和一应渔具装上,我们六人设法在车上找地方坐定而不去打扰那床垫。

鹿角河与密苏里河惟有头上的三英里是平行的,再往前,鹿角河便从路易斯和克拉克叫做"通往山区的门户"的大片开阔水域流出。在数英里的距离内,河水仍是清澈的,一俟河水从大山奔流而出,这儿的土壤则全变茶色。就在鹿角河融入密苏里河的暗黑色水面下方,公路在此到达尽头。沿密苏里河平行伸展的多数泥路,布满灰褐色的土尘和坑坑洼洼。密布的坑洼无助于治疗尼尔的宿醉；灰褐土尘只要一下雨，准成泥浆。

杰西惟一留在狼溪的弟弟肯尼，跟大多数生活在只有两条街道的小城人一样，双手几乎是万能的。别的不说，他能在乡野驾驶载重半吨的卡车，而在这种泥路上就连赶一头驮骡前行都难。肯尼娶了多萝西，一个正规护士。多萝西个子偏矮，身体健壮，学的是外科护理。农场的人时常用手捂着肠子，骑马来找"正护"给他们缝肚子。弗罗伦丝和杰西虽然程度不等，也都算是医务界中人吧。这三人就被大伙儿认作狼溪的医疗中心。此刻，三个女人俯身围在那旧床垫边，差不多成了重症小组。

肯尼跟狼溪一百一十一位居民和周围乡村的多数农人都友好相处，与早期来到西部的苏格兰籍人尤为相契，这些人都能预知如何在山区的雪季天气饲养牲畜。我们之所以获得允许到鹿角河钓鱼，也正出于这个原因。这条河流直到它的源头，全属吉姆·麦格莱高私人所有，每一处篱笆上都挂着"禁止狩猎""禁止捕鱼"——最后，像是事后才想到的——"禁止闯入"等牌子。结果，他非得为多如母牛的麋鹿提供牧草不可。但是，在他算来，这笔支出比之开放农场，让那些鹿牛不分的大瀑布城的猎人任意践蹰，还是划得来的。

农场的路有一个特点：越是接近牛群，路就越窄，到最后只剩两道车辙，画出一个之字形，朝着山脊的顶部延伸而去，然后两根影影绰绰的粗线条，径落鹿角河畔，消失在蒿草丛里一湾垂柳与河水中间，直到一座高山开处，柳树一株不见。山脊顶部，车辙仍是灰褐色的土尘；向前望去，一派"岩峣苍山黑，阴云抱峰峦"的景象。

卡车在溪流底部刹停时，保罗一步跨出，钓竿高举，钩头和蝇饵都已装置舒齐，而我还没来得及从多萝西和杰西两人的挟持中挣脱出来。杰西一直紧紧抓着我手臂的柔软部位不放，一边喃喃："你别走，别把我弟弟撇下。"此外，我还得跳一跳脚，让自己活动开，因为两人的紧夹，一条腿麻木了。

这时，保罗已径自走开，扔下一句话："我走出寻常垂钓的三段距离之后，由下往上投竿。你把面铺得大一些，由上游往下，直到我们会合。"说完，他就不见了。

保罗能比旁人钓到更多的鱼，一个原因在于他把好几个蝇饵久久放在水里，这点别人做不到。"哥，"他常说，"蒙大拿可没有飞鱼。在这儿，让鱼饵留在空中可捕不到鱼呵。"一应渔具在他下车那一刻已经准备停当；他走得飞快；他难得浪费时间去换鱼饵，却不住变换沉饵的深度或者收回鱼饵时的动作；真需要换饵的时候，他打结的速度可与裁缝媲美；如此这般，等等等等。他的鱼饵留在水里的时间比我至少要多百分之二十。

我猜想，今天他要尽快跟我分手，还有一个原因，那就是他不愿听我说起那天夜晚的事。

肯尼说他要去上游，专钓河狸筑坝处的水面。他喜欢河狸筑的坝，在那种地方钓鱼又较得心应手。于是，他就一脚踏出一汪水，高高兴兴不顾荆棘绕脖，在河狸拖来筑坝用的树干堆中跌跌绊绊，最后脖子上套了一圈花环似的海草，钓着了一篓鱼。

杰西又在我手臂上拧了一把，短促吼一声："别撇下我弟弟。"我揉揉手臂，让他走在前面，这样他不可能一下子就溜掉。我们沿第一个河曲处的小径走去，溪水从那儿的柳树丛中流出，穿过一片水草场。他的步子跟跄，故意做出一副可怜相。"我还是不舒服，"他说，"我想我就留在这儿，在水草场钓一钓算了。"因为这儿正好地处河曲，谁也看不见他；何况他如果想往回走，也只有一二百码的距离。

"干吗不呢？"我刚说出口，就知道自己这问题提得有多傻。

这会儿保罗准保已经钓得三四条鱼了。我却故意在小径上踯躅,每走出一步尽量能够远离世界一点。钓鱼的人,体内都有某种东西,要使垂钓成为一个苏世独立的完美天地。我说不上来,这某种东西具体是什么,存在于何处。有时候在我双臂;有时在我嗓子眼;有时找不到具体部位,只知道在身体深处。若不是花去如许时间巴望着世界变得完美无缺,我们中的许多人也许能变成更好的渔夫。

通常,就像此刻的体验一样,最难以抛诸身后的是那种被笼而统之叫做良心的东西。

我是应当还是不应当对弟弟说起那个晚上发生的事?我用上了模糊语言"那个晚上发生的事",这样才不会唤回视觉印象,尤其是那只抛掷钓线的手。我难道不应主动提出,至少给他一点钱,如果他非得赔偿对方的疗伤费用?我把这些老问题以新的形式在大脑里转了又转,所谓新形式,现已变成修长善舞的双腿横陈在看守所的地板上。一遍遍地问自己,直到最后,良心,如同平时那样,不再来困扰,而问题仍未获解。我到头来仍没打定主意,今天跟弟弟谈或不谈。

还有一种担心，不管具体是什么，使我在小径上转过身，走回水草场，这样事后才可以说，自己确实担心过了。

水草场对面有个水坝，坝顶处是个蓝色的大钓位，尼尔坐在那边枕着岩石颠头瞌睡，身旁放着希尔兄弟公司的红色咖啡罐子。他垂着头，露出白白的颈脖，因为在日光里曝晒，一会儿工夫，变成跟咖啡罐子一样的颜色。

"你在干什么？"我问。

好一会儿之后他才能说出一个连贯的答句："我在钓鱼。"然后，为求准确，他使了更大的劲儿："我在钓鱼，身体不舒服。"

"这潭死水，钓不着什么鱼的，是不？"我问。

"谁说的，"他说，"瞧水底下那么些鱼。"

"那是印第安女人[1]和受骗上当的笨蛋。"我不看一眼便这样告诉他。

"受骗上当的笨蛋是什么意思？"他问。就这样，他成了第一个土生土长的蒙大拿人，坐在岩石上问别人笨蛋是

---

1. 原文为 squaw fish。两词连写时确指一种哥伦比亚河流域所产的大鳞鳡，然鉴于两词分写，钓区无活水以及尼尔前夜酗酒经历等因素，复以后随 sucker 一词连同考虑，疑为讥讽语。

啥意思!

他下方的深水里,有一团乱七八糟的粉红色,准是一钩穿肠的几条蚯蚓。虫饵上方的钩头上,串缀了两粒红珠,无疑那是装饰用的。一团蚯蚓和那两颗珠子悬在离这个就在我身边的笨蛋六英寸的地方。未见鱼动,渔翁同样一动不动,虽然两者可以一眼瞧见对方。

"你愿意找个时间同保罗和我去用蝇饵钓鱼吗?"我问。

"谢了,"他说,"不过不是现在。"

"嗐,那好,"我说,"你保重,垂钓愉快。"

"我愉快着呢。"他说。

我一念之差,复沿小径走去,以为回到弟弟身边去,自己才会好过些。可是从落基山脉入口处飘出大块阴云,好像在不断提醒我,我再怎样企望完美时分,今天是等不到了。还有,除非不再这样磨蹭,今天钓不着几条鱼了。

到达下一个水草场时,我走下小径。找两三个钓位投竿,还是足以完成自己最低定额的。吉姆·麦格莱高每年只允许少数几个渔人在此垂钓,所以小小一条溪流里,鱼已过多,这些鱼可能只长到十或十一英寸为止了。

要捕到它们,只有一个问题,而这个问题只在捕获最初几条时存在，那就是我在摆弄钓钩时总嫌动作过快。钓钩顶端有根倒刺。只有当钩子深深埋进鱼嘴或下巴，倒刺完全嵌入，鱼才无法吐出或挣脱钓钩。所以说，鱼咬饵时，一定要直接用左手，或以右手执着的钓竿，轻轻抖动钓线。何时抖动，加力多大，必须拿捏得完美——过早或过迟，用力太小或过大，都会使鱼脱钩。这样，最多鱼嘴痛上两天，可因为有了经验，鱼儿从此也许可以多活几年。

我老是手脚过快，鱼还没把蝇饵咬牢就忙不迭去摘下。每一种不同的鲑鱼咬饵的快慢不一；时机的把握还受到水流甚至天气，以及晨昏时辰的影响。我在大泥腿河激流里钓惯了从叠嶂险石背后窜出的虹鳟鱼，而这儿鹿角河的主人，早期就开始放养"东溪鲑"，诚如名称所示，这儿的鲑鱼都精于考量。

待我把摘钩时机放慢，我对鱼儿失去了兴趣。它们看上去的确很美——黑背，两侧布满黄色和橙色斑点，红腹底部配上镶有白边的腹鳍。真是色彩的杰作，无怪乎常被当做浅食盘底的图案。但是说到挣扎抵抗，它们力量一般。由于鳞片太小，捏在手里，它们像鳗鱼一样滑溜。再说，它们的名字在蒙大拿西部也叫不响亮，因为这儿的人聚在一起时说到"溪流",只用"creek",而不用"brook"替代。

我猛地想到弟弟,不知他这会儿在做什么,肯定不像我这样蹉跎时间,抓几条十英寸"东溪鲑"达到定额就完事。我要是不想落后太多,最好还是设法钓几条从密苏里河游来的大褐鲑为好。

垂钓是一重世界,从其他世界里被营造分隔出来,而这里边又有各各不同的境界,其中一个就是在小水域里钓大鱼,空间逼仄,水又浅,鱼和渔夫双双施展不开,而溪边垂柳也都与渔夫作对。

我收了钓竿,把捕到的"东溪鲑"在水里过过清,一条条在篓子里排好,中间夹了一层层野草和薄荷属绿叶,这样比大食盘底部画的鲑鱼图还要好看。过后,我准备捕大家伙了,换上一个八磅重的试验钩头和一个六号蝇饵。

我给钓线的前三十英尺上蜡,生怕水浸过之后钓线不再浮动,最后看了一眼薄荷叶簇拥的十英寸东溪鲑,盖上鱼篓,就此告别小鱼。

有个巨大的阴影正从水草场那边向我浮来,后面拖着一大团云。鹿角峡谷深削壁立,狭得像一线天,一块或一块半黑云即可成为全部的天空。这一块半黑云可顷刻化作蓝天白日，要不就是更加险恶的乌云。在峡谷底部，无法判断天气的变化，反正我的感觉是见不到阳光。

蓦地，那么多鱼齐齐蹦跳，那情状就像第一阵超大雨点已经降临。凡是鱼儿如此蹦跳，准是要变天了。

在那一刻，世界的全部惟余鹿角峡谷、一种神话般的大褐鲑、天气和我。而我之存在，也完全在于我想到了鹿角峡谷，想到了天气和一种神话般的鱼，后者可能是只存在于我想象中的小玩意儿。

鹿角峡谷看上去名副其实——地球上的一条狭缝，标志着落基山脉的尽头，以及大平原的起点。巍峨群岫由几乎最后几簇山松作背景，显出黑压压的威势。山的东坡染上深棕和黄色，那是大草原蒿草带开始的地方。偶尔，还可见几个黑点，那是松树散布、最后回望之处。神话般的褐鲑和峡谷在我思想中和谐并存。这种鲑鱼可以是实有的，而且伸手便可捕来。它长一个黑背，两侧呈黄色和棕色，体上带黑点，周身最后围一圈白边。鹿角峡谷和褐鲑一样，因为有其丑恶之处，方显其美。

我在水里走过一百五十或二百码的距离，那些小小溪鱼还在雨点般蹦跳，最后到达景色秀丽的一泓水面，这儿再也没有欢蹦乱跳的鱼。钓位的源头处，水被一块嶙峋巨石分隔，打着漩涡往回深流并沉积，最后在柳树下方浅浅停滞。我认定，在水势这么迷人的地方，不是因为水中无鱼才不见鱼儿蹦跳，而是因为那儿肯定有一条大鱼，它如此之大，就像顶着"王者角冠"的公鹿一般，在发情期把所有其他的雄鹿都赶跑了。

一般说来，溪流钓鱼总是由下而上较好，这样，你下一步准备续钓的水才不会被泥土所污。我在岸上后退到水下的鱼看不见我的地方，走到钓位地势较低的一端，然后出手首次抛掷。这时，我对自己关于公鹿的理论已失去信心，心想，大不了再在浅水里捕它几条小溪鱼也罢。我不动声色，朝上游水深处移动，那儿正是开始长柳树的地方，会有虫子从树上掉进水里。

鲑鱼游来咬饵继而发现情况有异，那样的话，总有鱼腹在水中一闪而过。这时却什么也没见。我开始怀疑，是否有人往水里扔过炸药，鱼儿全部肚皮朝上，死了个精光，连同我那公鹿理论，一股脑儿炸上了天。这一带水里如果有一条鱼，那么供它藏身的只有一个地方了——如果它不在开阔的水面，如果它不在柳树的边沿逡巡，那就只能在柳树下方。我可不愿往矮脚柳丛中抛掷钓线。

多年前，当我在林业局工作的某个夏末，有次同保罗一起钓鱼。因为钓技荒疏，我特别留意，一直在开阔水面作业。保罗看着我在一棵柳树底下的钓位投竿，实在看不下去了才说：

"哥，你可不能在个浴缸里钓鲑鱼。

"你喜欢在阳光充足的宽阔水面钓鱼，那是因为你是苏格兰人，生怕抛掷钓线到矮树丛中而浪费一个蝇饵。

"可是鱼才不洗日光浴呢。它们藏身在矮树丛下面，那儿既凉快又安全，不会被你这样的渔夫钓到。"

我只能自我辩解，岂料反而证明他指责有理："我只有被矮树丛缠绕时才丢失蝇饵嘛。"

"你到底在乎什么？"他问，"蝇饵又不要咱们付钱。乔治一直自愿给咱们扎蝇饵。没人，"他说，"可以钓上一整天鱼，而不把一两个蝇饵留在矮树上的。你要是不敢到有鱼的地方去，那你就钓不着鱼。"

"把钓竿给我。"他说。我想他把我的钓竿取去，是为了让我信服，矮树丛投钓并非一定得用他的那支钓竿。就这样，我开始认识到自己的钓竿一样可以用来投往矮树丛。可实际上我始终不曾掌握这样的投竿法，原因是我依然舍不得那些我不用付钱的蝇饵。

此刻我没别的选择了，惟有往柳树中间抛掷，这样，我才能弄明白为什么方才鱼儿在我身边的水里乱跳，这儿却一无动静。我定要弄个水落石出，不求甚解的人就别用蝇饵投钓。

这种抛掷法已多时不用，所以我决定稍稍预习一下，便往下游方向对准矮树丛试抛了几次。接着，我悄没声儿往上游方向柳树最密集之处移动，一边注意自己的双脚，别让石头碰石头发出声响。

这一抛越过头顶，既高远又柔顺就势，跟使用蛮力利用风势恰恰相反。我好不激动，可还是让手臂执定不动，随时听我指挥。钓线前伸时，我不但不加力，而是由它自然浮伸向前，直到我眼中或头脑里或手臂上或随便哪个部位的竖直潜望镜告诉我，那蝇饵已到达最近那几棵柳树的边沿。接着，我用控制手法，使钓线在蝇饵着水前，开始笔直下降了十或十五英尺。你尽可判断，这样的抛掷是否完美，如有必要，当然仍可作出微调。这一抛，其势轻缓犹如从火炉烟囱飘起的灰烬落地。生活中寂寞无声的快事之一，莫过于你让自己的元神站到一边去旁观，看你如何不声不响地做成一件杰作，即便这作品只是一点飘浮的灰烬。

钩头停留在矮树丛的最低枝头上，蝇饵在它微型的摆动装置上旋至离水面三四或是五六英寸的位置。要做完整个抛掷动作，下一步我得用钓竿去抖动钓线。这样，只要线未被矮树纠绕，蝇饵就应沉下水去。也许因为我做完了这个动作，也许是鱼咬饵时蹭地蹦出了水面，高高跃起在矮树之上，反正这是我平生第一次在一棵树上与鱼角力。

印第安人过去常用柳树的红枝条编织篮子，所以枝条不是那么容易断裂的。现在就看是鱼还是渔夫得胜了。

钓大鱼的人在大鱼咬饵后的霎时间，都会经历某种奇特、超脱，甚至带点幽默意味的体验。在钓大鱼的渔夫手臂、肩胛或头脑里，有一杆秤，那鱼掠空而过时，不论钓鱼人这会儿血压多少，都会镇静地给它过一下秤。这会儿他该做的其他事情正多，双手和双臂都用上还嫌不够，可是对鱼的重量，他得设法大致算准，这样真正捕到时，才不致失望。我对自己说："这杂种足有七八磅重吧。"这么衡量当然还得除去矮树丛那部分的分量。

空中，柳树的枯叶和绿色小浆果乱飞，幸好枝条没有断裂。这大褐鲑蹦上矮树丛时，每经一根枝条，就把它打成一个结。整个树丛经过这一番折腾，像是被编织成了一个柳条篮子，有方结、单套结和成双的半结。

生死之间毕竟只有一线之隔，所以丢了一条到手的大鱼，无异于身心双双突然见鬼。捕大鱼的时候，这一刻，世界以鱼为核心，下一刻可能变成一片空白。鱼不见了，你自己也不复存在，周围惟余那四点五盎司的钓竿，竿上绕了一段钓线和半透明的肠线，线端接上瑞典钢制成的小小弯曲钩头，再接上鸡脖子部位的小半根茸毛。

我甚至不知道它是朝哪里遁去的。在我想来，鱼可能腾到树丛顶上，然后直上重霄去也。

我蹚水来到矮树丛，想找到鱼儿有无留下真实的痕迹。四下有些串联一起的渔具，我的双手抖得厉害，解不开已经跟树枝纠绕在一起的复杂结头。

就连摩西看到树丛着火[1]也不会比我颤抖得更厉害了。最后，我只把钓线从钩头解下收回，其余的一片狼藉就让它留在柳树丛中吧。

诗人说到"瞬间"[2]。可惟有渔夫才真正品尝过永恒浓缩到瞬间的滋味。瞬间是怎么回事，谁都说不好。瞬间其实就是整个世界只剩下一条鱼，而这鱼儿又突然不见。我会永远记住这狗杂种的。

---

1. 详见《圣经》中摩西和燃烧的树丛的故事。
2. 原文 spots of time（也有人译作"点点光阴"的），华兹华斯用语，指留下永久记忆的时刻。详见《序曲》。

一个声音响起:"真是个大家伙。"可能是弟弟在说话;也可能是在我身后空中翱翔的大鱼正自我吹嘘。

我转过身,对弟弟说:"让它溜了。"全部过程,他都看见。所以要是有什么他不知道的,我本该说一说,可我只会重复:"让它溜了。"我低头看自己的手,双掌向上,像是在乞讨什么。

"你没有任何其他办法的,"他说,"矮树丛中捕大鱼。我从未见人试着这么做。"

我想他是在安慰我,特别是当我看见他的鱼篓里露出巨大的褐色鱼尾和巨大的黑斑。"你的大鱼是怎么捕到的?"我问。因为情绪亢奋,想知道什么,我就问什么。

他说:"在开阔的浅水里捕到的,那儿没有矮树丛。"

我又问:"开阔的浅水里会有那样的大家伙?"

他说:"是啊,大褐鲑。你习惯了在浩淼水域钓捕虹鳟鱼,可大褐鲑常循着水草场的河岸的边沿觅食,蚱蜢啊,甚至还有老鼠啊,都会掉进水里的。你可沿着浅水区走,直到看见水里有黑色的鱼背突起,泥土被搅浑。"

我听了益发丧气。我原以为自己做得够完美了,而且完全按照弟弟教我的方法,而他就是没教过我鲑鱼上树时该怎么办。老是围在大师身边学样也会出问题,虽然你学到一点他的本事，譬如怎样往矮树丛投竿，可是当大师改弦易辙之时，你还在墨守成规。

亢奋尚未退去。胸中还有某种巨大的空洞有待填充，还有另一个问题有待回答。直到问出了口，我才知道问题是什么："能在钱或其他方面帮你一点忙吗？"

听到自己这样脱口问出，我吃惊不小，于是赶快使情绪平复下来。刚刚犯了个错还没纠正，不料接着又把局面弄得更糟。"那天夜晚的事使我想到你可能需要些帮助。"我说。

也许，在他看来，我提到那个夜晚是要问印第安女友的事，所以我立即转换话题："我想，你那天夜里追兔子，后来修理车头，没准花了不少钱吧。"到此为止，我已犯下三个错误。

他那模样就像父亲要喂他喝一碗麦片粥。他低下头去，不吭一声。待到他确信我不会再说什么了，才张口说："要下雨了。"

我望望天空。从世界低垂到惟余一丛矮树的那一刻到现在，我已把天空尽忘。不错，头顶上方确是天空，只不过已全是乌云，一张峡谷难以承重的天幕。

弟弟问："尼尔在哪里？"

我被他问了个措手不及,这才回想起来。"我把他留在第一个河曲那边了。"我说。

"这下你有苦头吃了。"弟弟对我说。

这句话开扩了我的天地,使我想起载重半吨的卡车和那几位苏格兰籍女人。"知道。"我回答,一边收起钓竿。"今天到此为止。"我说着向钓竿点了点头。

保罗问:"定额完成没有?"我说:"没有。"我当然知道,他问话的真意是,我的麻烦是不是已经够多,没完成定额就收手会不会雪上加霜?对于自己并不钓鱼的女人来说,没完成最低捕钓额度回家来的男人,都是孬种。

弟弟大致有同感吧。"你只需几分钟,再钓几条小溪鱼,就完成定额了,"他说,"四处蹦跳的不都是吗?我抽根烟,你再钓上六条来。"

我说:"多谢。可今天就到此吧。"多钓六条东溪小鲑鱼何以不会改变我对生活的看法,我知道他是不会领悟的。显然,今天不是个好日子,外部世界容不得我做自己真正想做的事——钓到一条大褐鲑,跟弟弟作一番建设性的谈话。事与愿违,矮树丛里一无所获,又快下雨了。

保罗说:"那行,咱们去找尼尔吧。"过后又补充一句:"你不该撇下他的。"

"什么?"我问。

"你该帮帮他的。"他回答说。

我能找到单词,可没法凑合成句。"我没把他撇下。他不喜欢我。他不喜欢蒙大拿。他离开我,自顾自去用活饵钓鱼。他连活饵垂钓都不会。至于我,我对他一无好感。"

我可以感到,让大鱼溜走的感情狂澜正演变成为针对小舅子的愤懑,同时发现自己一遍遍说同样的句子,可说出来的意思又不完全一样。尽管如此,我还是问了:"你以为你应该帮他?"

"是的,"他说,"我想我们就是为帮他而来的。"

"怎么帮?"我问。

"带他跟我们一起钓鱼啊。"

"我刚才对你说过了,"我说,"他不喜欢钓鱼。"

"可能是吧,"弟弟回答,"可是也许他喜欢有人帮他。"

我还是不能理解我弟弟。他自己老是把想帮助他的人拒之门外,可又以某种极为微妙的方式说到尼尔需要帮助,那其实就是说他自己。"得啦,"他说,"咱们快去找他,暴风雨一来会把他弄丢的。"他想用胳臂搂住我的肩膀，可是那大尾巴露在外边的鱼篓夹在两人中间，使他难以做到。两人都显得手足无措——在我，老是试着要帮他；他呢，设法为此对我表示感谢。

"走快些。"我说。我们上了小径，朝上游方向而去。乌云正严实地笼罩峡谷。世界的长、宽、高被压缩到九百英尺×九百英尺×九百英尺之中。沿密苏里河向北的下一个马恩峡谷，在1949年发生过森林大火，火势蔓延过分水岭直抵鹿角河，想来当时的天色与现在颇有些相似。那次火灾，林业局伞降十六名精锐灭火员，其中十三人给烧得面目全非，非以牙齿结构辨认不可。鹿角峡谷凡有暴风雨袭来，就是这个样子，一应景物悉被抹去。

仿佛有谁发了个信号，鱼儿全部停止蹦跳。起风了。河水卷扬，像我的那条鱼一样，涌上矮树丛。溪边，柳树树叶和绿色小浆果漫天飞舞。接着，天空看不见了，惟有持续扑面打来的球果和断枝。

暴风雨似脱缰野马，从头顶呼啸而过。

我们穿过河曲处的水草场，寻找尼尔，可是一眨眼的工夫，我们连自己身在何处也拿不准了。我的双唇不住淌水。"这家伙不在这里"，我说，而"这里"准确地说是哪里，两人都不知道。"不，"弟弟说，"他在那边。"接着又补充说：

"淋不着的。"这下两人都明白"那边"指什么地方。

等我们回到卡车那儿,雨已只受控于重力作用而持续大降。保罗和我都把香烟和火柴塞进帽子以防受潮,可我能感觉到发根处已有雨水流淌。

暴风雨中看卡车,就像透过开拓先民的往昔,看见一辆雨篷大车,周身遭受暴雨的鞭打。肯尼准是从河狸水坝及时赶回,取出一两方旧油布,削木打桩,展开油布,遮住卡车车厢。第一个伸头进去的自然应当是我,而非弟弟,这跟旧时马戏团穿插的小节目中的"躲球老黑"[1]相似,把头从帆布窗洞伸进,供人花一毛钱投来棒球击打。不过,我的头一伸进,身体立即僵住。要是有什么东西扔过来,我根本无力躲闪;我甚至无法确定车里人先扔什么,后扔什么。反正那次序由不得我选择。

首先出现的是女眷,接着是旧床垫。首先看见女眷,是因为其中两个手握切肉刀;另一个,也就是我妻子,持一个长餐叉。油布底下,光线晦暗,刀具闪出寒光。女眷原来都蹲在车厢里做三明治,看到我的头伸进,像是见了帆布上的靶子,这才举起刀叉相向。

---

1. 一种嘉年华丑角,详见下文;也是1931年一部影片的片题,因辱黑而被责为种族歧视。

车厢中央，油布弛垂而形不成严丝密缝处，有水漏下。后面，在车厢的远端，是那旧床垫。这会儿眼前刀叉乱舞，那边的各种细节还看不分明。

妻子手拿长餐叉对准我说："你跑开，把他撇下了。"

岳母一边在钢棒上磨刀，一边说："可怜的孩子，他不舒服呢。太阳下晒得太久了。"

颈脖暴露在钢刀之前，我只能找到几个词发问："他是这么对你说的吗？"

"是的。可怜的孩子"，她说着一扭一扭走到车厢后部，用一只手抚摸儿子的头，另一只手仍牢牢执着切肉刀。因为少了一只手，她没把磨刀用的钢棒带上。

透过油布的隙缝漏进不少水来，可是投下的光线并不多。我的双眼要适应躺在床垫上的小舅子，还得花些时间。微弱的光线里，先看到他的额头，白净光溜。要是我妈一生替我做三明治，保护我远离现实，我的额头准保也是这样。

弟弟把头伸进油布，过后站到我身边。有个我家族的代表在场，我觉得好过了些，又暗自思忖："希望有一天我也可这样帮他。"

女眷给弟弟做了一份三明治。至于我嘛，头颅和肩膀虽有遮挡，身体的其他部位湿透，即使遭遇水龙卷也不过这样了。保罗也好不到哪里去，可车里的人并不互相靠拢，给我们两人腾出地方来。那杂种独占车厢的前部。他并没有躺在床垫上，而是坐了起来。

车外，水顺着我的背脊浇了个通透，在臀部形成一道狭槽，再往下分流两股，灌进袜子。

女眷除了给尼尔不住地做三明治，就是拿刀叉对着我指指点点。她们没替我做三明治，可我像是闻到了属我那一份的肉香。漏过帆布的水与挤在一起的人体体温一结合，形成的水汽味儿，我也闻到了。我还闻到从旧床垫那边呼出的隔夜酒气。你可能知道，印第安人在河边建他们的汗水浴房。他们浑身汗湿之后，就立即往屋外的冰冷河水里一跳——可能还得加一句——有时候有的人就这样顿时死去。我觉得自己这时候已一分为二，一个是真实的自我，另一个是汗水浴房和冰冷的河水，以及行将死去。

我暗自理一理临终思路："这杂种咋会在太阳下晒得太久？这杂种从离开蒙大拿去西海岸算起，就没见过两三个小时的阳光！"有一条思路特别跟妻子有关。要是同她实话实说，我想说的是："我没撇下你兄弟。是你兄弟，就是那杂种，离开我的。"所有这些，当然只是在脑子里想想而已。说到岳母,我使劲儿想,什么时候跟人私通过,竟生下这么个野种。我又为妻子和她的妈妈,想好这么一句:"这杂种惟一的问题是昨夜在黑杰克酒吧,他往散热器里倾倒的防冻剂全漏光了。"

回狼溪的一路,全在下雨。从鹿角河到吉姆·麦格莱高农庄大宅的途中,我们陷在泥浆里,而过了农庄大宅才能上沙砾路。自然,开车的是肯尼,推车的是保罗和空着肚子的我。我自觉胃壁即将瘪塌之际,绕到前面的驾驶座旁问:"肯,叫你兄弟从床垫上下来,帮我们推车,怎么样?"

肯尼对我说:"你对卡车的了解再不济,也该明白这不可能。你知道,我非用压舱石把车屁股压住,才能使后轮不空转,这样才有希望摆脱泥浆。"

我回到车尾。保罗和我两人把压舱石推到农庄大宅去。推重物下坡跟上坡一样费劲。花费同样的力气,我们可以在蒙大拿东部将载重半吨的卡车和压舱物沿煤屑河往上推,那儿正是泥浆这词的发源地。

回到狼溪,保罗留下跟我一起卸车。卡车沾了泥,又承接了雨水,重量大增。我们把床垫留在最后卸下。我已精疲力竭,要不就是饿惨了,就直奔眠床而去。保罗返回赫勒纳。去房间的途中，我看见尼尔和他母亲在大门口。压舱石这会儿披上了两件红、白、蓝三色的戴维斯杯网球衫。儿子刚要溜出去时给母亲抓住，正对她撒谎。他这会儿又是神清气爽的模样了。我知道有两只杂货店的板条箱将非常乐于见到他。

我上了床，努力不让自己睡去，以便动用足够的智力想出一个明豁的结论，并且凝结成一句话："我要是不离开老婆的家，躲出去几天，那肯定就没有老婆了。"于是，翌日早上，我跑到食品店给弟弟打电话，在那儿通话，家里人是听不到的。我问他，能不能抽出一点暑假的时间来跟我会会，反正我得去司雷湖待上几天。

我们家在司雷湖有一幢避暑木屋，距泥腿峡谷仅十七英里，离天鹅河也不远，后者流经航太署航摄任务拍得的多处冰川，河景美若其名。我估计，弟弟给昨日的雨水一淋，背上还凉嗖嗖的，而且全家人都不挪窝让我们兄弟俩爬进油布下躲雨，因此一定懂得我的意思。不管怎么说，他同意了："我跟老板说说去。"

那天夜里，我向妻子提出一个问题——跟她打交道，提个问题比之自己说这说那，更能控制局面。"你觉得保罗同我去司雷湖待上几天是不是个好主意？"

她一下子看穿我的意思，说道："好。"

第二天我好不容易对付了过去。第三天，保罗和我穿越大陆分水岭，依我想来，就此把人间俗世甩在了身后。可是，正当我们开始往太平洋方向驶去时，保罗告诉我，他找了个新的女朋友。我警觉地谛听，准备随时跳开。

又是让我为难的老一套。也许他说的我不爱听，可是第一次听到的只是诳语，我就加倍反感——要不，是我自己多疑而浪费时间——也许他不只是兄弟，还是记者，把不宜公开的个人私密或过于诗化的新闻，说给我听听而已。

"她这人有意思。"他说时，我俩正沿美洲大陆的西坡顺溜而下。"是的，"他又说，好像我刚才发表过什么评论似的，"她这人真有意思。她只在高中体育馆的男更衣室里，让你操她。"

他接着说的话又像是对我做回应，要不我刚才确实说过些什么来着。"啊，她把事情先计划周全了。她知道男厕所里有扇窗子从来不锁。我先把她推上去，她再伸手拉我。"

下面的话不再是对我的应答："她要你在按摩床上操她。"

去司雷湖的余下一路,我一直在琢磨,他是要告诉我,他遇上一个难缠娘们,还是有意让我开阔眼界懂得更多一些,虽说我已经出道并成了家。我就一直这样胡思乱想,直到我仿佛嗅到体育馆里消肿药水的气味,还有按摩油,以及男更衣柜发散的味道,那些箱柜不到橄榄球赛季结束是没人去清扫的。

我同时想到:"此时此刻,这儿热得要死。钓不到多少鱼的。鱼儿都躺在水底呢。"过后,我又试图想象一条仰卧在按摩床上的鱼。维持意识流,使之别停格在一个画面,可不容易。这画面就是鱼帮助渔夫爬进男更衣室厕所的窗户。几乎就在此时,我们正驶进避暑小屋坐落其间的壮伟的美洲落叶松林。进入林子,突变凉爽。这些落叶松都有八百至一千二百年的树龄,兼之高大伟岸,把暑热都隔离在外。我们不等卸车,急着入水去游泳。

等我们穿上衣服但还未梳发之际,我们拿着游泳裤,去晾在两棵胶枞树中间拉出的晒衣绳上。晒衣绳高高挑起,这样才不会被鹿角撞上而形成纠缠。我踮着脚,试图扣上一个衣夹。这时我听到林业局专用公路那边有车拐下,驶上我们的车道。

弟弟说:"别回头看。"

车一直驶到我的背后才刹停。马达在暑热中呼哧呼哧作响。即便车子就在我背部的凹处呼哧，我也没转过头。然后，从汽车前门跌出一个人来。

衣夹依然拿在手里，我定睛一看，发现以为有人跌出前门乃是错觉，因为这车没有前门。不过，在车的前部，脚踏底板是有的，底板上放着一只希尔兄弟公司的咖啡罐子、一瓶3-7-77威士忌和一瓶已经打开的草莓汽水。在蒙大拿，只要酒后有草莓汽水这样的淡饮料押尾，威士忌质量如何，我们是不在乎的。

时值正午，这一幕仿佛是专为哪个西部牛仔片安排的。小舅子在驾驶座上颠着头，也许从狼溪来此的一路上就是这副德行。

"老厚皮"先前摔在落叶松的松针堆里，这时撑起身来，朝四周看看，似要弄清楚置身何地，接着径直朝我走来，若非弟弟已经老大不情愿地让开，很可能会先撞上她。

"遇到你很高兴。"她说着向我那只捏着衣夹的手伸来。我机械刻板地把衣夹换了只手拿着，让她握手。

有时候，你直接面对的事情会放大，以致你茫然不知所措，是该先领悟个全貌，然后把各种细节拼凑成整体，还是细节在前,直到事情的全局自行明白宣布在后。我才拼凑好若干细节,只听得自己对自己说:"你怎么也无法让弟弟相信,今天的事不是你骗他入毂的。"

"你还好吗?"她问,"是我把这小子带来,跟你们一起钓鱼的。"

她老把尼尔叫做"这小子"。跟这女人上床的男人太多,要记住他们的名字,她的脑子不够用。除了黑杰克、"满弓"和她那两位驯野牛仔,这时的她已把所有的男人叫做"这小子"。我是例外——对我,她只叫"你"。她能记得我,但她并不记得她碰见过我。

"这小子再也没钱了,"她说,"他需要你的帮助。"

保罗对我说:"帮帮他。"

我问:"他需要多少钱?"

"咱们不要你的钱,"她说,"只是要跟你一起钓鱼。"

她从一个浅红色的纸杯喝浅红色的威士忌。我走到车旁,对着驾驶座边上的窗子问:"你想钓鱼?"

很明显,为预防听不见别人说什么,他已练熟一句台词:"我想跟你和保罗一起钓鱼。"

我告诉他:"这会儿太热,不是钓鱼的时候。"从沙砾路面转入我们车道时扬起的尘土还在松林里缭绕不去。

他重复着说:"我想跟你和保罗一起钓鱼。"

保罗说:"那咱们走吧。"

我对保罗说:"全上我们的车吧。我来开。"

保罗说:"我开。"我说:"行。"

"老厚皮"和尼尔并不情愿上我们的车。我估计他们想分车独行,但可能是因为害怕,或者两人单独在一起有些腻了,又想有我们在近旁,只是不想我们在前座罢了。保罗和我不再争着开车,他坐上驾驶座,我占了他身旁的座位。那边两人不知彼此咕哝着说什么,最后只见那女人把东西往我们的后座搬,先是浅红色的汽水,然后是希尔兄弟公司的咖啡空罐。

我想这时我才首次注意到两人连根钓竿都没带。要是旁边是其他人而不是保罗,我准会叫他等我一分钟,下车去他们车上看看钓竿是否落在那儿了。可是对保罗来说,慈善世界绝不包括那些忘记带上渔具的钓鱼人。他对我心软,所以愿意帮助这两人,也不会因为在鱼儿卧底休息的正午时分非带他们钓鱼不可而大发雷霆。可是到了现场,发现他们根本不把钓鱼当回事,连根钓竿也没有,那可没他们的好果子吃了。

两人依偎着睡了。我庆幸开车的不是我,因为我的感受太复杂了。譬如说,感受之一是,女人怎么都这么容易受骗,都愿意帮助他这样的杂种,而不帮助我。特别长的一段时间里,我感到不解,怎么轮到我想帮助别人的时候,结果总不外乎是给钱,或是带他去钓鱼。

经过一个陡坡,我们驶出松林和一连串清凉的小湖,来到阳光炫目的波兰喀低洼地。保罗问:"到了接上泥腿公路的路口,你说往哪儿转?""往上,"我说,"峡谷的水汹涌,他们怎么钓?还是去峡谷源头处,河水进入危崖峭壁前,有几处不错的钓位。"于是,我们在低洼地尽头,下了大路,颠簸着驶过冰川残迹,来到河流宽阔的分叉点。旁边是座美国黄松林,树荫下正好泊车。

河流分叉处的水流中央是一条长长的沙洲。蹚水过去投钓,再理想没有了。两边都有大鱼,却没有沉水的原木、粗大的树根或巨礁会妨碍你把鱼拉上来,惟有沙子滑过鱼身,这样,鱼儿简直注意不到已经被人捕获,直到它们缺水狂喘。

我在这儿钓过多次,可还是在举竿之前再去目测一次,我一步步走近,像是一头曾挨过枪击的动物。曾有一次,我手执钓竿,快步冲进水里,想第一竿就有所获,那钓线也已抛掷出去,却只见对岸的山石纷纷滚落河里。我根本没看见那头熊，它也没看见我，直到听见我滞后骂出声来——因为第一次出手反应慢了。我不知道那熊是来干什么的：抓鱼，游泳，还是喝水。我只知道，它引起了山石滑坡。

你倘若从未见过熊在山上跑动，那就不会明白其中特别之处。当然，鹿跑得更快，可它们并不笔直上山。就连麋鹿的后部也没有如此力量。鹿和麋鹿跑起来呈之字形，忽左忽右，还常常停下来摆个姿势，其实它们是在喘气。熊离开地面时则像一道闪电，忽闪过后才闻雷声。

我走回车去的时候，保罗已准备好钓竿。"尼尔和他女朋友一起去吗？"我瞧瞧后座，两人还在睡觉。可是在我只不过伸头探看一下时，两人都动了一动，说明可能都没真的睡着。我说："尼尔，醒一醒，告诉我们，你想做什么。"他老大不情愿地做出几个惊醒动作，最后摆脱了"老厚皮"倚在他肩上的头，浑身僵直地下了车，看上去已经像个老者。他扫了河岸一眼，问道："那个钓位怎么样？"我说："相当不错。实际上，接下去的四五个都不错的。"

"能蹚水过去到达沙洲吗？"他问。我告诉他，一般情况下不能，只是近来天气炎热，水位降下一英尺有余，他若蹚水，不会有任何问题。

"我想做的是，留在这儿钓鱼。"尼尔说。他一次也没提到那女人，一个原因是，他忠实地践行自己对女人不理不睬的姿态；其次是他明白，保罗和我都不待见这个女人，不提她，我们也许就不再注意她了。

"老厚皮"也醒了，把3-7-77酒瓶子递给保罗。"闻一闻。"她说。保罗执着她的手，转个圈子，引她到了向尼尔劝酒的位置。前面说过，出于许多原因，包括父亲禁止，保罗和我钓鱼时是不碰酒的。投钓结束后才喝。一俟湿衣脱去，我们中的一个，马上就脚踩衣服而不是地下松针，伸手去汽车的手套屉，那儿我们总备有一瓶。

诸君如果以为下面的叙述与这儿说的互相矛盾，那么请你们领会一点：在蒙大拿喝啤酒不算喝酒。

保罗打开我们汽车的后备厢，计着数取出八瓶啤酒。他对尼尔说："四瓶归你们，四瓶归我俩。我们钓一处就替你们往河里沉下两瓶。啤酒会让人忘了暑热。"他还告诉他们我们将把酒埋在何处。把我们钓完鱼从峭壁往回走的路上，在两个钓位处的什么地点藏啤酒的事说出来之前，他真该好好想一想。

一度，这世界有多美好。至少这条河是如此。而这条河简直就是属于我和我家的，最多加上少数几个不偷啤酒的外人。你可以把啤酒放在河水里降温，待再取出时酒已冰凉，泡沫大减。啤酒是邻城出产还是万里之外酿造，全无关系。我们沉在泥腿河里冷藏的，有赫勒纳当地产的"渴死啦"或密苏拉的"高原啤"。一度，这世界多美好，啤酒未必一定都得是密尔沃基、明尼阿波利斯或圣路易酿造的。

我们用石块压住啤酒，以免被河水冲走。接着，我们向下游走出一段投钓距离。赤日炎炎，连保罗也变得慢悠悠的。突然，他打破了这懒洋洋的沉闷。"总有一天，"他说，"尼尔会找到自我意识而不再回到蒙大拿来。他不喜欢蒙大拿。"

要说他这番话并不出我意料，惟一的原因就是，我注意到他在尼尔醒来时曾端详后者的脸庞。我说："我知道他不喜欢钓鱼，只是爱对女人吹嘘他喜欢钓鱼。这么说无论对他自己，还是对那些女人，都起作用。对鱼也不无好处。"最后又附加一句："对大家都好。"

天太热了，我们收住脚步，在一根原木上坐了下来。两人都不作声，只听见松针像干叶飒飒落地。猛地，松针不掉了。"我应该离开蒙大拿，"他说，"我应去西海岸。"

我也有过这念头，可忍不住问："为什么？"

"在这儿，"他说，"我报道本地体育消息，负责个人采访和警局日常动态。实在没事可做。在这儿，做不成事情。"

"除去渔猎。"我说。

"还多麻烦。"他补充说。

我再次告诉他："我以前就说过，要是你想换一家大报馆做事，我想我能帮上一点忙的。然后你就可做自己想做的事情，譬如特写啦，甚至有一天开出专栏。"

天气酷热，河水中蜃楼似的景象全融作了一片。很难说得准我听见的那几句话是否有奥博的暗示。他说："耶稣啊，真热。咱们下河凉快凉快吧。"

他站起身，捡起钓竿。那条缠绕丝线的漂亮的钓竿，同周围的空气一样，也在粼粼闪光。"我才不离开蒙大拿呢，"他说，"咱们钓鱼去吧。"

兄弟俩分手时，他说："就算因此惹出麻烦我也喜欢。"于是，我们又回到了开始的地方。天热得够戗，钓鱼肯定不会有什么好收成。

果然如此。热汛袭来时，正午时分，活水都变得静止不动。你一遍遍抛出钓线，水里一无动静。连青蛙也不跳。你不免会觉得自己是大自然之中惟一一个活的生灵。也许，在进化过程中，所有生命都是从水里迁徙到陆地的，惟你除外。你犹在迁徙过程中，其中离水的那一部分，在你还不习惯的空气里，受着曝晒煎熬。阳光从水面反射到你身体，强烈刺激眉毛以下部分，即使戴着帽子也无济于事。

投钓尚未开始，我就早早知道，今天钓鱼不容易，因此我特别注意精确。我在大石前后的背阴处抛线，鱼儿可能在那里休息并等着流水把食物送上门来，我专注的另一个地方是矮树丛下的流水，那儿不但背阴，而且会有孵卵的小虫从枝条上掉落。但背阴处除去阴影却什么也没有。

设若一个主意没有结果，那么反其道而行之，可能有效。正是基于这种假设，我彻底放弃背阴水域，走到蚱蜢噼啪乱飞的开阔的水草场。熟悉某一问题的人，不难找到理由转往相反的理念。我对自己说："眼下是夏天，蚱蜢在阳光下飞窜。鱼儿肯定也一样。"我换上一个软木浮饵，看上去活像是只肚子鼓鼓的黄色大蚱蜢。我抵近河岸，那边的水里，即便是大鱼也会因为等着吃蚱蜢而犯致命错误。用软木浮饵钓了一会儿，我又装上一个黄色绒球充作虫体，让它吸足了水沉下去，像只死蚱蜢。仍然无效，就连青蛙也不蹦跳。

要说放弃，脑袋远比身体不听话。由此，蝇饵投钓人发明了一种叫做"好奇心理论"的观点。正如字面所说，这理论认定，鱼跟人一样，有时进攻东西时并不是因为这东西看上去好吃，而是想弄弄清楚这东西到底是什么。大多数蝇饵投钓人把这叫做"最后一招理论"，有时候用上了还真的几乎立竿见影。我换上乔治·克隆能博给我结成的蝇饵。做这个蝇饵时，他还是个孩子，几十年以后才成为全西部手法最为出色的蝇饵结扎大师之一。这个假饵是当年童趣大炽时的作品，从鹿毛到枞树鸡的颈羽，素材几乎样样俱全。

有一次，我在泥腿河上游钓鱼时，看到一个奇怪的东西，它正设法游渡过河，可是颈脖子和头颅却被冲得转往下游方向。我看不清那是什么东西，直到它登上岸，甩一甩身上的水。这时我认出来了，那是一只北美红猫。你如果不知道一只湿漉漉的北美红猫是什么模样，那我告诉你它就像一只小小的落水猫。浑身湿透时，它瘦骨嶙峋，是个温顺的小家伙。可等它身子干了，毛发恢复蓬松，觉得自己重新变回猫科动物了，便转过头来，看着我，嘴里发出准备攻击的呼呼声。

但愿一起钓鱼的老伙伴乔治·克隆能博不会在乎我这么说，可他儿时的作品在水里上下沉浮，真有点像那只红猫，不管怎么说，反正对鱼儿有点吸引力吧。

从没有生命迹象又毫无希望的深处，有东西出现了。它缓缓游来，似乎一边游一边在创造着历史。片刻之后再看，它约摸有十英寸长。它游近再游近，但是游过某一点之后，体长不再增加。我估摸着也就是十英寸的小家伙罢了。它游至看上去应该安全的距离，便绕着乔治的红猫特制饵打转。我从来不曾在小鱼身上见过那么大的一双狐疑的眼睛。它死死盯着鱼饵看，让水流带着它围绕鱼饵转了又转。接着，鱼儿顺从了重力作用，慢慢沉了下去。当它缩小到六英寸模样时，鱼又折回来，重变十英寸，最后一次验看乔治的假饵。转圈到一半时，它把目光从鱼饵移开，看见了我，顿时逃得无影无踪。毫无疑问，这是鱼类惟一一次认真研究乔治儿时的杰作，虽说出于怀旧我至今还带着它。

我只好放弃好奇心理论，肚子着地俯下身去喝了口水，谁知口渴反而因此加剧。我于是想到啤酒，不准备再这样浪费时间了。本来嘛，我宁可早早住手，找个背阴的地方坐下，若不是怕背阴乘凉时弟弟问"抓到几条？"而自己非回答"吃了个鸭蛋"不可。像是祈祷老天保佑似的,我对自己说:"再试一次。"

我不喜欢祈祷,不喜欢祈祷之后祈祷的内容永不实现,所以这次在河岸上走了许久,寻找一个老天会保佑的最后的钓位。我其实并没有认真目测,只是见到一片普通的水域,却认定就是这儿了。我突然止步,再次定睛一看,这儿竟然到处都有鱼蹦跳。几乎同时,我嗅到一股臭味。大热天里,这味道特别难闻。我不想走近,可到此刻为止不见一条的鱼就在我眼前蹦跳!岸边的半路上,有只死河狸。我向河水走去,意识到自己这回是准备停当了。

看到河狸遗尸,我知道了鱼儿蹦跳的原因。即使是只在周末钓鱼的人都知道,死河狸引来一群蜜蜂,在地面和水边低飞。而像我这样的钓鱼人,总带着尺寸匹配的仿蜂鱼饵。弟弟倒不一定。他不带许多假饵,他的饵都塞在帽子的一圈丝带里了,至多二十到二十五个吧,但就类别而论,也就四五种而已,只不过每种有尺寸不同的几个。钓鱼人把这种鱼饵叫做"普适饵",在钓技高超的人手里,每一种都可被做成许多不同的虫子模样,连从幼虫到带翅的不同阶段都能模仿。弟弟对假饵的感觉,很像父亲,一个优秀木匠,对于工具的感觉。父亲老说,只要有足够的工具，任何人都可以做出木器活来。我的钓技并不高明，未敢蔑视工具，因此带着整整一盒子的假饵，其中既有"普适饵"，也有钓鱼人称之为"专用饵"的那种，后者模仿各种特别的昆虫，诸如有翅群飞的大黑蚁、蜉蝣、石蝇、云杉树皮虫。还有蜜蜂。

我从盒子里取出一只乔治·克隆能博手制的蜜蜂假饵。假饵看上去并不太像蜜蜂。你要想成为假饵钓鱼专家，最好别糊里糊涂去买"上柜假饵"，那是杂货店柜台出售的大路货，在外行人看来也确实很像它们各自的名字所代表的虫子。乔治在他后院制备有一个玻璃水缸。他就躺在那下面仔细观察各种浮游在水面上的昆虫。为了制作假饵，他发现那些虫子从水面下方看去，一点不像原来的样子。我装上乔治手制的那看上去不像蜜蜂的蜂饵，凭着这个我捕到三条鱼。虽说不是大鱼，十四英寸左右，还算可以了。我至少应当感恩，不会吃个大鸭蛋了。

不知什么道理，一般人捕到奇数之后都不歇手。我得再钓一条方得凑满四条，可要钓着它，还真不容易。最后总算钓到了，可惜是条小鱼。我明白它是我最后的收获了，因为其他的鱼都已看穿乔治的蜜蜂是怎么回事。午后越来越高的气温对死河狸可没什么好处，那臭气更加刺鼻。我爬上河岸,迎着风走向下一个河曲,在那儿我可以坐下来,往下游方向看看保罗在哪里。现在不怕他问了,给他撞见我在背阴处坐着,也不必难为情了。

热辣辣的午后,我坐着努力想把那河狸忘了,转而去想啤酒。设法忘了河狸的同时,我也在设法忘记小舅子和"老厚皮"。我知道自己在此得坐上好一会儿忘记种种,因为弟弟不像我,只抓三四条鱼是绝不罢手的,即使续钓得花大力也在所不惜。我坐着,拼命想要遗忘,到最后只剩下流淌而过的河流和出神观望的自己。河上,热气蜃景交相起舞,一会儿迎面穿插,一会儿牵手绕行。到最后,观望者融入河流,二者仅剩其一。我相信剩下的就是河流。

河流的内部构造图甚至也铺陈开来,抬眼可见。下游不远处是一条曾有河水流淌的旱沟,而认识事物的途径之一,便是通过它的死亡。多年前,河水尚且流经如今的干渠时,我便认识了这大河,因此可以用记忆中的流水把眼前残留的乱石遗迹激活。

消亡的事物自有轨迹,我们也只有循迹寻找这么点儿期望了。河流的全部轨迹是画家偏爱的蜿蜒曲线,勾勒在从我所在的山头到极目望去见到的彼岸最后一座山头之间的河谷之上。可是在我心中,河流呈现的全是尖峭的角度。先是一段望去似乎笔直的水流，然后突转，过后继续平稳缓流，直到遇上又一个障碍，再次陡转后又是逶迤向前。实际上并非笔直的直线以及实际上并非直角的角度，在画家笔下，成了最美的曲线，从这儿横扫过河谷，消失在肉眼望不到的天际。

我与河流混为一体，还因为我了解河的成因。大泥腿是条晚近的冰川河，水流湍急，河床剧降。河水本是直线激流，但撞上巨石或盘根错节的大树后形成并非定是直角的曲折。巨石之中，水势盘涡潜流，泡沫之下正是大鱼出没之处。水势变缓的同时，前面湍流处夹带的沙砾碎石开始沉积，流水因此变浅，悠悠呜咽。沉积过程完成之后，河水复又磅礴。

炎热的午后，头脑可创造出鱼儿，并依照它刚才创造河流的方式，分门别类对待。它会让鱼儿大部分时间待在转弯处的"深海"区，它们躺在那儿，有大石作保护，悠闲自在。丰沛的流水会把鱼食给它们冲来。饿得慌了，或是到了九月的凉爽天气，它们可以从那里转移到上层的激流里去，但如果一直待在湍急的河水里又很累。分门别类的头脑，也会引导鱼儿进入寂静的水域，在那儿每当夜晚来临必有蚊蚋和小蛾出没。应该告诉在此投钓的人，得用上小号的干饵,并涂上蜡,这样才能浮动不沉。还得告诫一声,在静夜水域投钓必须事事做得完美,因为刺目的阳光一去,鱼目能洞察一切,即使鱼饵的尾部多拖几根发丝,也会导致功败垂成。头脑可以做出种种这样的安排,只是鱼儿当然不会始终遵循你的安排罢了。

渔人们想象中的河流还有另一层意思,那就是:河流之所以成为河流,还因为河流也部分想到了渔人。他们谈到河流时,似乎事实就是这样。他们把河流各个部分三位一体地叫做"洞"[1],激流是"洞顶";流水转折点叫做"深海"或"大洋";下方无声流过的浅水叫"洞尾"。"洞尾"适合渔人涉水而过,"去另一边试试"。

水上热气激起的蜃楼幻象在我面前分合荡漾不止。我能感到自己的生活轨迹与幻象交接。就是在这儿,等候弟弟那工夫,我开始讲这个故事,自然,那时候我并不知道生活故事时常更像一江流水,而不是一本书。在那潺潺水声旁,我意识到故事已经开篇,或许早已开始。我还感到,前方将会出现某种永难冲蚀的事物,因此那里会有急剧的转弯、深沉回流、沉积和静水。

---

1. 渔夫多把钓位称"洞"。

钓鱼人研究河流轨迹时，常用一个短语描述自己的行为："阅读河水。"而讲述自己的故事时要做的事情也大致相当。面临的最大问题之一是，猜度何处以及一天中的哪个时辰，生活不妨可被视作不必认真对待而付诸一笑，并猜度这是场微不足道的玩笑抑或是个难以承受的恶作剧。

然而，对于我们所有的人，阅读悲剧的河水要容易得多。

"有收获吗？"这声音以及问题提示我只须结束沉思，回过头去，就能看见弟弟。那声音又问："你在这儿干什么来着？"于是提示变成了确定无疑的事实。

"喔，胡思乱想。"我回答。一个人不知道自己在干什么时都这样回答。

他说天气太热，不适于钓鱼，可他好歹还是捕到"相当可以的一篓"。他那意思就是捕到了十或十二条，大小还算过得去。"咱们去取啤酒。"他说。听他说出"啤酒"一词，我才猛然记起现实中的事情来——三个 b 字：啤酒，河狸，小舅子，还有小舅子的钓鱼伙伴。[1]

"天哪，咱们喝啤酒去。"我说。

---

1. 这三样的英文单词都以 b 开头，beer，beaver，brother-in-law。

保罗用小手指勾着一个开瓶扳子不停旋转。两人都渴坏了，一做吞咽动作，耳朵就有传感。至于交谈，两人只顾重复夏季钓鱼人说滥了的一句话："一瓶啤酒肯定爽。"

一条猎物小道从岸边急转，带我们来到替我们自己冰镇啤酒的河段。保罗在前，我们腿脚僵直地沿河段走着。快走到头时，他弯了双膝下了河。我们把啤酒埋在这儿，任河水冲刷，以达到冰镇的目的。埋在流速太快的地方不行，因为啤酒会给冲到下游去的。

"不见了。"他说着用脚试探着埋酒瓶的地方。"呃，"我说，"那是你没找对地方。一准就在那里。"我也下了水帮他找，可对于能否找到，心头已存怀疑。

"没必要四处找。我们就是埋在这儿的。"他说着还指指河底泥土里的洞，那儿的石块已被我们挖出，用以压着酒瓶。我用蹚水靴的鞋底试探着那洞，石块大小的洞里，有没有啤酒瓶，难道还不是一目了然？他同样仔细寻找。即使在那些容不下瓶子的小洞，也不见啤酒影子。

我俩为了冰镇啤酒忍着口渴已有许久，这时站在河底洞边齐膝的水里，只好用手捧起河水喝下。在我们和泊车之间还有三个埋了啤酒的洞，然而我们几乎已经断了对啤酒的念想。

保罗说:"我们一共在四个洞里埋下八瓶啤酒。你觉得他们除了剩下的 3-7-77,能把八瓶全喝光?"

他说得很客气,那是因为我的缘故,也看在我妻子和岳母的面上。我提不出反驳的论据。虽说我们是抄小路走回来的,可河流从未越出我们的视线。两人不曾见到一个钓鱼人。还有谁会拿了我们的啤酒?

我说:"保罗,真是抱歉。我怎么就躲不开这家伙呢?"

"你躲不开的。"他说。

突然间,鉴于料到啤酒已全部不见而不必疾步走回,也鉴于虽无证据也已知道是谁拿了啤酒,我俩做了件我一时认为匪夷所思的事情:我俩准备走出河水之际猛一转身,就像两头涉水过河的野兽,怒吼一声,一边还在越来越浅的水里愤愤然跳脚,激起被河岸挡回的浪花。其中含义轻而易举便可猜出:兄弟间才互相客气,大吼和跳脚是针对拿了我们啤酒的小人的。

我们沿着河岸走,踢飞脚边滚动的石块。在接下来的三个洞边,我们又上演同样的一幕,瞪眼看看那石块被移开的空洞。

接着,我们走到可以远远看到停泊在岸边的汽车的地方,也就是下方河流被沙洲一隔而呈分叉的地方。

车仍在背阴处,没人去动过。我可以想象,要是我们脱去湿衣时,靠上那挡泥板,准给烤焦。

我说:"没看见他们。""我也没见。"保罗说。

"不会在车里吧?"我说。保罗接着我的话头说:"今天这样的天气,要是把一条狗留在车里,狗也准死。"

我走得太急,又四下眺望着找他们而不看脚下,在一块石头上绊了一跤,肘部着地跌下。为了避免摔坏钓竿,我是故意伸出胳臂肘的。我在剔剥伤口处小沙粒的时候,保罗说:"瞧那沙洲上是什么?"我还在径自清理伤口,信口说道:"熊呗。"

"什么熊?"他问。

"那头爬到山这边来的熊,"我告诉他,"它就是从那儿下山来饮水的。"

"那可不是熊。"他说。

我这才朝沙洲细看。"也许是两头。"我提醒。

"是两个,没错,"他说,"不过不是熊。"

"明明是两个,你怎么老用单数的'it'?"我问他。

"这不是熊,"他说,"是红色的东西。"

"你等着瞧它怎么爬上山去,"我告诉他,"那时你就看到确是熊了。熊能笔直上山。"

兄弟俩此刻走得非常缓慢,只等那东西突一移动,准备马上朝边上跳开。

"是红颜色的,"他说,"不管是什么,反正就是喝了我们啤酒的。"

我告诉他:"那根本不是人。正像你所说,红颜色的。"

此时,我俩已心不在焉地停住脚步,像野兽趸近水源,却看到水里有异物,不免嗅闻着伸出爪子去拨弄。我俩虽没去嗅闻,也没有伸爪拨弄,但知道野兽为什么这么做了。我们没有选择,惟有往前。

我们一直走到那东西跟前才明白,可是实在无法相信。"还熊呢,去他妈的,"保罗说,"赤裸裸的屁股。"

"两张赤裸裸的屁股。"我说。

"我就是那意思,"他说,"两张赤裸裸的屁股。都晒红了。"

探明真相后,我们还是怎么也无法相信。"我活见鬼了。"保罗说。"我也是。"我说,以证明所见不谬。

真正的屁股,你是从来不曾见过的,直到此刻你见了河中央沙洲上晒着的这么一对。身体的所有其他部位几乎全蒸发了。人体成了一张行将发出水疱的大屁股,前端有耻毛，下端连着双腿。不到夜晚，屁股肯定发烧。

当时见到的就是这幅景象，可是经过记忆过于感情化的淘洗，今天回想，难道不是田园诗般世界中的一个画面：你脱光衣服，在大河中央跟女人做爱，事毕翻个身，肚皮着地，睡上一两个钟头。

要是今天你在泥腿河上做类似的事，大瀑布城一半的市民会站在岸上，等你睡着，把你的衣服偷去。也许等不了那么久。

"喂。"保罗两手搁在嘴边，放声大叫，接着两手各伸一个手指进嘴，打了个响亮的唿哨。

"你认为两人都没事吧？"他问我，"过去年年夏季你都在太阳底下为林业局做事的。"

"这个嘛，"我告诉他，"从未听说过有谁被太阳晒死。不过这两人在未来的一两个星期内，肯定不能穿羊毛内衣裤了。"

"咱们把他们弄上车去吧。"他说。我们卸了鱼篓，把各自的钓竿斜竖在一根原木上，这样谁都能看见而不会一脚踩上去。

我们涉水快要抵达沙洲时，保罗收住脚步，伸出一臂拦住我。"等一等，"他说，"我要再看一眼，这样就永远忘不了啦。"

我俩站在那儿，在头脑余下的有限空处，拓下这幅景象。还是幅彩色拓片呢。前景是希尔兄弟公司的红色咖啡罐子，稍稍往后，是被晒红烤嫩的两双脚板，脚底朝下垂着。继而是两张在太阳系作用下火烫的红屁股。背景是一堆衣服，最上面是那女人的红色裤袜。拓片的边上是3-7-77剩酒，瓶子摸上去滚烫。见不到钓竿或鱼篓。

保罗说："但愿他染上三场花柳，第一场就死掉。"

从此以后，我再也没有在这儿钓过鱼，而是把它看作野生猎物的禁区了。

我们走过通向沙洲的余下的河道，尽量不发出水的泼溅声，为的是怕惊醒了他们。我想，我们当时的顾虑是："待他们醒来，必开始蜕皮。"而我个人的想法稍有不同。好几个夏天，八月底的时节，我曾在多响尾蛇出没的地方干活，知道这些毒蛇醒来如发现大热，马上就蜕皮，过后会有短暂的失明，听见动静即刻就扑将过去。我还记得，当时我就告诫自己，这些毒蛇醒来时非常危险，所以就战战兢兢地绕路而行，始终保持在它们的攻击距离之外。

走近两人，站在岸上看不到的身体部位——显露无遗。屁股和双脚由腿部连接；屁股到头发的中间一大块是背部和颈脖。红色已渗进拳曲的头发。至于头发本来就拳曲,还是太阳晒焦的结果,很难说。每一根都醒目竖立,像是由火夹加过工的。

保罗走去检视 3-7-77 瓶里还有没有剩酒的时候,我留在原处继续审视两人胴体。每根头发的根部都有伤,但这并不是我退后一步要去告诉保罗的事。我审视得非常认真,后退时撞上了他。

"女人屁股上有文身。"我告诉他。

"是吗?"他说。

他绕着女人的身体转,像是要从大猎物的下风处去接近它。绕圈结束,他退回我的身边。

"她的那两个牛仔情人名字的缩写是什么?"他问。"一个 B.I.,另一个 B.L.。"我说。

他问:"你能确定?"

我说:"确定,我能。"

"咦,"他说,"不相符啊。半瓣文身是 LO,另外半瓣是 VE。"

我对他说:"拼在一起不就是 love 嘛,中间的股沟算是分隔线。"

"见鬼。"他说着往后退,绕个圈子,重新开始估量眼前的局面。

女人突然跳将起来，身体就像理发店的三色灯招：红，白，蓝。因为伏卧，肚皮是白的；加上后背的颜色，整个儿一幅美国国旗；大团的红色，甚至侵染头发；屁股上是蓝黑色的文身。真该有人把她身体扳过来，演奏起《星条旗》之歌。

她狂乱地扫视四周，以便弄清楚身在何处，接着一溜烟跑去拿衣服，先拉起红色的裤袜穿上。让人看她用来谋生的裸体而不付钱可不行。确认了这一点之后，她不再紧张，也不去穿戴齐整，而是悠闲地走回来，望了我一眼说："啊，是你。"

接着她望着我们兄弟俩说："嗯，动什么念头呢，哥们？"她准备侍候大家满意。

我说："我们来接尼尔。"

她失望了。"是这样，"她说，"你是指这小子。"

我说："我指的是他。"我这边指着他，他在那边哼唧一声。我看他是不想醒来而发现自己遭受了曝晒，还宿醉着。他又哼唧一声，让身体更深陷进沙里。他的白肚皮覆了沙子，只是女人腾身上去两人苟合时留下的皱褶般痕迹犹在。肚脐眼里还有沙子流出。

保罗说:"穿上你的衣服,帮我们弄醒他。"她一脸怒容,回嘴说:"我能照顾他的。"保罗说:"你已经照顾过他了。"

她说:"他是我的男人。我能照顾他。我可不怕太阳。"我看她这话也没错——妓女侍候渔人赚钱,都在太阳底下。

保罗说:"穿上你的衣服,不然我就狠狠踢你。"她和我都知道保罗会说到做到。

保罗走到衣堆旁,把尼尔的衣服跟女人的分开。衣服是按脱下时的顺序堆放的。因而她那红色的裤袜在最上面,腰带在最底下。

我对保罗说:"这样分开很好,只是咱们没法给他穿衣。我看衣服一着肉他就受不了。"

"这么说来,咱们得把他裸体送回家了。"保罗说。

尼尔一听到"家"这个词儿,突然坐起,沙子小溪般从他身上流下。

"我不想回家。"他说。

"你想去哪里,尼尔?"我问。"不知道,"他说,"就是不想回家。"

我对他说:"家里有三个女人等着照顾你呢。"

"我不要见三个女人。"他说。更多的沙子从他身上滚落。

"老厚皮"把自己的衣服夹在胳肢窝里。我伸手拿起尼尔的衣服，塞进他的胳肢窝去。"给你，"我说，一边搀起他的另一条胳臂，"我扶着你蹚水上岸去。"

他痛得一步跳开。"别碰我。"他说，接着求"老厚皮"帮忙："我的衣服，你拿着。一碰衣服我就痛。"

"你给拿着。"她对我说。我顺从了。她搀起尼尔方才从我这儿挣脱的手臂，扶他来到水边。没走出几步，她回头对我说："他是我的男人。"这女人强壮，吃苦耐劳。泥腿是条大河，在此蹚水可不容易。要不是女人双腿有力，尼尔甭想过河。

蹚水至半途，保罗折了回去，不管 3-7-77 瓶子里还有多少剩酒，都要把瓶子拿回来。"老厚皮"把尼尔扶过河，任他那烤出嫩肉的双脚，一脚高一脚低地在石子路上跛行，自己又蹚水回到沙洲。她的脚也全变了嫩肉，可照样二度跋涉，为的是那只希尔兄弟公司的咖啡空罐。

待她回到岸上遇见我时，我忍不住问："这咖啡罐有什么特别的？"

"我也不知道，"她说，"就是这小子老爱带着它。"

汽车后座有条薄薄的毯子，是野餐时用来铺地的。毯上沾有冷杉的针叶。我们把尼尔和"老厚皮"放在后座，给他们盖上薄毯。目的也许有多重。一是怕他们被进一步晒伤，尤其要防着点热风；二是怕州警以赤身露体有伤风化为由逮捕我们。可是毯子一接触他们的肩胛，两人就扭着身子把它掀落了。就这样，我们彻底暴露在大自然和警察面前，向狼溪驶去。

尼尔从未坐起，只是不时咕哝："我不想见三个女人。"每次他一出声，"老厚皮"就坐直了身子哄他："别担心。我是你的女人。我会照顾你的。"开车的是我。每次听见尼尔咕哝，我就把方向盘握得更紧。我同样不想见三个女人。

一路上的大部分时间，保罗和我都不交谈，也不与他们说话。我们任他们中一位在那里透过胳肢窝咕咕哝哝，而另一位则坐直又瘫倒，缩进衣服堆里。驶近狼溪时，我能感觉到保罗要把这老一套程式改一改了，只见他慢慢挪一挪身体，这样伸手可及后座。又闻咕哝声起："我不想回家。"保罗伸手抓住那胳肢窝以下的胳臂，把他拽起。虽说晒得通红，经这一拽，那手臂变得煞白。"快到家了，"保罗说，"你没有其他地方可去。"咕哝声止。保罗拽着胳臂不放。

那娼妇毕竟厉害，竟同保罗大吵起来。保罗习惯于跟凶悍泼妇说话，而那女人也习惯于强强对话。争论的焦点是，我们要不要一进城就把她撵下车，还是由着她继续照顾这小子。说得最多的无非是"见你妈的鬼，我就要"和"见你妈的鬼，你不能"。沿用着吵架的口吻，他叮嘱我："进了城，在那原木舞厅停一停。"

原木舞厅是城区边上的第一座建筑。这儿是打架的好地方，大打出手的事儿多了，尤其是在星期六晚上——大凡某个狼溪本地人喝醉之后，找某个狄厄邦乡村来的醉汉的女友跳舞，必演出全武行。

从满嘴脏话里听不出谁在争吵中占了上风。不过离城渐近，她到底伸手到衣堆里去挑衣服来穿上了。河道和公路在我们行将抵达原木舞厅之处，恰好拐了个弯。一见这弯道，她意识到，车到舞厅怕是来不及穿戴齐整了，于是就飞快在衣堆里翻寻，一把抢过还未上身的自己的衣物。

当我停车时，她手忙脚乱地抓起最后一件，同时打开车门，一步跳下。她原坐在保罗身后的另一端，这时肯定以为自己所处位置已大大领先于对手，所以就让后车门摆荡着，牢牢抓住双臂抱着的衣服。衣堆的最上面竟是尼尔的内裤。这裤子可能是她错拿的,也可能她要留作纪念。她又哼了一声,把衣物抱紧,就像个打包工人用双重绞花手法,将货物牢牢捆扎而不至于因旅途颠簸而散架。

接着,她对着我兄弟破口大骂:"你这臭杂种。"

保罗冲出车去,其势简直要把车子掀翻,追她去了。

我想我懂得他的感受。讨厌那女人固然不假,其实对她,保罗并无过于强烈的好恶。倒是后座那一丝不挂的杂种,惹他咬牙,那个给我们这次夏季投钓捣蛋的杂种,那个用活饵钓鱼的杂种,是他带来了婊子和一咖啡罐的软体虫,却不带钓竿,由此玷污了父亲教给我们关于投钓的一切;是他在我们家族之河的正中央,偷喝我们的啤酒之后,光天化日之下操他那婊子;是他倒在汽车后座,因为三个苏格兰女人的缘故,谁也动不了他一根毫毛。

那女人赤脚逃跑,不肯舍弃衣物和尼尔的内裤。这样,跃进十步之后,保罗已经赶上。他一边跑,一边踢她,在我看来,挨踢的正好是 LO 和 VE 的结合部。有几秒钟的时间,空中是女人后扬的双腿。这会成了冻结在记忆中的镜头。

我可以活动了,快快扫了小舅子两眼,嘴里数到"四"。"四"字代表车外四个随时准备帮他的女人——一个正在众目睽睽下奔跑于大街上,三个在离此不远的一幢房子里。

我突然间也产生了猛踢女人屁股的冲动。自己此前还从未意识到会有这种冲动,如今却完全支配了我。我跳出汽车,追上那女人。可是人家屁股已经挨踢,踢的还是位专家,所以我这儿一脚出去,完全踢了个空。不过,经这一发泄,自己觉得好过了些。

保罗和我并排站着,目送那女人穿过城市,逃之夭夭。她没有其他办法。她住在城里另一端的一道狭沟里。快到家的时候,她几次站定,回过头来。保罗和我都很沮丧,因为听不到她在说些什么。每次那边停下,我们就做出继续追赶的样子,她这才趋近自己的小棚屋,最后抱着一堆衣服消失了,只留下我们俩和后座小子。"这下只剩一件事了,把他送回去。"我兄弟说。走回车去的途中,他又说:"你有麻烦了。""我知道,我知道。"我说。可实际上,我并没意识到严重性。我仍然不知,苏格兰女人在勠力保护她们引以自豪的目标时,会是副什么模样,又会如何缺乏理智。你尽可怀疑这样做是否值当,可她们硬是要保护到底。

就连尼尔这时也努力做出一副人样来,在女人们见到他之前，穿上衣服。他把衣堆移出车外，发现内裤丢了，便开始穿长裤，可他不停打着趔趄。他把裤子举在身前，想要够着，可接连的趔趄让他几乎跑了起来，老也够不上，差了一个胳臂的距离。

我们抓着他的时候，他已经上气不接下气了。他大口喘着气，由我们替他穿上裤子。双脚肿得没法伸进鞋子。我们把他的衬衣披在他的肩上，没把下摆塞进裤子。我们架着他进屋的时候，他就像我们在荒岛上发现的某件海难沉船的遗留物。

弗罗伦丝从厨房走出来，一见保罗和我架着的东西，忙着在洗碟毛巾上把手擦干。

"你们把我孩子怎么啦？"她冲着我们兄弟俩问，而我们费了好大劲儿才没让尼尔瘫倒在地。

杰西听到母亲问话，跟着从厨下跑出来。她本来就是高个儿，红头发。在她面前，我顿变矮小，何况还得架着她的弟弟。

"你这杂种。"她骂我。而我架着的那杂种足足有一吨之重。

"不。"保罗说。

"走开，"我对她说，"我们得把他弄到床上去。"

"他晒伤得厉害。"保罗说。

我自幼就生活在讲究实际的女人周围,凡出事情就得立刻对付,特别是与医务有关的事,她们从不会装作生活里没事一样站着旁观。多数人看到疼痛或破相之类的事情,立即发生畏葸退缩的化学反应,可伴我长大成人的女人们不一样,疗伤像磁铁一般吸引着她们。

"给他把衣服脱了。"弗罗伦丝说,倒退着到了卧室,把门打开着。

"我去找道蒂[1]。"杰西说。道蒂是正规护士。

尼尔不愿让母亲给自己脱衣,而他母亲又嫌我们笨手笨脚,一次次把我们推开。双方刚要吵起来,杰西带着多萝西进了卧室。我不明白,一个护士怎么如此神速就能换上白大褂,可我听见护士进屋时上浆的制服擦过门框的声响。尼尔一听上浆制服来了,就再也不扭着身体想从我们手里挣脱。多萝西长得矮小,可是很有力气。杰西和她母亲身条高瘦,也都强壮。保罗和我站在床边,弄不明白,怎么两个大男人脱不了一条裤子和一件衬衣。刹那间再看,尼尔已成白床单上横陈的一具红肤躯体。

---

1. 弟媳多萝西的爱称。

同时，只要手持四点五盎司钓竿就如世界在握的保罗和我，顷刻之间连打下手的资格也没有了。我俩给撇在一边，仿佛煮水、找绷带或者找到以后送进来之类的杂活都干不来似的。

杰西第一次经过我身边的时候，原已打定主意回敬我一句："走开。"我知道方才我对她说这句话时，她肯定着恼了。

保罗和我出于化学反应，往卧室门那儿退去。保罗先我一步，这时已在去黑杰克喝一杯的路上。我同样需要喝一杯。可没等我关上卧室的门，三个女人缠了上来。

刚才，弗罗伦丝一见她的孩子给晒成这样，已经差不多知道是怎么回事了。对苏格兰女人来说，疗伤虽要紧，道德说教也得立即跟上。她再看一眼，确信事情已由多萝西负责处理，就把我叫住。

她站在我跟前，一副冷峻的模样，就好比在给十九世纪苏格兰摄影先驱大卫·奥克忒维斯·希尔摆姿势。因为曝光速度慢，她的头部僵硬昂起不动，似乎脖子后面有根看不见的竿子顶着。"告诉我，"她说，"他怎么会从头到脚给晒成这样？"

我不想告诉她真相，也不想撒谎。不想撒谎的原因无非是我知道，说什么都脱不了干系。我早就学乖了，虽说有时挺叫我悲伤的，苏格兰人的虔敬总伴随着完完全全的罪孽预知。也就是我们所说的原罪吧——不必犯罪就知道有罪了。

我只好说："他不想跟我们去钓鱼。我们钓鱼回来，他睡在沙洲上。"

她知道我不会再多说什么了。十九世纪的摄影先驱最后撤了撑竿，解放了她的脖子。"我爱你。"她说。那是因为她没有别的话可说，可我知道，那也是她的真话。"这儿没你事了。"她又说。

"且慢。"多萝西叫住我，把手上的活转交给弗罗伦丝。多萝西和我是嫁进或入赘这一家子的外人，常有同感，要是我们不联手，准被这家人各个击破。"不必为他担心，"她说，"二度烫伤。水疱。蜕皮。发烧。一两个礼拜的事。不必为他担心。不必为我们担心。我们女人对付得来的。"

"实际上，"她接着说，"你和保罗干吗不离开这儿？这儿有肯尼，他什么都会做，尼尔又是他兄弟。

"再说了，我看你们在这儿是多余的人，只会站在一旁看着。眼下，这家里谁也不愿被人看着。"

她虽然矮小，可双手奇大。她把我的一只手抓去，捏在她的手里，用力一压。我以为这是她表示再见的意思，转身要走，谁知她把我拉了回来，给我匆匆一吻，随即又去干活了。

看来，女眷已有共识，作出穿梭式的安排，总有两人护理尼尔，留出一人对付我。"且慢。"没等我随手关门，杰西叫住了我。

男子长得再高，同女人说话总处于下风。很久以来我就努力试图克服这一障碍。

"你不喜欢他，对吗？"她问。

"妇人之见，"我反问，"我不喜欢他就一定不能爱你？"

她站在那儿看着我。我就只好继续说下去，说了一些我本不想说的话。我说的事情，她都已知道，也许只有一点是她想再听一遍的。"杰西，"我说，"你知道我不会用扑克牌变戏法。我不喜欢他。永远不会。可我爱你。但别老是不给我选择的权利，以此来考验我。杰西，别让他……"我不说下去了，因为我知道自己本应找到更简捷的方法，把刚才那番话的意思说出来。

"'别让他'后面你要说什么？"她问。

"我记不起来自己想说什么了，"我回答，"除了跟你无法沟通的感觉。"

"我想帮助别人嘛，"她说，"我的一个亲人。这你不明白？"

我说："我应该明白。"

"可又没能力帮助。"她说。

"这点我也应该明白。"我说。

"咱们说得太久了，"她说，"你跟保罗干吗不回泥腿河去完成今天的投钓游？你在这儿帮不上忙。不过，无论你到哪儿，要跟我沟通啊。"

虽然她说两人已谈得太久，她只退出一步，又问了："告诉我，为什么他会晒成那样？"说到提问，苏格兰籍的女儿差不多就是她们母亲的翻版。

我把对他母亲说过的话重复一遍。她听我说话的神态跟她母亲一模一样。

"告诉我，"她说，"你们俩把尼尔架进来前一会儿，有没有碰巧瞧见那婊子捧着一堆衣物招摇过市？"

"远远看见。"我告诉她。

"告诉我，"她问，"下一个夏季，我兄弟如果回来，你会帮我帮助他吗？"

回答这问题颇费思量，好一会儿后，我终于说了："我试试。"

她接着说："他不会回来的。"接着，又说："告诉我，为什么需要帮助的人，没人帮助反而更好——至少，不更糟糕？是的，实情确是：不更糟糕。他们接受了自己能够得到的所有帮助，可一切仍是一成不变。"

"除去晒伤。"我说。

"那也没什么两样。"她说。

"告诉我，"我问她，"如果你兄弟明年夏天回来，咱俩准备帮他吗？"

"如果他回来的话。"她点点头。我以为自己见到她眼中有泪光闪烁，可是我错了。我这一生，将永远不会看见她哭。再说，他也永远不再回来。

我俩谁也不干扰对方，同时说："要永远互相沟通。"我们是说到做到的，尽管她后来死了。

她说："走开。"只是这次是脸带微笑说的。然后，她忙不迭把我关出门外。门关死前，我俩通过隙缝接吻。我的一只眼睛看她周围的情况。她们已经从头到脚给尼尔涂了油，活像一根烤玉米棒。绷带的一头拖垂着，足够将他绑扎成一具木乃伊。

117

我去了黑杰克，跟保罗一起喝一杯。一杯之后，又要了一杯。他不由分说付了两杯的酒钱。那天夜里，在回泥腿河的途中，他说："我请了两天假，所以还有一天闲空。"然后，他坚持绕密苏拉一行，跟父母过一夜。"也许，"他说，"咱们能说服老爸明天同咱们一起去钓鱼呢。"他还是坚持由他驾车。

我俩相沿成习的角色来了个倒错。我成了被兄弟带去钓鱼的那位，为的是凉爽的河水对我的疗效。他知道家里人都因为尼尔的事在责怪我，甚至可能猜想婚姻因此发生了危机。他亲耳听见老婆骂我是杂种，而我和三个苏格兰女人公开互表爱意时（要知道苏格兰人一般都限制这种公开表达），他已出屋去了。事实是，我这会儿正因为爱而自觉不可一世，好几次居然为此扑哧笑出声来。可他可能以为我是因为把家里人的关系搞得一团糟而在此虚张声势。我不知道他究竟是怎么想的，反正他对我温顺得就像往日里我对他那样。

途中，他说："母亲见到我们肯定也高兴。只不过事先不打招呼就往她面前一站，她会激动的。到林肯城停车、先打个电话吧。"

"你打，"我说，"她就喜欢听到你的声音。"

"好,"他说,"那么,要父亲跟我们一起钓鱼的事,你来说。"

就这样,结果成为我们一起最后一次投钓游的安排,是由他作出的。他把我们大家都想到了。

尽管事先打了电话,母亲见我们来到密苏拉仍是激动不已。她想一下子同时做三件事:在围裙上绞着双手,拥抱保罗,开怀大笑。父亲站在靠后一点的地方,只是笑。我那种不可一世的感觉还在,所以也往后站。每次家人团聚,母亲和保罗总是吸引注意力的中心。他拥抱妈妈时总是后仰着笑,妈妈能做的惟有拥抱和试图笑出声来。

我们到达密苏拉时,天色已晚。我们特别留意,不在途中进食,虽说林肯城有家很不错的餐馆。我们知道,即使在外面填饱了肚子,回到密苏拉家中,还得再胡吃海喝一通不可。晚餐开始时,母亲对我特别好,因为到目前为止,她还没怎么疼过我,可是一会儿的工夫,她端上新烤的小圆面包,已在那边亲手给保罗涂黄油了。

"这是你最爱吃的沙果酱。"她说着把果酱递给保罗。她最拿手的是制野果果酱以及烧烤野味,家里始终有沙果酱等着他。长年以来,不知道哪一处出错,老人家忘了爱吃沙果酱的是我。对于本意慈祥的混淆,她的孩子们都不在意。

父母亲都已退休,可两人,尤其是母亲,都不愿"与世隔绝"。母亲比父亲年轻几岁,过去已习惯自己那"管理教会"的角色。对他们说来,当记者的保罗是他们赖以接触现实的主要途径,替他们记录他们本来就不甚了解,现在又离他们渐行渐远的世事。他得把一件件、一桩桩的新闻说给他们听,虽然对其中的某些事,他们并不认同。我们围坐在餐桌旁,许久不散。到离座站起时,我对父亲说:"如果明天你能跟我们一起去钓鱼,我们就太高兴啦。"

"唔,"父亲说着重又坐下,不经思索地把餐巾铺开后问,"肯定要我去吗,保罗?我再也钓不动大鱼了,也蹚不了水了。"

保罗说:"我当然希望你去。不管什么时候,你只要一靠近鱼,总能手到擒来。"

对于父亲来说,最高的戒律就是去做儿子要他做的事,尤其是如果事涉钓鱼。牧师这时的表情,像是教众刚提出请求,要他回去,重作一次告别讲道。

他们上床的时辰已过;对保罗和我,这又是特别漫长的一天,所以我想,帮母亲洗完盘碟,一家人该睡觉了,可心底里又觉得事情不会这么简单，他们肯定也有同感。果然，保罗在晚餐结束并礼貌地隔了一小会之后，伸了个懒腰说："我想去城里走一走，见几个老伙计。一会儿就回来。别等着给我开门。"

我帮母亲洗盘碟。虽说只走了一个人，屋里交谈声却戛然而止。他在晚餐后着实还待了一会，让大伙儿觉得，回家来度过一个夜晚，他确实是高兴的。老伙计中有几位，家里每个人分别认识，而跟他最密切的那位，家人都认识。是位大个儿，为人随和，对我们，尤其是母亲，都很客气。此人刚从狱中出来。那是他第二次进班房了。

从站着看人去门闭，到回房睡觉，母亲只说了一声"晚安"。她是快走完楼梯时，回头对父亲和我说的。

我永远说不准，父亲对弟弟究竟了解多少。我估摸着，父亲知道得并不少，因为每个教会里总有那么些教众，虽说是少数派，但绝对人数却也不少，认为基督徒的责任之一是让牧师了解他自己孩子的情况。再有，我父亲偶有几次与我谈起保罗时，像是要展开什么新的话题，可又突然打住，把话题压了下去。

"你听说保罗最近干些什么吗？"他问。

我告诉他："我不明白你的意思。关于保罗，我听到五花八门的说法。听得最多的也无非是,他是个好记者,又是钓鱼能手。"

"不,不是,"父亲说,"他业余干些什么,你难道没听说?"

我摇头。

我想他是一转念又动摇了,快要说出口的话便也被岔开。"你没听说吗?"他问我,"他把咱家的姓氏拼法改了,从 Maclean 改作 MacLean 了,如今他都把中间的字母写作大写 L。"

"哦,当然,"我说,"这个我全知道。他告诉过我,人家全把他名字拼错,这个他受不了。连发薪支票上都是用大写 L 的,所以他决定随大流改拼法。"

父亲对我的解释连连摇头。事情的真实原因无关重要。他嗫嚅着,既是自言自语,又是对我说:"改用大写的 L 太不像话。现在有人会以为咱家祖上是苏格兰低地人,而不是岛上居民。"

他走到门边,朝外望望,又走回来,再不问问题。他是在试图把要说的话告诉我。他说话总是用抽象概念,一生都在把抽象概念灌输给听众,再由听众自己顺当地把抽象用到生活的具体细节中去。

"你太年轻,帮不了别人,我嘛,又太老了,"他说,"所谓帮助,我不是指具体献殷勤,像端上沙果酱或给点儿钱。"

"帮助,"他说,"就是把部分的自我给予某个愿意接受以及迫切需要的人。"

"就这样,"他说,用上一种讲道时的语气转折,"我们难得可以帮上谁。要么不知道自我中的哪个部分可以给人,要么自我的任何部分都不想给人。所以,经常有这种情形:别人需要的部分,别人自己其实并不想要;更常见的是,别人需要的部分,我们没有。有点像遍布全城的自供商店说的那样:'抱歉,那东西刚刚卖光。'"

我对他说:"你把事情说得太困难了。帮助并不一定非得如此大有讲究吧。"

他问我:"你认为你妈给他涂黄油就是帮助他吗?"

"在她说来,可能是,"我答,"应当说,是的,我想妈是帮助他。"

"你说你也帮助他吗?"他问我。

"我试图帮他,"我说,"我的问题在于不了解他。我甚至不知道他是否需要帮助。我不知道,那才是我的问题。"

"那本应是我的功课,"父亲说,"我们愿意帮助,主啊，可如果人家需要的是别的什么东西，那又怎么办？

"钓鱼我还会，"他最后说，"明天我们同他一起钓鱼去。"

我躺在床上，等候了好长一会，最后终于睡去了。我觉得楼上的其他人也都在等候。

寻常日子，我都早起，那是恪守我们之中恪守者已经不多的戒条：早起尽享主赐给我们的昼光。好几次，我听见弟弟推开我的房门，仔细看看盖在身上的毯子，随后关上房门。我开始醒来，记起弟弟不管发生什么，上班或钓鱼是从不迟到的。稍稍清醒一些以后，我又记起，这次投钓是由弟弟来照顾我，所以这会儿他定在给我准备早餐。一想到此，我赶快起身穿衣。三位家人已在餐桌坐定，边喝茶，边等着我。

母亲醒来定有自己是"今日王后"之感，这时骄傲地说："早餐是保罗给大家准备的。"听到这话，他感觉挺好，居然在一天这么早的时候，就露出了微笑。可是当他给我端上食物的时候，我仔细一瞧，只见他眼中布满血丝。好在钓鱼人从不把宿醉当回事，钓上一两个钟头，除去脱水，症状全消。脱水不是问题，因为全天都要站在水里。

不知为什么，开始就不顺。保罗和我长大离家之后，父亲自以为今生不再垂钓，已把钓具收起，一时想不起藏在哪里了。母亲就一件一件替他找出来。她不懂钓鱼和钓具，可她善于找到藏起的东西，即使并不知道那东西的模样。

保罗常因为总爱急奔河水而去的暴躁脾气而让别人忐忑不安，这时却不住对父亲说："慢慢来。天气凉快了些。我们今天准保满载而归。悠着点。"弟弟急着往水里放蝇饵的躁动性格，原是从父亲那儿继承来的，可父亲现在总是瞧着我，像在唾弃自己老了，心神耗散不中用了。

为了一只鱼篓，母亲从地下室找到阁楼，找遍介乎两者之间全屋的大部分柜子，一边还要替三个男人准备中午吃的，而三个男人要的三明治又内容不一。待她终于把我们送上汽车，又逐扇检查车门，以保证她的亲人一个也不会从车里跌出来。过后，她在围裙上擦干其实根本不湿的双手说"感谢主呵"，目送我们驶去。

开车的是我，出发前就知道目的地所在。因为动身晚了，不可能沿泥腿河去太远的地方。理想的水域是，保罗和我可找到两三个深水钓位，再给父亲找个好钓位，河岸不能太陡，好让他易于爬下。既然老人家已不能蹚水，多鱼的水域也必须靠近他所在的这一边河岸。我开车时，虽说他们跟我一样，知道此去何处，两人还是争论不休。事关泥腿河钓鱼，我家三个男人都把自己看作是最高权威。车行至一条岔路口，从这儿可去贝尔芒特河口上方的泥腿河，这时两人第一次异口同声说："这儿拐弯。"我装着顺从他们指挥的样子拐弯，其实这本来就是我的行车方向。

分岔小路把我们带到一片低洼地，地上覆盖着大块岩石和雀麦草。没有牲畜在此吃草；蚱蜢似鸟儿一样蹿飞，一下腾出老远。这儿地处僻远，距两边的觅食场都有好长一段路程，即使蚱蜢也难以找到吃的。低洼地本身，还有这儿盛产的大石，都是地质巨大灾变在崎岖地面留下的遗迹。这片洼地很有可能就是冰河时期那个大湖的尾端，那湖的面积足有密歇根湖一半大，有些地方深达两千英尺。当冰川大坝决堤时，这山岳的水力巨怪，盆倾瓮灢而出，倒伏在华盛顿州东部的连绵大平原上。上方高处的群山，就是我们曾经驻足钓鱼的地方，是冰山过处割裂而成的横向创口。

我必须谨慎驾车向河边开去，以免被卡在四周低凹而中间凸起的地形上，撞坏曲轴箱。低洼地势突然到头，陡峭的岸下就是大河，透过树林，河水闪烁着泛出银色的光，然后又因为与红岩青石的壁立危岸形成对照，而呈澄蓝。真是另一个世界，所见所感完全不同，一个岩石的世界。低洼地里的大石形成于一万八千至两万年前的最后一次冰河期，而蓝澄澄河水旁边的前寒武纪古岩几乎是世界和时间的原始产物。

我们停了车，目光沿河岸下望。我问父亲："你还记得吗？我们曾在下面捡到好多红岩青石，拿回家去砌了炉膛。其中一些是红色泥岩，上面还有波纹。"

"有些上面看得出雨点。"他说。他的想象力常被怀古思绪激活，仿佛自己站在远古时代的一阵大雨下，看雨点噼啪击打泥土，直到泥土变成石块。

"约摸十亿年前吧。"我说。我知道他在想什么。

他沉默了。他业已放弃认为上帝以六个工作日的进度创造了包括泥腿河在内世间万物的信仰，但他也不认为创世这活儿给上帝的威力加重如许负担，以致上帝非永远创造下去不可。

"差不多五亿年前吧。"他说，算是为调和科学与宗教做出点自己的贡献。他疾步走着，像是不愿再在辩论除钓鱼之外的任何问题方面，浪费一丁点儿的晚年。"我们当年搬着那些大石，攀上河岸，"他说，"而如今我爬都爬不下去了。不过，下去两个钓位，水面豁然开阔，几乎漫没河岸。我就去那儿钓。你俩钓最靠前的两个钓位。我会孵太阳等着你们。不用着急。"

保罗说:"你准能钓到鱼。"突然之间,父亲重又对自己充满了信心,离开我俩出发了。

我们望着他沿着这条曾是冰川大湖湖底的河流远去的身影。他将钓竿笔直执于身前,不时往前猛刺几下,像是在重演冰河时期的竞赛记忆,那时的先民向多毛的乳齿象投去长矛,吃象肉当早餐。

保罗说:"今天咱俩一起钓吧。"我意识到,他是继续把我当做照顾对象,因为两人从来都是分开钓鱼的。"好。"我说。"我蹚水过去,钓那一边。"他说。我又说一遍"好",内心倍加感动。在对面投竿时,你的背后有悬崖和树丛,所以大多得用上滚式抛掷法,而这恰恰从来不是我的专长。再说,这一带水势湍泷,没有合适的蹚河之处。保罗喜爱钓鱼之外,还喜欢举着钓竿在河里游泳。结果在这儿他根本不用凫水,只是在涉水过程中,有时他会遇到一堵水墙,高及他朝向上游的肩膀,而身后的水只到他的腰部。河水打湿了他的衣服,他就这样脚高脚低地负重过了河,向我热烈挥手。

我下了河岸捕鱼。从加拿大那边吹来带有寒意的风,幸好并未激起电暴,因此鱼儿应当都离了水底,又在觅食。当一头鹿来到水边时，总是探头探脑观察动静。我四下巡视，想拿定主意用上什么样的蝇饵。说到苍蝇，我还真用不着东张西望，只须注意颈脖和鼻子就是了。大个儿的无头苍蝇嘭嘭嘭撞到我脸上，成堆叮上我脖子，还钻进我的内衣。这些到处乱闯的软肚皮家伙，都是出生之后再长脑子的。幼虫蛰伏水下一年，长了腿才爬出来登上岩石，变为成虫，然后以第九和第十节腹交配。第一阵风吹过就把它们扫落水里死去，成了鱼群兴奋围歼的绝佳美食：笨拙、多汁，交配后精疲力竭。从虽然有腿蛰伏水下，到长出双翅转眼早熟，复又衰竭——人的一生中有多大的份额，也是按照同样的年岁比例度过，还真难以说清。

我坐在一根原木上，打开鱼饵盒。我知道自己必须找到一个跟眼前乱飞的蝇群非常相像的假饵，因为有这么一窝苍蝇出没或是出现石蝇时，鱼儿不会再去碰其他类似苍蝇的冒牌货。从我这儿看去，保罗至此一无所获，也是佐证。

我猜想他一定没带合适的蝇饵，而我这儿恰恰就有。上文说过，他把假饵都塞进帽子的丝带。他以为带上四五种尺寸不一的普适饵，便足以模仿几乎所有水下或地上昆虫的行状，从幼虫到有翅阶段全可兼顾。他见我带上这么多的假饵，老爱嘲笑一番。"老天，老天，"他常这么说，一边探视我的假饵盒，"有谁知道怎么使用这一盒子里的十种假饵，就算了不得！"我已向诸君交代过"蜂饵"的事，而且至今确信普适饵也有不适用的时候。眼下必须有个大蝇饵，饵体必须是黄色而且带黑纹，在水上必须张开双翅，仿佛一只蝴蝶不小心落了水，拼命振翅却又弄不干沾上的水。

这个假饵极大，又花里胡哨的，打开饵盒，便第一个映入眼帘。这种鱼饵叫做班扬虫，是由密苏拉一位名叫诺门·闵斯的鱼饵结扎师傅制作的。这些鱼饵结在二号和四号的大钩上，饵身使用软木，缀有对角横穿的硬马鬃。这样，高出水面的假饵看上去就像仰天漂浮的蜻蜓。软木饵体被漆成不同的颜色，又涂了虫胶。弟弟嗤笑的百余种假饵中，就数这种名叫班扬虫的二号黄石蝇个儿最大，也最为艳丽。

我看一眼班扬虫，自我感觉极佳。妻子、岳母和小舅子的老婆，各人以自己不同的微妙形式，刚刚重申了对我的爱。我也以多少有些暧昧的风格回敬以亲情。我也许再也不会见到那位小舅子了。我母亲找到了我父亲的钓具，而父亲再一次来同我们一起钓鱼。弟弟充满柔情地照顾着我，还一条鱼也没钓到。我这下非大获全胜不可。

迎风抛出班扬虫不容易，因为软木和马鬃体积最大，重量很轻。虽然因为有风抛掷的距离有所缩短，可同时却使鱼饵得以慢慢着水，而且保持着几乎垂直的角度，不让水花溅起引鱼警觉。我的石蝇饵还悬在水上，这时一个像艘快艇般的东西从鱼饵旁掠过，把鱼饵撞上半空，然后转个圈，旋即大推回车挡，声音奇响地从石蝇饵所在的目标区驶过。快艇一下子变成了潜水艇，艇身毫发无损之外，还赚了我的蝇饵，朝着深水疾驶而去。我无法以足够快的速度收线入竿，跟上那正消失的东西。我也无法改变那艘艇的航道。赶不上水下的速度，我只好使出真正的蛮力，把这东西拽到空中。从我所在的地点，我想我无法看见水下发生的事情，可是我心在线端，发回电报似的将信息传送过来。总的印象是水下出现了牛仔驯野赛似的场面。具体一点说，一条硕大无朋的虹鳟鱼刚玩了一场翻车鱼式的腾跃把戏，在空中连着两个滚翻，每次都撞到我的钓线，硬生生扯下鱼饵，让它飞得无影无踪。更为独特的是，这鱼从未扫视四周而只顾一味莽撞。不说水下线端，近在手边的信息只有一条，那就是收进钓线时，线端除了软木和马尾巴的毛，一无所有。

石蝇还是一样密集。鱼儿还是在安静的水下围着假饵回旋。我这会儿变聪敏了。有没有人教我，甚至要不要自己教自己，我都不再在意。只是在下一次抛掷前，必须特别注意，虹鳟鱼这种大鱼有时也会来平静的水域一游，因为水生昆虫常在这儿或附近孵卵。"做好准备。"我记起一首旧日战歌里的词儿，这样叮嘱自己。我还忠告自己，左手得掌握更多的额外钓线圈，这样，在平静水面巡回的下一条虹鳟鱼若来咬饵，张力可以减小。

就这样，这个忻忻得意的下午，只需再加一次抛掷、一尾上钩的鱼和一次被勉强接受的指点，便臻于完美了。我果然没让另一条鱼挣脱溜掉。

从那一刻起，我让它们远远游去，时而，它们腾空越过水面，就在保罗身前蹦跳。

年轻时，有位老师禁止我说"更加完美"这个用语，说是完美就是极致，何来更加。如今，积累了生活阅历，我对自己的这个说法已重拾信心。二十分钟前，我曾感到生活完美，可这会儿我弟弟投几竿便脱下帽子，找个假饵换上。我知道他肯定没带班扬虫二号黄石蝇这样的专用饵。我这时已捕到五六条大个儿虹鳟鱼，放在鱼篓里，压得我肩胛受不了，于是就把篓子留在河岸。我不住回头看一眼，冲着篓子偷偷地乐。我能听到鱼篓在岩石上扑腾的声音，然后斜着掉落在地。不管如何违反文法，每钓着一条虹鳟鱼，自我感觉便"更加完美"。

鱼篓又一次大扑腾，几乎同时，在我投竿的左方水里传出奇大无比的扑通一声泼溅。"我的上帝，"我还没来得及看，心想，"泥腿河里不可能有这样的大家伙游过吧。"待我鼓足勇气定睛一看，水面上只有一圈圈外延扩大的水波。最后，最初的那圈水波荡过我的双膝。"肯定是头河狸。"我寻思着。我正等着它露出头来，身后又溅起水花。"我的上帝，"我又寻思，"今天可开眼界了，看看河狸怎么在水下游过我身旁。"我强扭着脖子往后看，这时那东西却转到我身前来泼溅河水，距离近得叫人害怕，可也足以让我看清水下。河底淤泥升起，就像闪电击中的目标腾起的黑烟。淤泥烟尘升起处是一块不大也不小的石子。

我正把刚才的见闻设法与这块石子联想起来时，跟前又是扑通一声巨响，不过这回我没再惊跳。

河狸，才不是呢！不用四处张望，我知道搞鬼的是弟弟。此生鲜有这种事情，只有伙伴捕到鱼而自己捕不到的时候，他才使出这一手。不管何其罕见，看到己不如人这种反差，他受不了。于是，他就给伙伴捣蛋，即使这个伙伴是他的亲哥哥。我抬头望去，正好看见空中飞来一块不大也不小的石头，我躲闪得晚了，只好让石块落下，溅了我一身水。

他脱下了帽子，朝我挥动拳头。我知道他是帽子丝带里的假饵已经用完，才扔石块的。我向他挥拳，表示回敬，同时蹚水回到河岸。那鱼篓还在扑腾不止。我这一生中，只有一两回挨过他的石头。这时自我感觉比以往任何时候都"更加完美"。

鱼篓还没装满就来捣蛋，我并不在意，因为在我俩和父亲中间还隔着一个大片水域的钓位。那儿奇峰坠倒影，河景如画。我刚才钓过的河段大多是在阳光下。天是凉爽了一点，不过仍够暖和，所以下一个背阴处的钓位应该比阳光下更好，用上班扬虫二号黄石蝇假饵，把鱼篓钓满，应该不成问题。

保罗和我走过我俩第一钓的水域，这时隔河已可听见对方大声叫喊。我知道，他从来不喜欢别人听他大声叫喊。"它们咬的是什么蝇饵？"那个"咬"字不住地回响在河的两岸，我听着觉得特别悦耳。

回声一停，我便叫喊着作答："黄色石蝇。"这几个词也是反复回响，直到音量渐减，融入潺潺的流水声。他把手中的帽子转了一圈又一圈。

我可能开始觉得自己有点得意忘形了。"我是用班扬虫捕到鱼的，"我大叫，"你要吗？"

"不。"没等我这边的"要"字回声响起，他那边已在拒绝。"要"字和"不"字在河流上空擦肩而过。

"我蹚水过来，给你一只。"我用双手做成喇叭状呼喊。隔河叫喊，这句话是够长的，头上的字像是踵，返回碰上后面自己的趾。不知道他听没听明白，惟有大河还在回答："不。"

我站在波澜不起的背阴水域，不经意间发现这儿并无石蝇孵卵。这意味着什么，我本应多花时间想一想，但我发现自己反倒考虑起性格问题来了。做事优于他人时，你好像很自然会想到性格问题，特别是落后那位的性格。我想到弟弟遇到困难，总是自己设法克服。他绝不要我提供蝇饵。这个问题的前前后后，我想了好久，之后才回到现实和黄石蝇上来。甫一开始，我想的是，他虽是我兄弟，脑子未必好使。这条思路把我带回古希腊，那些先哲认为，不要别人帮助甚至会让你付出生命的代价。然后，我突然记起，弟弟干什么几乎总是胜利者，其原因常常就是他不向别人借蝇饵。由此我得出结论,在某个特定的日子,我们对性格作出的回应,很大程度上,取决于这一天鱼儿对性格作出的回应。想到鱼儿的回应,我马上改弦易辙回到现实中来,对自己说:"我还有一个钓位要钓。"

没有鱼儿咬饵,没见一只石蝇。不是同一条河吗?往上不远处,若不是弟弟扔石块捣蛋,几分钟前我就可钓满定额了。我视作宝贝的班扬虫,这会儿不但被鱼儿看出是假饵,我自己看着也不像是真的。在我眼里,它简直变成了一个浮在水上的床垫。我朝上游方向抛饵,让它像只死在水里的虫子,不疾不徐地漂下,接着冷不丁一抖手,将它沉入水下,就好像虫是被风吹来的。过后,我一边让它在水里曲曲弯弯向前,一边回收,使鱼饵作出准备起飞状。可是,再明显不过的是,鱼饵一定维持着床垫的外形。我将它摘下,换上几种其他蝇饵。水中没有苍蝇可以让我用假饵去匹配;同样,也没鱼儿蹦跳。

我的目光从帽檐底下,向对岸投去几瞥。保罗也没什么作为。我看见他捕到一条,旋即转身,手里拿着鱼往河岸走,可见这不是什么大家伙。这会儿的自我感觉不再那么"更加完美"。

保罗现在开始做他几乎从来不曾做过的动作,至少在他长大变得自尊自大以后从未做过:他居然开始转向上游,那可是他刚刚钓过的水域。这更像是我在发现方才没有钓好,角度也不对的时候会做的事情。在弟弟看来,他钓过的地方,必已做到囊括一切,岂能还有三心二意的鱼留下?

我诧异地背靠大石眺望着。

立时三刻,他钓着好几条,都是大鱼。把它们弄上岸也没费什么事。我想这是因为他的钓线放得短,钓起时动作也快,我知道他这么做的原因。他是要丰收一把,所以不能让任何一条在水里扑腾着大闹,吓跑其他的鱼。这会儿他又钓到一条,正紧紧拉着钓线,往空中高举。鱼乱跳,只见他全身往钓竿后仰加力,一拳把鱼打回水里。鱼吸入了一肚子空气,只好在水面上疾游,鱼尾像水上飞机的推进器一样打旋,这样才能把水下舱房调节好,潜下水去。

他钓失了一两条,可等他回到钓位前端时,准已有十条的收获。

这时他朝我这边张望,看见我坐在我的钓竿旁。他继续投竿,又停下,再次看我。他双手圈成喇叭状,叫喊着问:"你有乔治做的二号黄色颈羽饵吗?要有羽毛做翅膀的那种，不要马鬃。"这儿河的流速快，他的话我没一下子听全。先听到的是"二号"，因为这尺寸属特大。接着听到"乔治"的名字，那是咱俩钓鱼的老伙伴。再往后是"黄色"。靠着这点儿信息，我在饵盒中寻找，让其他的几个词儿待一会再形成句子。

像我这样携带饵盒有个坏处，就是假饵太多，找了半天，找不出你要的那种。

"没有。"我从水的这边向对面报去确讯。河水接连应声。

"我这就过去。"他喊道，并开始往上游蹚水。

"别。"我冲着他叫喊，意思是别因为我而歇手。可你无法把隐含的意思送过一条河流，即便你行，对方也容易不予理会。弟弟走到第一钓位的下端，那儿的水浅，随后蹚了过来。

当他来到我身边时，我已把他肯定用过以探究鱼儿所咬何物的多数假饵找齐。从上游投钓那一刻开始，他的钓竿就一直倾斜，钓线弛垂部分极多，由此可见，他在使用湿饵，任饵沉下。从弛垂部分甚至可以判定，假饵下沉足有五六英寸。所以等我来到这儿，还想使用上一钓的办法，亦即用软木体假饵，在水面之上来回引诱，无异于用过时的老式武器打仗了。"二号"当然意味着极大的虫子；对"黄色"则可有多种理解。他来到我身边时，我最大的疑问是："它们咬的是水生昆虫的幼虫或蛹，还是淹死的苍蝇？"

他拍一拍我的背，拿出乔治扎的一只二号黄色颈羽饵，并说："它们咬的是淹水的黄色石蝇。"

我问他："怎么给你想出来的？"

他像个记者那样，回忆事情经过，刚要说话，却发现自己的回答不对而摇摇头，过后重新开始："说到思想，其实就是看见值得注意的东西，也就是使你看见你原来不注意的东西，这又使你发现甚至是看不见的无形东西。"

我对弟弟说："给我一支烟，解释一下。"

"嗯，"他说，"关于这个钓位，我注意到的第一点是，咱哥在此一无所获。对钓鱼人来说，最值得注意的就是同伴一条也没钓着。

"这使我发现，我在这一带没见石蝇的踪迹。"

然后，他问我："除了阳光和阴影，世上还有什么东西更一目了然？当我看到这儿没有石蝇下卵，我才注意到，它们集中孵化的上一个钓位是在阳光下面，而这儿却背阴。"

我本来就口渴，香烟使我倍觉嘴干，所以就用手指把烟弹到水里去了。

"然后，我知道，"他说，"这儿如果也有苍蝇，那就一定是从上一个钓位飞来的。那儿有阳光，温度足以使苍蝇孵化。

"再往后，我就想自己应当见到水里的蝇尸。既然见不到，我知道蝇尸肯定至少下沉六七英寸，到了水面下我看不见的地方。我就瞄准那儿钓。"

他背靠一块大石，双手交叉从后面垫着头，避免枕着硬邦邦的石头。"不妨蹚水过去，试试乔治的二号饵。"他说着指指刚给我的假饵。

我并未马到成功，本也不存这奢望。我这一边的河流，水势平缓噤声。在第一个多石蝇孵卵的钓位，在河的这一边投钓无疑对头。但在这第二钓位，淹水的石蝇被壮阔激流冲下，都集中在河的那一边。投竿七八次之后，这才有动静，水面出现一个小圆圈。小圆圈通常意味着有小鱼浮上水面，但也可能意味着水下有大鱼翻身。倘若水下果是大鱼，那么你看到的与其说是鱼的形状，还不如说是一道或隐或现的虹弧。

保罗等不及我把鱼弄上岸，就蹚水过来跟我说话。他说个不停，好像我有时间既听他说，同时又把这么大一条鱼拖上陆地。他说："我这就蹚水回去，剩下的水域我来钓。"他滔滔不绝的当儿，我有时答一声"是"，可在鱼出水那一瞬间，我已说不出话，惟有到了鱼从河水到陆地那长段行程的最后，我才说："刚才的话，你得再说一遍给我听。"

终于，兄弟俩领会了彼此的意思。他要再次蹚河，去钓另一边。两人都得加快速度，因为父亲也许已经在等着我们了。保罗把香烟丢进水里后走开，不再看我怎么把鱼弄上陆地。

不但是因为我所在的河岸不适宜用石蝇假饵钓鱼，也因为保罗的滚式抛掷厉害，从他那边的河岸，把我这一边的大部分水域都钓过了。可我毕竟又捕到两条。开始时都是水面小圆圈，像是小鱼到水面觅食，结果却是大的虹鳟鱼。捕到这两条之后，我歇手了。一共捕到十条。最后三条是我平生捕到的最佳战利品，虽说不是我钓到过的最大或最绚丽可观的鱼。但这三条之所以被我捕获，是因为弟弟蹚水过河给我送来合适的鱼饵；这三条也是跟他一起垂钓的生涯中，我捕到的最后三条。

把鱼在水里过清后，我用一层草和野薄荷隔开这三条鱼，另外放开。

我举起沉甸甸的鱼篓，一抖身子，让篓子的肩带不再绞着我的肉，一边想："今天到此为止。去下游，到父亲那边的河岸，坐他身旁，说说话。"接着，我又想："要是他不想说话，坐着不出声也行。"

我可以见到前面的太阳。从阴处看起来，即将迎面射来的光，会使得原本像是隐没在地下的我和河流，从地面上显露出来。虽说到此刻为止我只看见阳光而不见阳光里的任何东西，却也知道父亲坐在河岸某处。我了解他，部分是因为他和我在许多方面直觉相通，比如我们几乎在同一时刻歇手。我虽然还看不到眼前的情景，但是可以准确遥感，阳光下的某处，他此刻一定坐着捧读希腊文的《新约》。那是本能和经验告诉我的。

老年给他带来一无俗累的恬淡时刻。即便当父子外出打野鸭时，清晨的猎枪声过后，他会裹上一条旧军毯，坐在狩猎的伏击点，一手捧本希腊文《新约》，一手持猎枪。一只离群的野鸭飞过，他放下书，举起枪，射击过后，重新把书捧起，偶尔也会中止阅读，去感谢猎犬，把射落的野鸭叼了回来。

阴影里地下河道发出的声音，与前头洒满阳光的河流发出的声音，迥然不同。背靠峭壁的阴影里，河水深流，涵义奥博，不时磅礴回湍，像是重复叮咛，确保自解其义。再往前，河水赫赫流入日华天地，其声如人絮叨，着意示好。河水向此岸鞠躬，又向彼岸颔首，非做到两不冷落不可。

此刻，我已能看见日光里头的景象，确定了父亲的位置。他高高坐在河岸上，没戴帽子。日光里，一头已经褪色的红发，又一次发出火烧似的辉耀赤焰。他在看书，不过显然是以句子为单位，因为他的视线常从书本挪开。他见到我以后隔了一会才把书合上。

我沿着河岸爬上，问他："钓到几条？"他说："反正称心如意。"我说："可是究竟钓到几条？"他说："四五条模样。"我问："都怎么样？"他说："美极了。"

在我认识的人当中，他几乎是惟一说话时自然而然用上"美"字的一位。在他身边耳濡目染，我幼时也用。

"你钓到几条？"他问。"也算称心如意吧。"我告诉他。他略去不问具体数目，却还是问："都是什么样的鱼？""美极了。"我说着在他旁边坐下。

"读什么呢？"我问。"书呗。"他说。书就放在他另一边的地上，所以我没有费事越过他的双膝去探看。他说：

"好书。"

接着，他告诉我："我方才读的那部分教导说，开天辟地居于首位的是上帝的箴言。这是对的。我过去总以为是水，可是你只须仔细听，就会听见水下有言语呢。"

"那是因为你首先是牧师，其次才是钓鱼人。"我对他说，"你要是问保罗，他会告诉你，言语由水而生。"

"不，"父亲说，"你没留神听。水在言语上流过。保罗会告诉你同样的道理。这个保罗，他究竟在哪儿？"

我告诉他，保罗又回第一个钓位去重钓。"不过他答应马上过来的，"我让他安心，"他要钓满定额才过来，"他说，"这就快来了。"我又安慰他，部分是因为这时我已在地下阴影里见到他了。

父亲又开始看书。我谛听着，试图检验方才说过的话。保罗钓得很快，这儿一条，那儿一条，赶着它们上陆，从不浪费时间。当他出现在我们正对面的时候，高举双手并各伸一指示意。父亲说："他得再钓两条，方满定额。"

我伸头去看书摊开处的内容，希腊文知识太少，只认得 λόγος 就是 word 的意思。由此，并经刚才的讨论，我猜想那是使徒约翰的第一节。我正看书，那边父亲说了："他钓到一条。"

难以置信，此刻他正当着我们的面，在父亲刚刚钓过的水域的那一边投竿。父亲慢慢站起身，找了块不小的石头，捏在身后的手里。保罗把刚才钓到的鱼弄到岸上，回身蹚下河，准备抓今天的第二十条鱼，以完成定额。不等他那边的第一抛，父亲扔出石头。毕竟老了，他扔石的姿势很别扭，扔完后，还得按摩肩胛。可那石块恰在保罗下饵处不远入水，时机也正好。这下你知道了，我兄弟见不得伙伴捕鱼得手时扔石子的行为，是从哪里学来的。

保罗稍稍一怔，接着就看见岸上正按摩肩胛的父亲。他笑了，朝父亲扬扬拳头，退回到岸边，往下游方向而去，走过岩石排列成阵的那一段。他在那儿蹚水下河，又开始投钓。因为隔得太远，我们看不到他的钓线或抛出的线圈。他一下河，就像有魔杖在手。那儿发生了什么，我们只能猜测，看这人和他的魔杖，还有河流，一起会贡献些什么。

他蹚水时，前后甩动那条特别发达的右臂。每次，手臂画出的弧圈像是给胸膛充了气。甩臂越来越快，越来越高、那弧圈随之伸长，到后来，他那手臂骄矜得像在蔑视一切，胸膛昂起似在挑战天穹。我们在岸上虽然看不见钓线，可是都有把握，钓线的线圈划过，他头顶的空气定在嗖嗖作声。而那钓线就是不去着水,而是嗖嗖复嗖嗖,形成越来越大的弧圈。他目空一切地伸长右臂,从中我们知道他头脑里在想什么。他不会在近岸河水里投饵,因为这儿只有小鱼和中等大小的鱼儿。从他的手臂和胸膛,我们看出,他的全身都在呼喊:"最后一条决不能是小鱼。"一切都集中于一个念想:一次大幅度的远投,钓上最后一条大鱼。

从岸上居高临下的角度,父亲和我可以看到远处那魔杖终于要下饵了。河道中间,有座岩石冰山,陵岑的一角刺水而出,水下是座石殿,一个满足大鱼全部栖息条件的去处。激流把鱼食送到大殿的前后门,鱼儿饱餐一顿后,躲在里面的背阴处寝迹。

父亲说:"那里准有大家伙。"

我说:"小鱼不可能住在那儿。"

父亲说:"大鱼也不让啊。"

父亲从保罗挺胸的样子猜到,他要把下一个大得不能再大的线圈越空远抛。"我本想在那儿钓的,"他说,"可抛不出那么远了。"

保罗的身体原地旋转,那蓄势的模样就好比准备把高尔夫球打出三百码去。大弧圈里可见他高举的手臂,魔杖的顶端弯曲成弹簧状，然后，整个世界一举弹起，顿变有声有色。

蓦地，动作骤停。人一动不动。魔杖不再弯曲，魔力不再。它指着钟面十点的位置，而十点钟又指向陵岑岩石。有一会儿的工夫，人像是成了个教书匠，执根教鞭，向岩石讲解有关岩石的内容。惟有河水奔流不止。石殿那边，头顶上方有蝇饵被盘涡毂转的水流冲刷，惟有大鱼才能见到。

接着，整个儿像是宇宙出轨，来了个天翻地覆。魔杖一接触这世界上诡谲无比的魔水，像是通了电，抽搐似的跳动起来，想跳出人右手的掌握。他的左手似在狂野地向鱼挥舞再见，实际上却是设法把足够的钓线收进钓竿，以减少电压，缓解刚才发生的电击。

虽没通电，一切都像充了电似的。河上各处出现电火花。有条鱼在下游很远的地方蹦起，那儿看似在此人的电力场之外。可是见到有鱼蹦跳，此人立即借钓竿之力身体后仰。这鱼顷刻间倒栽入水，而这可不是它自己设想的重新入水方式。抽搐和火花两者间的联系一次次发生，于是变得越来越明白无误。人借魔杖之力后仰，鱼并非全凭自己的力量重新入水，魔杖抖动着重新充电，人对着另一次逃离，狂野挥手，下方更远处，又有鱼跳起。因为上面说到过的两者间联系，谁都知道，几次蹦跳的原来是同一条鱼。

这鱼三次试图远远逃离，这时另外一幕上演了。虽然这一幕牵涉到一位大个儿男人和一条大鱼，剧情看上去有点像小儿嬉闹。那人的左手开始偷偷重执钓线，然后，像是做错事时被人抓了个正着，猛地把钓线全部撒手收回钓竿，可那鱼这时也开窍了，竟再一次游开。

"他会抓着它的。"我叫父亲安心。

"毫无疑问，"父亲说，"放出的钓线比左手收进的短了。"

保罗察看身后的水底下有没有后退时可能绊脚的洞或石块，我们知道他准备把鱼拉上岸了。我们知道，他定是把鱼拖到了浅水，这才把钓竿越举越高，以免鱼去碰上水底什么东西。我们以为表演要结束了，谁知魔杖又一阵痉挛，某种看不见的蛮力在逃离时，把人拖去水里扑腾。

"那狗杂种还有搏斗之力呢。"我以为我只是心下暗叹，不料只字无误地脱口而出，随即因为当着父亲的面说这话而不好意思。他什么也没说。

复经两三个回合，保罗终于把鱼弄到了近岸处，却又让它转个身，游回深水。不过父亲和我远远望去，已能感到水下的大家伙渐渐力穷。空中,钓竿高扬,人以均衡的快步后退。那一连串的动作如果演绎成事情,就是那鱼曾想在水面休息一下,可人见状立刻高举钓竿,趁鱼想到入水潜逃前,拖着它往岸上侧滑。他把鱼拖着腾空过了几块岩石,拽回到一方沙洲。受惊的鱼这时才发现自己在空气里活不下去,只有残喘的份儿了。在迟到的绝望中,鱼儿在沙里打挺,于生命的弥留片刻,用尾巴跳起了死神之舞。

那人放下魔杖,双手和双膝撑在沙里。像头野兽,他围着另一头野兽打转并等待着。接着,肩膀猛地一挺,我兄弟站起身来,脸对着我们,高举一臂,宣布胜利。肥硕之物从他掌中垂荡下来。要是看客是罗马人,他们会觉得那垂荡物戴了一顶头盔。

"定额满了。"我对父亲说。

"他这一手真叫美。"父亲说,尽管弟弟是在老人家已经钓过的地方,完成自己指标的。

这是我们此生看见保罗钓上的最后一条鱼。在以后的日子里,父亲和我曾几次谈起这一刻。不管带着何等样的其他感情,父子都认为,看保罗钓他的最后一条鱼时,我们只见到钓鱼人的娴熟技艺而没见到那鱼,那是在情理之中的。

父亲看弟弟钓鱼时,曾伸过手来拍拍我,却拍了个空,于是只得把目光转过来,找我的膝盖,再拍一次。他肯定误以为我会觉得受了怠慢,所以要让我知道,他也为我骄傲,虽说理由不一样。

保罗涉水的那河段,水稍嫌深,流速也太快。他意识到了,所以就取下蹲姿势,双臂大张以求平衡。如果常在大河里蹚水,即便隔了好大距离,你准会同他一样,感受到水的冲力,腿会发软打飘,随时准备一蹬脚凫水向前。他往下游张望,盘算着可以轻松涉水而过的地方离此有多远。

父亲说:"他才不肯劳动大驾往下游走呢,宁可游泳的。"同一时刻,保罗跟父亲想到一块儿去了,果然在把香烟和火柴塞进帽子。

父亲和我坐在岸上,相对一笑。父子两人谁也没有想过赶到河边去,迎他一迎。要知道他右手执钓竿,左肩背一个装满鱼的篓子,说不定需要帮助呢。在咱家,钓鱼人把火柴藏在头发里下河游泳,从来不是件了不得的大事。父子相对一笑是因为我们看到,他这回真他妈要湿透了,而我们似乎附体在他身上,跟他一起,被水流冲刷着越过礁岩，他的钓竿由我们两人中的哪一只手高高擎着。

游近岸边，他被自己的腿绊了一下，又被水流冲倒。待他再次站直，我们才得以看见一个比较完整的保罗，看见他跌跌撞撞上岸。他也不停一停甩干身上的水。他快步冲上堤岸，浑身洒下一串串水珠，经过之处无不充溢他的形象，赶来让我们一睹鱼篓已经容纳不下的斩获。他身上的水把我们两人从头到脚都打湿了，就像一头成年不久的野鸭猎犬，快活得忘了甩干水珠就来同你亲热。

"咱们把鱼都在草上摆出来，拍张照吧。"他说。三人把各自的鱼篓倒空，按照大小，将鱼排列，然后轮流拍照，既照下每人赏鱼的镜头，也拍人像照。照片洗出，跟捕鱼人拍摄的大多数业余作品没啥不同——因为曝光过头，鱼都显得白惨惨的，而且没有真实的鱼那么大；渔人表情尴尬，似乎这些鱼全是哪个向导代为捕到的。

不过，那天他的最后一个特写画面，始终留在我的脑海里，就像化学药剂定影的结果。平日里，投钓结束后他一般不多说话，除非觉得自己本可钓得更加出色一些，不然只是淡淡一笑。眼下，苍蝇围着他帽子的丝圈旋飞，大滴水珠从他帽下淌到脸上，进而沾湿双唇，他淡淡一笑。

所以，在那天的最后时刻，他在我记忆中，既是遥不可及的技艺的抽象标本，又是一张浑身是水且笑容可掬的特写照片。

父亲觉得非表扬某个家庭成员不可时，总是腼腆得难以启口。家人听到他的表扬同样感到很不自在。这时，父亲说："你是个出色的渔夫。"

我兄弟说："钓竿我是用得不错，可要我像鱼一样思想，还得给我三年。"

我记起他是在改用带羽翅的乔治二号黄石蝇假饵之后才钓满定额的，我不假思索地脱口说："你已经知道如何像一只死石蝇一样思想了。"

我们坐在河岸上，看河水流过。如往常一样，河水悠悠，如在低声自语，可现在，在我们听来，河水也在对我们诉说些什么。很难找到这样三个男子抵肩并排坐着，而且听得懂河流诉说的涵义。

在贝尔芒特河口上方的大泥腿河上，两岸高耸着美国黄松。夕阳西斜，粗大树枝的阴影伸过河面，大河因此像是被大树抱在怀里。阴影沿河岸向上延伸，一会儿就把我们笼罩其中。

河流要诉说的内容太丰富了，很难说准它要分别告诉我们每个人的是什么。我们把钓具和鱼装车的时候，保罗重复说:"再给我三年时光。"听他一再说这话,我当时颇为诧异,后来才意识到,河流不知在何处以及何时,肯定也已告诉过我,弟弟是无幸受此厚赠的。第二年五月初,一位警长在拂晓前把我叫醒时,我起了床,没有问任何问题。我们两人驾车驶过大陆分水岭,沿着大泥腿河一路前行,轮下黄叶铺地,间或也有冰川期的白色百合花作点缀。我们通知父亲和母亲说,我的兄弟被一支左轮手枪的枪柄一阵猛击而丧生,遗尸在一条小路上。

母亲闻讯转身回卧室去。在这充斥男人、钓竿、来复枪的家里,就是在这间卧室,她曾单独面对大多数的重大问题。她此后从未问我任何关于自己最为钟爱却又知之最少的人的任何问题。也许,对她说来,仅仅知道自己爱过他,就足够了。他可能是这世上惟一一个把她搂在怀里,身体后仰着欢笑的男子。

我把消息通知父亲时,他问:"你还有什么别的要告诉我?"

我沉吟半晌最后说:"手上几乎所有的骨头都被打断。"

这时他已走到门口,听到回答又转回来,只求没有听错:"手上骨头被打断,你肯定吗?"我重复一遍:"手上几乎所有的骨头都被打断。""哪一只手?"他问。"右手。"

我答。

弟弟死后,父亲腿脚不行了,得费好大劲儿才能抬脚,而真的把脚抬起以后,双脚又不听使唤地垂下。不时,我得重述保罗右手被打断的事,父亲听了又是一步一拖地走开。因为举脚维艰,连一步一拖也走不成直线。像在他之前的许多苏格兰籍牧师一样,他相信儿子是在殴斗中死的,惟有从中始能获得他所要的某种慰藉。

有好一阵子,他努力寻找更多的精神支持。"关于他的死,你肯定把全部事实都说给我听了?"他问。我说:"全部。""并不详尽,是不?""是的,"我答,"不过,爱一个人并非一定要彻底了解他。""这我知道,布道时也一再说过。"父亲说。

有一回,父亲又提了另一个问题。"你认为我原本能给他点帮助的,是不?"他问。即使我有更多时间考虑,我的回答仍然是:"你也认为我原本能帮助他的,对吧?"父子俩互怀敬畏,站着等候对方回答。一个包含了一生都问不完的问题的问题,叫人如何回答?

事发后好久,他又问了一个肯定是从一开始就想问的问题:"你看会不会是有人打劫,他呢,昏了头,以为打得过对方,可以脱身?你明白我的意思——事情与他以往的作为没有关系。"

"警方也不知道。"我说。

"你知道不知道?"他问。我觉得他在暗示我是知情的。

"我说过了,我知道的已全部告诉你。你问到底,我真正了解的也只是,他是位出色的渔夫。"

"你知道的不止这些,"父亲说,"他钓鱼这一手真叫美。"

"是的,"我说,"真叫美。这也不奇怪——你教的嘛。"

父亲长时间盯着我看——就这么看着我。关于保罗之死,父子俩从此再也不曾提起。

不过,间接地,保罗仍常活在我们的对话中。比如说,有一次父亲问我一系列的问题。这突然使我觉得自己是不是了解父亲,这个我以为是自己认识的人中间最亲近的亲人。"你爱说真实的故事,是不?"他问。我答:"是的,我说的都是真实的故事。"

他接着问:"真实故事讲完之后,哪一天,为什么不杜撰个故事,配上与故事有关的人物?

"到那时你才懂得发生过的事情以及发生的原因。

"同我们生活在一起并受我们挚爱的人,我们该知道,就是他们,我们无法理解。"

如今,我年轻时所挚爱却又无法理解的人,几乎全已不在人世,可我还是想着要帮助他们。

当然,现在我已是老人,算不上什么渔夫了。当然,尽管有朋友会劝阻,现在去钓鱼,我还总是只身去大河。就像蒙大拿西部的假饵钓鱼人一样,因为这儿夏季的昼长跟北极相差无几,我常等到黄昏凉快时分才出发。这样,在峡谷朦胧的北极光下,整个人的身心淡出,化成我的灵魂和记忆,伴随着大泥腿河的水声和一种从一数到四的节奏,伴随着有鱼浮上水面的希望。

最后,天地万物化醇归一,只见一江流过水悠悠。这条河是世上大洪水的遗迹,流经的岩石都是时间的原始产物。有些岩石表面,留有万古永驻的雨点。岩石底下是喁喁细语的言辞,有些是他们的。

水啊,我的梦!

(陆谷孙 译)

伐木兼拉皮条的"搭档吉姆"

我第一次真正注意他,是在一个星期日的下午,在森蟒公司位于泥腿河一处伐木营地的简易宿舍里。虽说当时天气闷热,屋内光线晦暗,我和他还有另外几个人依旧躺在上下铺的床上看书。其他工友在闲聊,但对我来说,这个环境算得上安静了。根据随后几分钟发生的事推断,工友们之前应该在聊"公司"的事。我之所以没听他们前面的聊天,主要是当时伐木工人们抱怨"公司"是司空见惯:什么公司控制他们的肉体和灵魂啦;什么公司控制整个蒙大拿州、报纸媒体和布道牧师啦,等等这些;吃得差,工资低,营地小卖部的东西却贵得要命,挣的那点钱全通过小卖部被公司收回去了,可是在这荒郊野外的伐木营地,除了小卖部,工人们又没其他地方去买东西。大伙差不多聊的就是这些东西。这时突然我听他打破平静:"都给我闭嘴,你们这帮厌货。要是没有公司,你们都会饿死。"

刚开始我不确定是不是听错了,还是他真这么说话。不过他应该确实说了这话。因为现场一下子安静下来,每个人都盯着他那小脸庞和大脑袋,还有支在铺位上那条胳膊肘后面的硕大身躯。过了一会儿,出现一阵骚动,但这骚动声又一个接一个消逝在门口外面的阳光里。在骚动中并没有人说话,别忘了这里可是伐木营地,工人都是些大块头家伙。

我躺在铺位上,反应过来这并不是自己第一次注意到他。譬如我早就知道他的名字叫吉姆·格里尔逊,是个社会主义分子,认为尤金·德布兹[1]过于软弱。吉姆可能比营地里其他任何人都憎恶公司,但和公司相比,他更讨厌的是人。我早就注意过他,还有一个清楚的证据,就是我臆想过和他打一架会是什么情形。对于这个问题,我觉得自己已经有了答案。我估计他的体重是一百八十五至一百九十磅,比我至少重三十五磅。但我觉得我比他受过更好的训练,在打架时倘若能熬过头十分钟,就能降伏他。不过我也估计到了,自己熬不过十分钟。

我没有再继续看书,而是躺在床上想找点有意思的事情想想。最后我有趣地发现,其实在关注他之前,我已经在心里暗自思忖,跟他打架获胜的几率。因为从见到吉姆

---

1. 尤金·德布兹(1855—1926),美国社会主义者,劳工运动领袖。

的第一眼起，我就肯定感受到了威胁。其他人显然和我有同样的感觉。后来随着对他了解的加深，我对他的全部看法就演变成一个问题："他赢还是我赢？"他凭借刚才那一顿怒斥，拿下了整个宿舍，就只剩下我了。现在他在床上翻来覆去，以此表示对我存在的不满。我硬撑了一会儿，只是想向他宣示我也有权待在屋内。但书肯定是看不下去了，屋内明显比刚才更热。在对自己不招他待见的种种后果经过一番认真的权衡后，我也起身出去了，留下他在身后辗转反侧，唉声叹气。

夏天结束，我要回学校上学。此时我对他的了解又大大加深。并且我俩还约定来年夏天一起搭档干活。他是营地里最好的伐木工，这一点人们没过多久就发现了。他使斧头和锯子使得最好，干起活来快得有股不要命的架势。我记得当时还是1927年，所以肯定没有链锯之类的玩意，就像现在走遍整个泥腿河流域，虽说还有许多伐木的活，但再也看不到一个伐木营地和简易宿舍了。现在用的锯子是高速马达带动的单人链锯。链锯工人大都娶妻生子，和家人住在一起。住得远的甚至在密苏拉，每天上下班来回开车要一百英里。在当时的伐木营地里，工人们主要用的是双人横割锯。这种锯子很好看。伐木营地里拿最高工资的，就是善于锉光并安装这种锯子刀片的师傅。工人们两人一组拉锯，要么拿固定工资，或者赚"基普"[1]。"基普"这个词不好听，它既可以做动词也可以做名词，指的是工人薪水以每天砍伐的木材板英尺数量来定。如果你选择赚"基普"，那就说明你能拿到比固定工资更高的薪水，也就表明你比那些拿固定工资的家伙更厉害。我刚才说了，吉姆说服我来年夏天和他搭档，去挣"基普"、赚大钱。可以想象，我答应他时内心有些忐忑不安。但我那时在读研究生，经济上完全要靠自己，所以正是需要钱的时候。而且我内心也为受到营地最厉害的拉锯工邀请做搭档感到得意。不过光得意是远远不行的。我明白将要面临的挑战。这里是森林世界，在这个由工人、木材和营地构成的世界里，处处都是挑战。如果你想逃避挑战，就压根不应该来这里。我喜欢和吉姆在一起，还有一个原因，就是他大我三岁，这点有时很重要，因为三岁的差距可以令他比我这个长老会牧师的儿子见过更多世面。

那年夏天围绕他还发生其他一些事，对来年他选我做搭档挣"基普"有影响。他告诉我他是苏格兰人，这或许

---

[1] "基普"一词"gyppo"和吉卜赛人发音近似，而吉卜赛人在西方文化中具有贬义。

是他选我做搭档的原因。他还说他在达科他一带长大，父亲是个"苏格兰杂种"（这是他的原话），十四岁时就将他赶出家门。从那时起，他就一直自谋生路。他说伐木只是他谋生方式之一。他一般夏天伐木，完了之后，他身上有文化的那一面就登场了。冬天他会找一个有卡耐基公共图书馆的镇子蛰居起来，首先办一张图书卡，然后再去勾搭一个妓女。整个冬天他就干两件事，读书和拉皮条。这个顺序颠倒一下也没关系。他说总体上他更喜欢南方的妓女，因为南方的妓女用他的话说"更富有诗意"。我后来才明白什么叫"更富有诗意"。

那年秋天我开始读研究生。对我来说，艰苦的学业并不会因为一想到即将到来的夏天和一个苏格兰杂种的直系后代搭档做锯木工而变得更轻松一些。

六月底终于来了。他果真在营地等我，坐在我对面一根原木上，眼神像一个伐木工人盯着百万美元的巨款。他全身上下穿着毛料服装，一件深色方格苏格兰衬衫，一条灰色猎鹿大短裤，脚上套着一双崭新漂亮的伐木靴，鞋口露出大约一英寸长的袜子。伐木工一般在生活花销和生活方式上和牛仔有许多相似点。对他们来说，到年底如果分文不剩，属于收支平衡。如果运气足够好，没病没灾，他们会把钱用来喝三四顿大酒，买买衣服。他们买的衣服都很贵。虽然工人们口口声声说被盘剥得一无所有，通常这也是实情，但他们穿的衣服要能扛得住艰苦工作和恶劣天气，所以需要买那种专门的服装。在伐木工和牛仔的行头中，核心部分是靴子。一双靴子往往要花费几个月的积蓄。

我记得那天吉姆穿的靴子叫"白人伐木工"牌。生产靴子的公司位于斯波坎，他们会记下顾客的姓名和尺码定做。这双靴子很棒，不过其他牌子的靴子也都很棒——不棒不行啊。当年"巴斯"牌、"伯格曼"牌、"奇皮瓦"牌靴子在全国各地都有生产。但在西北部，大多数伐木工人穿的都是斯波坎的靴子。

牛仔穿的靴子一般是为了方便骑马放牛，而伐木工的靴子则是为了方便伐木，以及相关的活。吉姆穿的靴子，鞋帮有六英寸高。还有比这更高的款式。但吉姆喜欢脚踝支撑比较好、脚步不受束缚的靴子。这双靴子的鞋尖没有包头，但上了一些牛脚油，所以穿起来比较软，还能防点水。这双靴子在形状上方便穿鞋者踢原木，或者叫"赶原木"。靴子的足弓高，正好和原木的高度齐平。高足弓相应地也要求高脚后跟。伐木靴子后跟倒不要像牛仔靴的后跟那么高，但要比牛仔靴后跟更结实，因为是用来走路的。其实这种鞋是非常好的徒步靴，后跟高，可以让人在正常步行时身体稍微前倾，感觉像是被人扶着向前走。其实穿出这种感觉正是这个牌子靴子的标志性特征。

吉姆坐在那儿，右腿搭在左膝上来回晃荡着。他用脚做各种动作，譬如说到他认为重要的地方，就用脚刮擦我所坐的原木以示强调，结果在木头侧面留下踢痕。伐木靴的鞋底堪称一战战场，沟壑纵横，铁丝网星罗密布，鞋底的这种设计就是为了赶木头和走路方便。这一设计的伟大之处在于鞋底的尖铁防滑刺，伐木工人们管它们叫"塞子"；这些防滑刺又尖又长，穿上带防滑刺的靴子能轻松将一根裹着厚厚树皮的原木踩住。铁刺如果再尖利一点，都能扎进加工后刨去树皮的木头里。当然鞋底边缘的铁刺有时会被劈弯。弯曲的铁刺如果靠近脚趾部位，就会让人走路不稳甚至绊倒。于是设计者又在鞋底钉了一圈粗大结实的平头钉，有时甚至在脚趾位置钉四五排平头钉。这样布满防滑刺的战场就正式形成了。铁丝网就是鞋底两侧直立的两道铁刺，铁刺一直延伸到足弓处，这样从木头上横跨过去就不会摔倒。鞋底这种略显原始却很好看的图案还有许多其他用途，譬如两个伐木工打架时，一个将另一个打倒后,肯定会用靴子上去补几脚,再用鞋底刮几下。伐木工人管这个叫"给他一顿皮的"。哪个伐木工人要是挨了这一顿,就会好久干不了活,而且元气大伤,再也不能恢复成以前样子。

吉姆每次说到重要处,就用脚踢刮原木,表示强调,而我就得用手把树皮屑从脸上拭去。

在我俩短暂分开的这段时间,我觉得他的脸比我去年第一次见到他时变大不少。去年在我印象中,他是个大块头、大脑袋、小脸庞的家伙,整个五官紧凑得像握紧的拳头。我甚至在想,他这张脸要是打出去,会比他用尽力气挥出的拳头更厉害。但现在他坐在这儿,放松地和我聊着关于拉皮条的事,还把树皮踢到我脸上,整个人看上去没有小的地方,鼻子大,眼睛大,相貌堂堂。他显然喜欢拉皮条这活。这个活他一年要干四五个月。他尤其喜欢在自己的地盘充当保镖。但即便如此,他说时间一长也感到腻味。所以用他的话说,从镇上回到森林里,很好;重新见到我,很好;重操伐木的活,很好。他说了好几遍"很好"。

通常这种对话发生在最开始的三四天。我俩一般开头都相处得很好,互相坦言整个冬天把人都过得慵懒了。而且这时吉姆还没把拉皮条这门课给我上完。拉皮条其实比外人想象得要复杂一些。除了要选好妓女（要选高大丰满、来自南方，也就是所谓"有诗意的"），哄她开心（下午带她去小剧场看看表演），兜售生意（把森林里所有认识的瑞典人、芬兰人、法国裔加拿大人聚拢过来）之外，还得走私酒水（那时还是禁酒期），和警察搞好关系（向来就得如此），自吹自擂（这显得有点竞技比赛的味道）。在这几天的休息时间里，我们都在聊这个话题，谁也没兴趣谈什么社会主义。

在我看来，当所有话题都聊光之后，厌恶之情就会滋生。我开始认为他喜欢高大丰满的南方妓女和我屁关系没有。而且，这时我们干活也开始步入正轨。我们不再留出休息时间，只是在吃午饭时休息半小时，就在这段时间里我们还拿金刚砂磨斧头。我们俩渐渐都不说话，沉默本身就是友谊的大敌。干完活回到营地后，我们各忙各的。我们一个星期都互不说话。不过这本身不算什么不祥之兆，其他组的锯木工干活时也不说话，因为大家都是一类人，而且也没有人能边聊天边砍伐成千上万英尺的木材板。在有的组，两个锯木工互相厌恶对方，但又不得不年复一年地一起干活，这有点像原来纽约凯尔特人篮球队，队员彼此默契得都不用看就知道队友的动作。但我和吉姆之间的沉默是另外一种情况，和提高劳动效率、增加产量没有太大关系。有一次他主动打破沉默，问我愿不愿意将锯子刀片由六英尺换成七英尺。我明白自己拉锯是为了谋生。六英尺刀片锯我们手头的木头绰绰有余，刀片长度要是再多出一英尺，我就会非常吃力。

天越来越热，每次收工回营地，我都累得像生病一样。我先从圆筒形的行李包里拿出干净的内衣、袜子和一块肥皂，然后走到小溪边洗澡。洗完后，我就坐在岸边等身体自然晾干。这时感觉就会好一些。这是我在林业局上班的头一年，得出的一条规律是每当精疲力竭、情绪低落时，至少要换一双袜子。到了周末，我会花上很多时间来洗衣服。我洗得很认真，因为我想把衣服洗完后晾晒在灌木丛上，变得白白的而不是灰乎乎的。也就是从那时起，我开始利用搞卫生这样简单朴素的小事，作为医治生活的药方。

我还一度想从格言中获得寄托，试图反省自责。这种做法也有一定道理。我整个冬天都怀着理想化的期望，希望格言中那些道理在生活中能应验。但现在我看透了，会对自己说："噢，伙计，想要戏耍公牛，就要做好挨牛角的准备。"

可要是真被牛角顶出个血窟窿，靠谚语是不管用的。

不过渐渐地，我开始和心目中所设想的自己的形象，以及周遭发生的事渐行渐远。吉姆正在控制我的思想。在我的梦境中——有些梦还是白天做的——我一直不停地拉锯，锯子那头吉姆的身形变得越来越大，脸却越来越小，而且离我越来越近，直到最后他的脸庞穿过原木的锯孔。我俩之间不再隔着木头，而他的面孔继续沿着锯子向我逼近，直到撞上我的脸庞。有时我还梦到我们离得足够近，可以看清他的面孔是怎样变小的，是围绕鼻子扭曲收缩。做梦时，我常常是因为想竭力逃离恐怖的梦境而一下子苏醒过来。

当累到一定程度后，连梦都没有了，觉也睡不着，始终有种口渴的感觉，并且能感知一系列基础性的生理变化，而这些变化平时正常情况下是不会引起人注意的。整个晚上简易宿舍里叹气声、呼噜声和肚子咕咕叫声此起彼伏。等大家都上床，按理都该入睡后，有人还想搞鸡奸。如果我当时记录的数据有代表性的话，这些鸡奸企图没有一起得逞。宿舍通常鸦雀无声，突然一个家伙从床上跳起来猛击另一个家伙，边打嘴里边骂："你这个不要脸的变态，龌龊的杂种。"骂完后又接着捶四五下，拳头又快又狠，而挨打的家伙从不还手，只是蹑手蹑脚、垂头丧气地返回自己床铺。通常这时还没到夜深，离天亮还早。你只能静静躺在床上，一小时一小时地熬过去，那种感觉好像头一天你饮下一镀锌桶的水，最后一想到水，嘴里都有镀锌味道。

这样过了两三个晚上，你就会明白自己不能再这样被驱策了。虽然很可能成为不了生活中的胜利者，但也不能被生活这样驱策。

关于伐木的活，我不想说得过于技术化。但我想让大家对我们白天的活有一定了解，让大家明白，在森林里努力活下去，到底是个什么状态。吉姆拉锯的节奏，快得会把我累死，最后也会把他自己累死，但首先会累死我。所以，问题基本上就变成了如何打乱他拉锯的节奏，并且还不能被他当场察觉，因为和锯子那头的杰克·登姆普西[1]干了一个星期的活后，我就明白如果他要是打我一拳，我毫无还手之力。但另一方面，如果我主动提出让他拉锯不要拉得那么狠，恐怕还没等我张口，就早挨他一顿揍了。

---

1. 美国著名重量级拳击冠军。

你要不这么想，你就不是一名伐木工。在森林和伐木工的世界里，主要就是三件事——干活、打架和泡妞。一个地地道道的伐木工必须在这三件事情上都干得漂亮。一旦陷入到选择的痛苦中，他就做不成伐木工，会被扫地出门。所以，我要是在拉锯上求饶，那就得卷铺盖走人。

所以在把树木伐倒之前，我得尽力打乱他的节奏。通常在拉锯前，锯手先要做点"清扫"工作，就是用斧头把锯木时会碍事的灌木和短叶松砍掉。我估计自己在干这方面活时比吉姆干得多，而且是尽全力地干。这下令他怒火中烧。当时还是开工没多久，我们彼此还互相说话。"上帝啊！"他说道，"你这样做不是在赚基普。在这儿，只要是和伐木无关的活，都挣不到钱。没有人会为你整饬花园而付给你报酬。"他一般朝待锯的木头走去，要是遇到短叶松挡道，就把它们推到一边，锯木时用脚踩住。要是碰到黑浆果灌木丛，就用力扯开。至于灌木塞到锯子里这种事，他才不管呢。他只会更用力地拉锯。

对于拉锯这个主活，如果两人配合默契，拉得有节奏感，其实本身是件富有美感的事情。有时候你甚至会忘记自己在做什么，陷入一种运动和力量的冥思之中。但如果拉得没有节奏，哪怕只是短短一小会儿，也会让人得精神病，甚至比精神病更严重，会让人得心脏病。吉姆开始拉锯时，速率过快，幅度过大，连他自己都吃不消，锯子推过来时更是几乎把我抵到地里面。我大多数时候紧跟他的拉锯强度，不这样也没办法。但有时我也瞅准时机，当他把锯子推过来时，我把拉锯的速度和幅度降下来。通常我这样做的时候，只是稍稍和他的强度有些出入，没有明显到他觉察出来后朝我怒吼的程度，但会让他觉察到，而且为了确保让他肯定能感觉到，我会选择突然来这么一下子。

我再说一个我发明的小伎俩，希望通过不断减少吉姆肾上腺素分泌来达到削弱他的目的。锯木工在以团队为基础干活时，会形成许多不起眼却近乎神圣的工作规矩，而我会时不时地破坏其中某个规矩，不过不会太出格。譬如，对于一棵已经伐倒的大树，在上面锯切口时，需要在切口处支一个楔子，以防将锯子提出来时切口又重新合拢。当楔子在靠近吉姆那边的木头时，我按理说就不必探身去取楔子，这属于吉姆分内的事。拉锯工们从来不在谦让客套上浪费时间；在你这边的活就归你干，这是规矩。但我在干活时却时不时地伸手去够吉姆那边的楔子。够的时候，当我俩的鼻子几乎碰到一起时，我们就一动不动地盯着对方。这有点像早期电影里的特写镜头。最后一般都是我把目光移开，好像压根没想过什么楔子的事。你们放心，虽然是我主动去够楔子，但我从未抢在吉姆之前碰过楔子。

一想到这些小花招能影响到吉姆，我就感到非常舒适。当然我有时也在想，这种感觉很大一部分属于自我安慰。但即使如此，我还是继续这些我心目中的敌意行为。不过其他伐木工让我明白，我的行为不是虚幻的。他们都认为我正在打一场大仗。他们暗地里给我打气，很可能在想：这样一来，他们自己就不用亲自动手了。某天早晨其中一个伐木工在上班路上对我咕哝："总有一天这个狗崽子进了森林，就别想再出来。"我猜他的意思是，我在伐倒一棵大树时，没有大声喊"小心木头"，结果将吉姆砸死了。其实我早就有过这个想法。

这时还发生一件好事，吉姆和厨师长大吵一架，起因是吉姆要求在早餐里加馅饼。这听起来简直不可思议，因为是个人都知道，厨师长负责整个营地的伙食，用伐木工人的话说，"是最牛逼的家伙"。如果他看不上哪个家伙，譬如这人吃饭时不守规矩爱说话，他就会去找工头告状。那个伐木工就得滚蛋。吉姆成功地将所有伐木工团结在他这一边，据理力争，和厨师长大吵一番。最后没有人滚蛋，大家每天早上都吃上了馅饼，而且还是两三种口味的。而过去，包括吉姆在内，没人吃过馅饼。

说来奇怪，吉姆在赢了和厨师长的馅饼大战后，我在森林的活也干得顺畅一些。我俩还是互不说话，但是拉锯开始合拍了。

一个星期天的下午，一个女人骑一匹马来到伐木营地，并停下来和工头还有工头老婆聊了起来。这个女人长得人高马大，又骑在一匹高头大马上，手里还提着一个桶。伐木营地里几乎所有人都认识她，或者对她有所耳闻。她是个牧场主的老婆，这个牧场主的牧场属于这个山谷里最好的。我和这个女人只是一面之交，但我家和她家很熟，因为我父亲有时去山谷里长老会教徒聚居区进行布道。我觉得自己应该上前和她聊聊，这或许对我父亲的布道事业有好处。但这个想法是错误的。她没有下马，只是坐在马上和我聊了几分钟。这时来了一个人。不是别人，正是吉姆。他都没朝我看一眼，就向她介绍我是他的"搭档"，并问她提个桶干什么用。结果工头接过话茬，把所有人的问题全回答了。他首先代这个女人回答，说她提个桶是为了捡黑浆果。接着他回到自己的身份中，告诉这个女人,我们这些人都是伐木工,对林区的情况了如指掌。然后他又像是对自己说,并代表我们在场的人表态,让女人放心,吉姆会十分乐意领着她去找黑浆果,找吉姆算是找对人了。营地里的男人们纷纷打赌,赌的都是同一件事,吉姆两个小时就能把那个女人睡了。一个伐木工说:"他放倒女人和放倒一棵树同样快。"到了黄昏时分,只见女人慌慌张张地从林子里出来了,老远看上去面色苍白,也没采到黑浆果。连那只空桶都不见了。鬼知道她回去怎么向她丈夫交差!

我一开始还同情她,因为她如今在营地是无人不晓,广受议论。但她行事"过于高调,过于张扬"。[1] 她每个星期日来营地,每次来的时候都提个一加仑的桶,走的时候还不带走。哪怕黑浆果的采摘季节早已过去,她还一直来。灌木丛上一颗黑浆果都不剩,她依旧每次都带一个大桶过来。

与厨师长的馅饼大战,以及黑浆果桶事件让我的心里好受一些,支撑着我熬到了劳工节那周的周末。而在此之前,我早早就告诉吉姆和工头,到了劳工节我就要走

---

1. 此处作者用了一个双关语,字面意思指骑漂亮的高头大马,暗指骑马者行事高调张扬。

了，要为开学做准备。这段时间搭档干活，吉姆和我都没有什么大的改变。吉姆还是杰克·登姆普西那样的块头。他干活时力量和速度的结合并没有因任何原因而表现出下降的趋势。由于前面发生的那些事，我们俩现在干活就干活，一门心思地锯木头。对我来说，这是我一辈子中第一次（也是唯一一次）在一个月时间里无时无刻不在恨一个人。虽说我有时也想劝劝自己，但每当这时候我就对自己说："心肠不要软，不要忘了这个家伙可是一直在想着耗死你。"也就是在这段时间，我开始比较有把握地树立一个看法，根据这个看法，我估计吉姆不会揍我。虽然一架都没打，却让人觉得他是最能打架的人，他就是用这个办法掌控了营地。弄明白这个道理，我有点得意，觉得自己变得睿智。他通过干活和玩女人让自己看上去像个恶人，让我们这些伐木工怕他，并进而以为他早晚会打我们一顿。不过幸运的是，我一直都知道，以上想法只能停留在理论上，不能用现实来验证。我依旧表现出他好像是营地里打架最厉害的，或许这确实是真的。不过估计你们也能猜到，我一直没打消对他怀疑的念头。

到了晚上收工，我们依旧各自回营地。依旧是他先走，打底背心外面披着一件乌尔里齐衬衫，腋下夹着一个空午餐桶。和所有锯木工一样，我们每天早晨干活前，第一件事就是脱掉衬衫，穿着打底背心干活。哪怕在夏天，我们也穿着羊毛打底衣。我们的理由是，棉质衣服沾了汗后会贴在身上，而羊毛衣服吸汗。我等吉姆回营地后，就坐在一根木头上，等着汗晾干。通常我得歇上一会，手才能稳住去够乌尔里齐衬衫，然后捡起午餐桶，再往营地走。不过这时我心里已经有把握自己能熬到当初说好的日子离开，有时这也是一种美妙的感觉。

临近八月底的一天，吉姆打破沉默，对我说："你什么时候走？"他这一开口，不啻创世纪前有人打破亘古洪荒的沉默。

幸运的是，对这个问题我早已准备好现成的答案。我回答道："我跟你说过的，就是劳工节那周的周末。"

他说："在你去东部上学前，我或许在镇子上能碰见你。我今年准备走得早一点。"接着他又跟了一句，"春天的时候，我向一个太太承诺过。"在他说这话前，我和其他伐木工已经注意到，那位牧场主妻子上个星期日就没在营地露面。

在我出发上学前一周，我果然在镇子的大街上遇见了吉姆。他看上去很精神，瘦了一些，但没瘦太多。他把我带到一个无证售酒的酒馆,给我买了一杯"加拿大俱乐部"威士忌。蒙大拿是北方边陲州,在禁酒时期,要是摸到路子,知道价格,在我们镇子上就会发现大量来自加拿大的威士忌。喝完他买的酒后,我又买单喝第二轮,接着他又买单喝了一轮,当我准备掏钱再喝一轮时,他说喝到位了。接着他又来一句:"你知道吗,我得护着你。"哪怕是在下午,喝了三巡酒之后,我听到这话还是吃了一惊,而且即使现在回想起来,也感到惊奇。

我们在酒馆外道别,阳光刺得我们眼睛都睁不开。他说:"我已经为那位太太找好了地方,但我们还没开始营业。"接着他又一本正经地说道:"如果你能在离开镇子前上我们那里小坐,我们将不胜荣幸。"他把地址给了我,我告诉他,如果去的话那最好尽快。于是我们约好就第二天晚上。

他给我的地址在镇子北面,刚过火车道,大多数铁道工人都住在那里。我小时候镇子上就有所谓的红灯区,位于前街毗邻垃圾场的一个地方,那儿的气味果然浓烈刺鼻。法律看这块地儿碍眼,将它半关半闭,于是姑娘们星散,不少人搬到铁道工人聚居区。第二天当我总算找到地方后,我认出吉姆隔壁那个房子。那是一位火车司闸员的屋子。这人娶了一个荡妇，还自认为是个打架好手，虽然赢的次数并不多。他在镇子上以这样一则故事闻名。某天晚上，他出其不意地回家，正好撞上一个家伙从他家出来。他伸手从口袋里掏出三美元。"拿着，"他说道，"去找个好点的妞玩玩。"

吉姆的地方看着倒是敞亮大方，没有门帘，门虚掩着，灯光外泄。吉姆来到门口迎接我。他块头大，遮住了屋内大部分景象，但我还是瞧见他身后那位太太的轮廓。我记得她应该是南方人，我还看见她没被吉姆遮住的那边肩膀上披着鬈发。吉姆一直不停地说着，也没介绍我们认识。突然那个女人从吉姆身后转过来，抓住我的手，说了一句："上帝保佑你的小弟弟；快进来吧，屁股就坐在钢琴上。"

我一下子反应过来，吉姆夏天刚开始时对我说的那句话，喜欢南方妓女因为她们"富有诗意"是什么意思了。我迅速打量一眼"客厅"，当然没发现钢琴，所以这纯粹是"诗意"的想象。

后来，我得知她的名字叫安娜贝尔[1]，果然名副其实。

---

1. 在爱伦·坡等诗人的诗作中，女主人公经常名叫安娜贝尔。

在刚才那一句热情的招呼后,这个女人又退到后面,坐下来沉默不语。当她从落地灯前穿过时,可以清楚地看见外套里面什么也没穿。

我环视客厅,虽然没看到钢琴,却发现这儿还有另一个女人和一个苏格兰纹章。这个女人岁数大一些,但显得并不那么老,因为吉姆后来介绍她是安娜贝尔的妈妈。我自然很好奇,想知道她在吉姆的生意中扮演什么角色。几天之后我在镇子上碰见几个认识她的伐木工时,他们告诉我这个女人也是不错的妓女,只是体态臃肿,带着一点苦相。那天晚上我试着和她聊几句,发现她心里已经没剩什么要说的话。但显然她的心里只装着吉姆。

虽然乍一看我简直不敢相信,但是在吉姆入座的椅子上方确实挂着一个苏格兰纹章,上面刻着拉丁语箴言"碰我者必遭谴"[1]。对于这句箴言的涵义,想必只有吉姆知晓。那些妓女是不知道的,而那些嫖客——他们大都是斯堪的纳维亚人和法国裔加拿大人——也不会知道。作为这个行当的老板和首席保镖,吉姆端坐在皮革宝座上,肯定自以为只有他才明白头顶上箴言的涵义:"碰我者必遭谴"。

---

1. 这句拉丁箴言曾刻在苏格兰斯图亚特王朝的银币上。

不过有个人是例外。我知道这句话的意思。我在同样的纹章下长大。我家那块纹章四周还刻着苏格兰蓟[1]，使得纹章看上去更加粗犷。我父亲将纹章挂在前厅，这样无论何时，任何人只要一进我家，第一眼肯定能瞧见这个纹章，同时我母亲清早去厨房做早餐时也能看见。我母亲身上有英格兰血统，天生有种懦弱性。

大多数时间里，都是吉姆一个人在说话，我们其他人在一旁听着。我时不时打量四周。吉姆长得帅，这一点没的说，而且他今天还特意打扮一番，身穿传统的深灰色海力蒙西服，系一条看不清是蓝色还是黑色的领带。但不管穿什么衣服，在我眼里他总是一副伐木工的形象。谁说不是呢？他是我迄今合作过的最好的伐木工，而且这话我估计会说一辈子。

吉姆聊的主要是拉锯和大学。我俩整个夏天基本没说过话，更没提过大学的事。如今他却问我许多关于大学的问题。不过他问这些问题不是出于羡慕或懊恼。他并不把我看成一个和他相仿的苏格兰男孩，斧头和锯子使唤得没有他厉害，但运气却比他好。至少那天晚上端坐在宝座上

---

[1]. 苏格兰蓟是苏格兰的民族象征。

时，吉姆是把自己当作一个年轻成功的商人。他肯定认为我和他今后在事业上是分道扬镳的。我一直没搞清楚，社会主义者这个标签对他意味着什么。对我来说，他更像一个逍遥自在者，那种初次见面你觉得他具有某种鲜明性格特征，但是后来却发现他并非如此。而你一开始持那种看法，是因为初次耳闻目睹时，是从某个特定角度出发，抑或是他们故意包装成某种性格而你却没有识破。反正不管怎么说，我和吉姆从不谈论政治（当然大多数时间里我们本来也压根不交谈）。我听见他对其他伐木工说过社会主义，更准确地说，是在声嘶力竭地叫喊，那种样子好像他们不会锯木头，他在教他们怎么锯木头。作为一个二十年代从达科他地区偷偷跑出来的家伙，吉姆肯定算得上是个一无所有的社会主义者。但他和我聊研究院时，主要是假设他也上学的话，他能否把伐木的那一套做法移植到研究院的生活中。这当然属于一个资本主义问题。在达科他地区的教育经历对他产生了长久的影响。他在那儿上到七年级，老师们都是高大粗野的家伙，动辄对他拳打脚踢。我给他打气，对他说："不会的，就像去年冬天肯定不像今年夏天这么累。"他又给我们每个人拿来一杯"加拿大俱乐部"威士忌。我在喝酒时突然反应过来，他今年夏天的所作所为，就是向我展示他心目中的研究院生活。如果他真这么想，那不算太离谱。

不过我们谈话主要还是围绕伐木，因为伐木工不聊伐木又能聊什么呢。伐木工人们把伐木融入到一切事物中。譬如他们庆祝7月4日国庆节的方式（那时国庆节是仅次于圣诞节的神圣节日）就是举行各种滚木比赛、锯木比赛和耍斧头大赛。工作就是他们的全部生活，就连比赛和女人也是工作的一部分。他们的女人至少在说话方式上也要和伐木工一样，尤其在说粗话方面。安娜贝尔有时就会来这么一句："对那个杂种就得把他打出屎来。"可当我傻乎乎地想搞清楚，她知不知道"打出屎来"是什么意思，她又转回到南方式的诗意中。一个妓女就应该像她这样，既能爆粗口又会讲甜言蜜语。

我还对吉姆如何向他手下的妓女描绘我们之间的关系感兴趣。他把我俩描述成一对友好和睦的搭档，总是讨论锯木中遇到的技术问题。在他的杜撰中，我们之间的技术性对话一般是这样进行的。"你那边锯多深了？"我问。"我锯了一点五英寸深。"他答道。我又说："天呐，我这边都已经锯到二点五英寸了。"但实际情况是，在夏天干活时，除了头几天，我俩从未进行友好的对话。随便某个锯木工都会告诉你，吉姆杜撰的这些技术性谈话内容，对妓女们来说也许觉得很酷，但对真正的锯木工人来说毫无意义，一听就是编的。吉姆本人的确是个了不起的锯木工，本来没必要胡编乱造，可是每次他把我俩说成是朋友时，他总要编一些锯木的细节加以佐证。

在离开前，我想和这两个女人再聊几句。可当我转向安娜贝尔时，还没等我开口，她就截住我的话头，说道："我俩都算是吉姆的搭档吧？"她上来就挑起这么大的一个话题，可下一分钟她就换了题目，试图说服我相信她是苏格兰人。但我没好气地告诉她："这话你还是在一个瑞典人身上试试吧。"

安娜贝尔的行事方式是顺着你的意思来，你希望她怎样，她就怎样，除非她明摆着不是那个样子。和她没聊两句，我就确信她并不是南方人，另一个女人也不是南方人。她们说话时故意用"你们大伙儿"和"老人家"，故意留着鬈发，所有这一切都是装给来自达科他的吉姆看的。安娜贝尔时不时显得有些轻微的歇斯底里，至少说起话来滔滔不绝，还会带出一两句"诗意的句子"，譬如押头韵的祝酒辞，北欧古语或者不知哪个国家的表达。然后她又回到沉默中，去想一些会令我感兴趣但又所知不多的事情，进而说服我相信她的话是真的，就像刚才她说自己是苏格兰人那样。

到了薄暮时分，我已经搞清楚这两个女人不是母女关系，或者说两人压根没有任何关系。也许他们三个人正是从这伪装的家庭关系中获取一种奇怪的乐趣。这两个女人衣着一样，都留着鬈发，一副南方人的行事做派。除了身材高大之外，两个女人在体型和性格上并不相同。

他们三个人就这样构成了一种由谎言编织而成的、其乐融融的家庭关系。

这位穿着海力蒙西服的伐木工，与他那两位只穿着外衣的女人堵在门口，和我分手道别。"再见。"我在门外说。"再会[1]。"安娜贝尔说道。"再见，"吉姆说完又加了一句，"我会给你写信的。"

他后来确实给我写了信，但已经是深秋时分了。那时伐木工里面的瑞典人和芬兰人估计都已经知道他在镇子北面的房子，而他也在密苏拉的公共图书馆办好了借阅证，开始重读杰克·伦敦，但跳过其中关于狗的情节。由于他写给我的信的信封上地址非常精确，所以他肯定给我家里

---

1. 原文为法语。

打电话要的地址。他用的信封又大又方，信纸却很小。信纸带横线，抬头有黏胶的痕迹，估计是从某个便笺本上撕下来的。他的字迹很大，但是每个单词越往后，字母写得越小。

到学年结束时，我又收到他三封来信。他的信通常都是一两句话。如果让名家的大手笔来写的话，一两句话的篇幅一般不会涉及鸡毛蒜皮的小事，而是高度概括性的语言。吉姆是我认识的人当中，第一个开创这个文风的人。

他的信开头的称呼是"亲爱的搭档"，结尾是"伙计，吉姆"。

可以肯定的是，我压根没考虑来年夏天和他继续搭档伐木，他也没公开提议过。我已经打定主意，像基普伐木这种事这辈子只能尝试一次。我觉得自己的付出已经够多了。我回到美国林业局，去和大火做斗争。对吉姆来说，这样的选择无异于从事慈善事业，是在修身养性。

那年夏天，我自然没有收到他的来信。毫无疑问，他一定又有了一个新的拉锯搭档。他也会把这个搭档淹没在锯末里。但到了秋天，他又寄来一个又方又大的信封，字迹还是越往后写得越小。当时只是初秋，他拉皮条的生意还没开业。估计他刚刚离开林区，在镇子上做开业前的考

察呢。他可能连图书馆的借书卡都还没办。反正不管怎样,他的来信是这么写的:

亲爱的搭档:
    我就是想告诉你,我刚刚操了一个体重有三百磅的女人。

你的搭档,
吉姆

现在距离收到这封信已经过去很多年了。从那之后,我再也没有吉姆的消息。说不定这个杂种最后被那三百磅的女人制服了。

(赵挺 译)

美国林业局 1919
护林员、厨子、天空的窟窿

然后他觉得终于明白了

自己生命发端的那些群山……

——马修·阿诺德《被湮没的生命》

我那时正年轻,觉得自己是条汉子。我知道现在正是大好年华,也就有点仗势托大,但自己并未真正意识到。我所在的护林站四周群山环绕,山势磅礴,犹如置身山的海洋,这样的景象也是我平生所仅见。而在林业站内,我正和美国林业局下辖的塞尔维林区驼鹿峰林场的护林员在玩克里比奇牌,而且还赢了。那时的美国林业局比我还年轻,所以也具有年轻人的许多共性。

那是1919年8月中旬。我十七岁,美国林业局也才十四岁。关于林业局的具体成立年份,有好几种说法。我觉得1905年比较靠谱。那一年内务部林业署并入农业部,并更名为美国林业局。

1919年时,塞尔维林区驼鹿峰护林站,离最近的马路也有二十八英里,其中十四英里是上山的路,一直要走到苦根分水岭的顶端,另外十四英里则是顺着斑点峡谷径直向下,直达苦根山谷,那里离蒙大拿的汉密尔顿只有几英里距离。相比较十四英里的上坡,十四英里的下坡同样艰难,而且危险程度大增。因为在医学界,斑点峡谷以落基山热臭名昭著。得了这种病，五个人中只有一个会康复。从驼鹿峰到斑点峡谷谷口的二十八英里步道是林业局修的，所以沿途在树皮顶端都有刻痕标记。在这片广袤的驼鹿峰林区，还有几条为数不多的小道也是这么标记的。除此之外，剩下的就是开阔的山脊和草地上那些狩猎小道和捕兽陷阱小道。那些小道的起点和终点标记早已湮没，只能见到鱼贯前行的驮马和独自步行的人，一切全靠马蹄和人脚，解决不了的则要靠人手。对位于北爱达荷的苦根分水岭来说，1919年正好处于历史的前夜，一个即将迎来四轮机动车、推土机、电锯的历史前夜，不久气动机械就将代替手动风钻，化学农药和飞行器将会用来扑灭山火。

如今你要是不穿一身制服、没有大学文凭，就当不了林区瞭望员。但在1919年，干我们这一行，尤其是野外负责巡逻的护林员，没有人上过大学。林业局招收护林员，专招镇子上最壮实的家伙。在我们这些人当中，比尔·贝尔是苦根山谷最强壮的人，被公认为林业局最好的护林员。当听说比尔曾杀死一名牧羊人，我们对他的这种看法更强化了。至于他在这起案件中被宣判无罪，我们反而有些失望。不过没有人相信他没犯事，因为大家都知道在蒙大拿州，一个人杀死牧羊人被宣判无罪，并不意味着此人就是无辜的。

说到制服，护林员一般都佩带点四五口径的手枪。大多数林业局普通员工也佩左轮手枪，包括我在内。林业局两个岁数大一点的家伙对我们说，"USFS"[1]代表"慢吸快操"[2]。我当时年纪轻轻，肚子里又有点墨水，所以刚开始还和他们争辩，说"慢吸快操"的首字母和USFS并不完全吻合。因为"快"的首字母F和"局"的首字母"S"不一致。我那时候死心眼，抱着自己的看法不放，只会一味提高嗓门。而他们每次都张开被八字胡盖住的嘴唇，厉声呵斥我，看我的眼神仿佛我还是个毛头小伙，没资格对这件事说三道四。对他们来说，"慢吸快操"和美国林业局完全吻合。结果到了夏天快结束时，我也逐渐认同他们的观点了。

我们的比尔·贝尔虽然是最棒的护林员，但是玩克里比奇牌却并不灵光。只见他放下牌，嘴里念念有词："十五点两分，再加十五点就是四分，再加十五点六分，还有一个对子，总共八分。"这时我通常都会掰开他的手，带着他一起数点。他只有一个八和一对七，可他却要把这

---

1. USFS是"美国林业局"（United States Forest Service）的首字母缩写。
2. 原文为"Use'er Slow and Fuck'er Fast"。

手牌算作八分。也许八这张牌，让他误认为是八分。"比尔，"我对他说，"你这手牌总共六分。十五点两分，再加十五点四分，还有一个对子，总共六分。"比尔觉得别人挑他错误是在侮辱他。"该死，"他说，"你没看见这张八吗？呃，八加七……"这时在一旁刷碗的厨子从比尔身后看了一眼牌，说道："这手牌就是六点。"比尔悻悻地收拢起牌，扔到牌堆里——这个厨子无论说什么，比尔都认为是对的。但这并没有令我对厨子的好感有所增加。这个厨子平日里被比尔宠坏了，很难让人喜欢，我尤其讨厌他。

即便如此，我当时也不知道在夏天结束前，我对厨子的厌恶之情会发展到什么程度，或者说玩牌这件小事，会酿成多大事端。夏天过去一半时，我长到十七岁了。但我没有意识到自己将要成为故事里的一个角色。同样我也不知道生活有时也会成为文学作品，不一定有多长，但肯定是我们记忆中最难忘的部分，而且在记忆中经常出现。它们不是生活中偏离、前进、倒退或者陷入绝境的时刻，而是构成生活的笔直轮廓，强劲有力，不容回避。这其中会有曲折，有高潮，运气好的话还有赎罪和净化，让人觉得生活是一种命中注定，而不是随机发生的事。不过当时我没有想到比尔会成为故事的主人公——我只是等他出牌等得有些不耐烦。他每次出牌前，总是用手指蘸点口水，以免一次出两张或三张牌。

很难想象，一旦手中握着一根绳子，比尔就像完全变了一个人。手上有绳子，比尔就成了一个艺术家。他总是用绳子玩出点花样。哪怕是坐在护林站里，他也能挥舞用绳子编的小绳圈，将它轻巧地套在椅子上。他不光会编小绳圈，还会打绳结，非常漂亮的绳结。当其他护林员们在聊天时，他要么掷绳圈，要么打绳结。和人说话时，他的语言很贫乏，不是"好好"，就是"不行"，偶尔蹦出一星半点的句子，或者一两句话。但和马、骡子在一起，他能说个不停。这些牲口理解他。他和牲口交谈时从不高声大吼，对骡子尤其如此。他知道骡子和大象一样，记性很好。在给骡子钉脚掌时，如果骡子不听话，他从不找东西收拾它，只是将它牵到太阳底下，将一只前脚拴起来，罚它站上几个钟头。你都想不到，这个办法的训诫效果居然出奇地好。

比尔的体格和他的双手很般配。他身材高大，原先是个马夫。他骑的马特别高大。他不是电影里或平原上那种身材单薄的牛仔。他是山里的马夫。他会使斧头，拉大锯，赶车，修路，样样都行；必要时，他能走上一整天；

穿上攀爬爪，他还能架设电话线。他的厨艺也不错。在山里，只有会干活才能活下去。马跑得快不快，在山里不重要。就算跑得快，又能跑到哪里去呢？比尔骑的马十分高大，步幅也宽，能以每小时五英里的速度翻山越岭，不紧不慢地走上一整天，属于那种典型的山里马驮着山里人。比尔管他的马叫"大驼鹿"。这匹马是棕色的，走起路来头向后仰着，好像长着许多角。

每一种职业都有顶尖高手。在医院里，心脑外科大夫是最顶尖的，在锯木厂里，眯缝着眼睛，找准位置，锯出第一道裂口，将一根原木锯成木板的拉锯工是最顶尖的。而在早期的林业局，我们的顶尖高手就是绑货工。一般在没有路的地方，就属绑货工最重要。绑货是一门古老的艺术。自打人类开始迁徙，用动物来驮运东西，就有绑货这个活了。追根溯源，它来自亚洲。从亚洲经北非和西班牙传到墨西哥，再经过印第安娘们传给我们。你要是不懂肚带、马鞍带、马毯盖布这些词语什么意思，简直无法和一个绑货工交流。但随着道路的出现，这门古老的艺术渐渐失传了。但在二十世纪早期，山区的道路还很少，要想翻越"苦根长城"，更是一条路都没有。从靠近蒙大拿州汉密尔顿的斑点峡谷谷口到爱达荷州的驼鹿峰护林站，这段路程完全要靠脚力。要为数量众多的森林灭火队员运送补给，就得需要五十头骡子和短背马。这些牲口在狭窄曲折的山道上喘着粗气，打着响鼻，在急转弯处拉下一大堆粪便。牵牲口的绳索绷得紧紧的，将牲口们的脖子串成一条直线。这些牲口活像巨大的黑天鹅在绕圈打转，最后消失在山岭高处。

比尔是我们的头牌绑货工。林业局里找不到比他更好的绑货工了。但现在他却发愁手里剩余三张牌先打哪一张。他很想把那顶斯泰森帽从头上拿下来，挠挠脑袋。但是他每天早晨起来第一件事，就是戴上帽子，上床睡觉前，也是最后才把帽子摘下来。白天一整天，他都不喜欢脱帽子。趁着他这会儿腾出手，将帽子向头顶后方推了推，还没出牌，我不禁想起和他一起翻越苦根分水岭的几次旅程。

作为绑货工的首领，比尔骑马走在队伍的最前面，特别显眼。他斜戴着斯泰森帽，骑马时脑袋几乎扭向后方，这样可以随时看清包裹是否有松动。日后当我看到埃及浮雕作品中的人物脑袋和身体分别朝向相反的方向时，我就想起那些优秀绑货工。归根结底，绑货是一门讲究平衡的艺术。货物放在牲口背上要保持平衡，同时走起路来还要稳。如果绑得不好，牲口走上一两天，背部就会被鞍具磨出伤口。那样的话，牲口整个夏天几乎就干不了活。

和比尔一起走在前头，会目睹各种各样的事情。有时马儿会失蹄或者脱缰，受惊滚到山下，直到被一根树干拦截住。遇到这种情况，有时你不得不把马打死，把马鞍从马身上解下来，而其他散布在山地的货物就只能不管了。大多数别人需要仔细观察才能发现的情况，比尔训练有素的眼睛一下子就能看出来，譬如马鞍过分后移，勒得牲口喘不过气来，或者马鞍直接滑到一边去了。要是辎重体积庞大，总有一些牲口中的"大肚汉"无论用什么肚带都没法缚住，还有一些"胀气者"，早晨一碰到肚带，它们的肚子就胀得鼓鼓的，之后才会慢慢瘪下来。谁说的准呢？有时问题还会出在仓库。装运工装货时没轻没重，或者根本就马马虎虎，结果牲口在翻越苦根分水岭时负重的包裹歪向一侧，牲口还不得不勉力保持平衡。有时两边的重量虽然能平衡，但给绑货工打下手的人把包裹捆得一边高一边低；还有的时候捆绑货物时，菱形结打得松，结果货物全歪了。苦根分水岭有许多急转弯、花岗岩卵石、沼泽水坑，能把绑货工、辎重、牲口的每个弱点都暴露出来。率领由将近五十头牲口组成的队伍翻越苦根分水岭堪称壮举，如今已是一门失传的艺术。而在1919年，我和比尔同行时，目睹了整个过程。

沿着分水岭越往上前行，景色越优美。八月里，漫山遍野都是湛蓝的羽扇豆。马和骡子下巴淌着白沫，鼻孔通红地张着，喷着鼻息，由于没长手，所以只能扭动身上的马鞍来调整货物在背上的位置。苦根岭南部不远处就是酋长岩，终年积雪，气势永远如同它的名字那样威严。苦根岭前方靠西面，就是我们的护林站，周围环绕着爱达荷的群山。如诗般的地貌无边无际，似乎要延伸出凡间。

苦根岭以西大约六英里有一个湖。这个湖位于从汉密尔顿到驼鹿峰路线的三分之二处，也是这一片唯一拥有水源和青草、能让这一大群牲口过夜的地方。K.D.斯万是早期林业局的优秀摄影师。他当年肯定在这里拍过照，记录下苦根岭的地形。苦根岭上山的地形是三角形，一直高到天际，下山的地形却是卵形，圈成一片卵形水草地和一个卵形的湖泊。湖泊深度和驼鹿的膝盖平齐，四周漂着睡莲叶子。整个山势向上呈三角形，向下呈卵形。在分水岭上，盛夏八月节气却像春天。

和绑货一样，卸货也同样赏心悦目。卸了鞍具后，一头头牲口背上湿漉漉的，像缎子一样光滑，没有鞍具留下的伤口，也没有毛皮蹭掉后暴露出的白色潮湿的肉点。或许只有知道如何把货物平衡地放置在牲口背上的人，才会觉得这是一种美，或者才会注意到这个现象。而那些美妙的瞬间，也只有置身其中干活的人才能体验，外人无缘一睹。

所以对于天不亮就需要赶马的马夫来说，在黑暗中最美的事，莫过于听到母马脖子上铃铛的响声。

正当我走神去思索比尔是艺术家、他打的绳结是艺术品这些事时，他在克里比奇牌上已经领先我了。他原本玩得很蹩脚，至少我玩得比他好得多。在林区，克里比奇牌一度是最受欢迎的室内娱乐项目，甚至有时在外面也玩。行走在步道上，某个家伙的包裹里正好装着一副牌和一张牌板，于是不管是上午九十点钟还是下午三四点，大伙都会跨坐在一根原木上玩一阵子。

比尔并不是真的领先。但是现在他只要不出昏招，我必输无疑。现在的牌势对我俩都很关键，我们离一百二十一分都不远。一百二十一分是克里比奇牌的终点分数。我还握有先数点的优势。我现在差八个点，通常这需要一副不太差的牌外加一个"得分枚"就行了。但我手气很臭，抓了一对四，而对子只算两个点。所以我还需要六个点才够一百二十一点。这可差太多了。如果你不懂克里比奇牌，我来解释一下。比尔要想阻止我得六个点，只要不管我打什么牌，不给我凑成对子就可以了。为了凑"得分枚"，我先出一对四中的一个四。"一对四我可得两个点。"比尔说道。我刚才解释过，我手上只有一对四。我再把另一个四也出掉。在克里比奇牌里，三个一样的牌算六个点。于是我一下子就到了一百二十一点。我完成了逆转。这也让我明白了，艺术家们打牌可不一定在行。

其实在此之前，我就有所耳闻，说在汉密尔顿，也就是比尔在苦根地区的老巢，当地赌棍们每个月都翘首以盼，盼着比尔发工资。和当地开赌场的家伙，以及他们的托儿一起打牌，比尔就像用鳃呼吸一样落后。我知道比尔痛恨输牌，所以奇怪他居然没有一怒之下拔枪射死某个托儿，然后被宣判无罪。

正因为了解比尔这个特点，所以我也知道自己是他的眼中钉，至少现在是这样。于是我想，"也许换个玩法，说不定比尔会时来运转"。如果三个人一起玩牌的话，那能玩的种类就多了。这时厨子正好快要刷完餐盘，我就对他说，"干吗不加入进来，小打小闹地玩玩？不管是扑克还是皮纳克尔，随你和比尔定。"

我永远都不会忘记这个厨子；其实他后来成为我最难忘的记忆之一。哪怕从外面进入林区，他也穿着低帮帆布鞋。这时他掉转鞋头对着我，说道："我从不和同事一起玩牌。"这已经不是他第一次义正词严地向我表态。于是我对他的恶感又多了一层。他的名字大概叫霍金斯，但我估计他真名应该是霍克斯，只不过在一本书里有个我讨厌的人物叫霍金斯，所以我也把他记成了霍金斯。

为了消除比尔对我的恨意，我又陪他玩了一局克里比奇牌，但效果不彰。我只好捡起牌，装进牌盒，再把牌盒放进屋内唯一的搁架上。我刚要朝门口走去，厨子抓起我放好的牌，坐到桌子旁开始洗牌。他把牌分成四摞，然后又给前三摞分别各加了一两张牌，好像是每摞牌的主人主动要求增加似的。接着他停顿一会儿，给自己也加了牌。然后他又一把将所有的牌收起来，再洗一次牌。洗完后，他将牌分成五摞，有时也分成四摞，但就是不肯分成三摞，好像生怕我误以为我们三人将一起玩牌。我站着看他洗牌分牌。他手法娴熟，值得欣赏。过了五分钟，他又猛地将所有的牌收起来，塞进盒子里，把牌盒放到架子上，朝床铺走去。我走出房间，关上门，也朝员工睡觉的帐篷走去。现在我对他的好感降到最低点。

平时这里的"长聘员工",包括我在内只有四个人,外加驻扎在山顶上的几个瞭望员,还有护林员比尔和这个厨子。"长聘员工"只在夏季聘用,月薪六十美元,护林员是整个林区唯一的全职人员。刚入夏时,林区发生了一起山火,我们从比尤特和斯波坎两个地方紧急雇用一百多名男子来灭火。等到火扑灭后,这些紧急灭火队员又解散,各自回到原来的地方。我们四个夏季长聘员工,正在距离护林站三英里的地方修一条步道,属于A级步道,是宽二十八英尺的公用步道,坡度百分之六。步道有一段穿越荒野,要求路面不留树木或灌木。沿途要是遇到露出地表、矮小陡峭的岩石堆,我们还要用炸药从岩石堆中间炸出一条路,好让步道从中穿过,同时保证每一百英尺距离,坡度上升六英尺。用完了数吨的硝化甘油炸药后,我们甚至可以赶着拉干草的马车沿着新开辟的山道下山了。当然我们修步道的本意只是让运货的马群可以通过,货物不会被树木挂住。几年之后,林业局修订了相关的具体条例,要求尽可能多地修建通向边远地区的步道。在修步道的初期,一味求大求全,其实毫无意义。直到今天,在爱达荷州的丛林里,还残存一两英里长的大路,上面杂草丛生,不知通向何方,估计连玛雅人的某个废弃神庙都到不了。

在我们四个长聘员工中，两个是老头，两个是年轻的愣头青，其中包括一对父子，麦克布莱德先生和他红头发的儿子。麦克布莱德先生哪一行都干过，在苦根峡谷多处牧场打过工。他儿子正努力成为父亲那样的人。史密斯是我们当中岁数最大的，总是对自己的肠道忧心忡忡。大家尊称他为"史密斯先生"。他外表庄重，走起路来两条粗腿却迈着衰老的小碎步，令他的双脚显得更小。他在煤矿干过，所以自然负责掌管我们的炸药，而且干得不错。我们四个人中，由于麦克布莱德先生有个儿子，所以史密斯先生就把我当成他的儿子。于是我就顺理成章地负责处理硝化甘油。这活让我感到恶心反胃。干这活之前，我就听说用手碰过硝化甘油再摸脸的话，会引发头疼。我可能受这个传言影响过深，因为我只要一摸炸药头就疼。或许我那时虽然已经十七岁，但还不够强壮，无法成天抡那把双人手提风钻。

进行爆破时，首先要在岩石上凿个洞放置炸药。如今这个活只需要一个气动风钻就解决了。但当时需要用手提风钻。如果是两人一组干活，就叫"双人钻"。每次都是一个人握紧钻头，另一个人抡起大锤猛砸钻头。砸的时候，握钻头的人还需要轻轻地旋转钻头，直到钻头在岩石上画一个圈。这个圈就是要凿的洞的轮廓。一直要这样边砸边旋转，直到把洞凿开。握钻头的人喊一声"掏灰"，才能停下来。这时抡锤的人适时感激地住手，而握钻头的人换一个非常小的长柄勺，清理孔里的泥灰。不然要是抡锤的人一直抡下去，万一没砸中小小钻头的尖部，锤子一歪，就会把握钻头的人手和胳膊弄成残废。有时遇到史密斯先生忘记说"掏灰"，我就会低头看一眼，发现史密斯先生一只手握着两三个钻头尖部。他手的皮肤由于上了年纪都已经长斑。这时我就不再想摸完脸后头疼的事。

这天早上，我头疼得比平常要早一些。我也讲不清楚自己为什么那么讨厌厨子。不过凭良心说，我是有点嫉妒他。虽然我那时才十七岁，但已经在林业局干了三个夏天的活。其中两个夏天是在比尔手下干活。比尔教我如何绑货，我也投桃报李，帮他一些忙，譬如早晨来宿营地，帮忙打包员工们的午餐。我不明白厨子怎么爬到这么高的位置。对比尔来说，这个厨子说话做事都令他极为满意。我也不喜欢厨子的长相——他趾高气扬，歪着脑袋，脑袋上顶着乱蓬蓬的一团头发，简直就是一只穿鞋子的蓝背松鸦。其实我不喜欢厨子也没有拿得出手的理由。人岁数越大就变得越理性，但年轻时却是凭感觉。我那时就认为这个厨子是个无足轻重的小角色。

而令我头疼且于事无补的，还有另一件事，就是比尔看我不顺眼。我对自己说："别当回事，闭上你的大嘴巴。没什么大不了，事情总会过去。"我又重复一遍："闭上你的大嘴巴。"但我知道自己做不到。我十五岁就开始打工干活，已经在心里形成一套自我补偿原则。我觉得自己失去太多，什么游泳场[1]啦，什么夏天和小妞约会啦，还有那种穿着白色法兰绒球衣、戴着护腕才能玩的所谓网球的游戏。我在心里想："既然下决心来林区干活，至少要让自己变得坚强。"我十五岁第一次在比尔手下干活时，还没想这么多，但现在十七岁了，我开始有些想法了。虽然比尔是我的偶像，是我心目中的艺术家——说不定他还真是——但十七岁的我内心有一种东西在蠢蠢欲动，想找他挑衅。

快到中午时，该来取餐的人没有来，厨子自己把午餐装盒，对我说："护林员让你吃完后回营地一趟。"

我回到营地，发现比尔在我们以前当仓库的小木屋

---

1. 指河流中深度等可供游泳的地方。

里，正在为前往汉密尔顿的马队打包行李。我没问他为什么叫我回来，他也没说。我就直接开始帮他打包，让成对的包裹重量保持平衡。我努力将心思全放在干活上，这其中部分原因是打包从来就不是简单的机械劳动。就连给最简单的马口铁罐头打包，也不是那么容易，要把罐头装进名叫"驼篮"的挂包——这种挂包有的是用生牛皮做的，有的是用木头甚至帆布做的——然后悬挂在马鞍的尖齿处。还不要忘了在每个罐头外裹一层草纸，否则一路下来罐头外面的标签就会被磨掉，到时什么是豌豆罐头什么是桃罐头就分不清了。最重的罐头要放在挂包的最下面，不然走起路来包裹会移动。牲口两侧的包裹还必须等重，连同背上驮的货物重量算在内，对一匹马来说，货物总重量不能超过一百七十五磅，对于一匹骡子来说，不能超过二百二十五磅，至少林业局拟定的守则里是这么规定的。但是在盛夏，要想不把牲口压垮，每侧货物重量达到二十五磅就算超负荷。不管什么人，我敢打赌，如果不借助秤，是不可能把两个包裹打得一样重，再加上牲口背上的货物，让总重量正好达到一百五十磅或二百磅。

我们干了一会儿活，我就忘了比尔为什么叫我过来。或许他叫我过来就是帮他绑货。我俩正低头打包时，厨子带着工人吃午餐的刀叉叮叮当当地走过来。

我一边继续手里的活,一边听见自己嘴里嘀咕:"我就是不喜欢这个狗杂种。"

比尔举起一个包裹,试了试重量,又将它放下来。我听见自己内心在说:"闭上你的大嘴巴。"但身外却听见自己又加了一句:"总有一天我要把他打出屎来。"比尔听到这话,站起来说道:"你可不要在这块地盘上乱来。"他久久地看着我,我也朝他对视,不过依旧弯着腰绑货。我思忖在这个时候,弯腰是个好姿势。最后我俩又各自干起活来。

在不停地弯腰、举包的动作中,比尔开始告诉我今天早晨发生的事情。墓碑峰的瞭望员今天早晨辞职了。"是吗?""是的。"比尔道,"他火急火燎地下山了。"要知道从山顶到山下有十二英里呢。"你知道他对我是怎么说的吗?"比尔问我。"不知道。"我说。我并不乐意听到这种事情的结局。"那个瞭望员说,还是饶了我吧。这活儿太难干。白天要灭火,晚上睡觉还有响尾蛇。"在又举一个包裹掂量重量后,他继续说道:"当时情况是,他在床上用手拽毯子时,摸到一个形状像消防水龙带的东西。不可思议吧?"

当年在狗熊溪，我第一次在比尔手下干活时，光秃秃的山坡上就有许多响尾蛇。在山腰险峻的步道上，响尾蛇直立起来够得着人手。所以走路摆臂时都有可能碰到响尾蛇。而且蛇是冷血动物，晚上喜欢跑到温暖的床边。不过那年夏天我在驼鹿峰时，并没有发现响尾蛇，虽说驼鹿峰挨着狗熊溪。

"不，我不信。"我说。"为什么不信？"比尔问。"那地方海拔太高，不可能有响尾蛇。"我答道。"你肯定吗？"比尔说。我说不十分肯定，但情况应该是这样。比尔边干活边继续和我聊。"要不你上山去当几周瞭望员，看看到底有没有响尾蛇？"

我没问比尔什么时候让我上山。但我明白，他的意思是让我现在就去。我举起两个包裹，试了试重量差不多相等之后，就朝门口走去。他在后面又跟了一句："如果你发现火情，就叫他们过去。如果遇到大雨或大雪，就关闭营地，回护林站。"

我估计没等走到墓碑峰，天就黑了。于是我让厨子给我做了三明治。我有块蓝布印花大手帕，我把三明治用手帕包好，系在腰带后面的正中间部位。我还带上剃须刀、牙刷、梳子和最心爱的斧头，以及金刚砂、磨刀石，再别上那把点三二口径手枪,就出发朝山顶走去。我感觉和被流放差不多。

路程有十二英里,而且一直是上坡。我途中一直没停下来休息,或吃口三明治。比尔的目光似乎一直在注视着我。由于我走得急,所以一直保持和日光同步。等我快到达终点,黑暗也刚好从山下追上我。这时只有被晚霞照得熠熠生辉的最高峰在提示我该往哪里走。

到了瞭望营地,我头几天累得都没工夫去考虑自己的各种难处。我被硝化甘油熏得还有点恶心反胃,而且七月底又刚扑灭一场大火,体力还没恢复。所以大多数时间我就在周围看看,整理东西。

如今的瞭望员都住在最高峰的顶部,俗称"鸟笼",就是建在高塔上的玻璃房,四周缠绕一圈避雷针,这样他们就不用担心被闪电击中。瞭望员一天二十四小时都待在塔上,密切观测闪电,看哪里被击中着火冒烟,这当然是瞭望哨本该发挥的功能。但是在1919年,我们心目中的鸟笼还真是供鸟居住的。人站在山顶的露天进行观测,住的地方却在离山峰不远、附近通常有泉水的山间盆地的帐篷里。从帐篷走到瞭望哨要爬半个小时的山。我每天花十二小时进行瞭望。

靠近山顶的树比较少,而且大都被闪电击中过。闪电像一条缠绕在树上的火龙。但后来我发现,在高山上,闪电并不是从天上劈下来的。在高山上,闪电像是从你身下、离你很近的某个地方袭来,方向似乎是向上和向外。有一次闪电差点把我击倒,震得树枝在我头顶乱飞,把我吓坏了。

我支帐篷的盆地,四周是从悬崖峭壁上滚落下来的大块石头。这里我一条响尾蛇也没看见,但一只灰熊时不时过来在落石堆中翻找觅食。那些成为它食物的小虫子和它庞大的身躯完全不成比例。每次看到灰熊过来,我都爬到最高的那块岩石上,想看看它美餐一顿到底需要吃几百只虫子。灰熊看到我时,嘴里会发出咕哝声,像是在磨坏牙。我还在一棵短叶松的顶部树丛中发现一只鹿的骸骨。我们估计想到一块儿。我也猜是由于积雪太深,没过了这些松树,当时这只鹿正从雪面穿过,结果被绊倒摔成骨折或直接摔死,最后被埋在雪里。我的帐篷有个裂口,所以下雨时我要么把食物挪到干处,要么将床挪到干处,但不可能让它们都不被淋湿。

由于我不是第一次干瞭望这个活,所以我知道该看什么——傍晚时分从山上升起的一小团云。因为傍晚时分，露水早已蒸发，风这时是最大的。水汽会和山体分离，升上天空，化作一团云。偶尔这团云会在山上消散，这时你就不能确定看到的到底是真的云还是冒的烟。如果风向改变，你会什么也看不见。这时你就要在地图上做标记，并连续观察好几天。碰到雷电风暴，你要把闪电击中的每个地方都标记下来。有时一个星期后，某个被击中的地方才形成一团云，然后越变越大，并开始像沸水一样翻滚。当它开始翻滚，并且底部反射出红光，那就说明这不是真的云，而是火，哪怕它在距离你第一次观察到的位置两三英里外的峡谷里。因为没有风的话，火焰的烟雾要飘很长一段时间才会越过山脊，从你看到的位置升起。所以对瞭望员来说，发现火的过程通常是在某个傍晚时分看见一团不能确定是什么的东西，这团东西可能会飘走，再也不会回来。可一旦飘回来，而且冒烟，那它也许就离失火的地点相距很远了。

这种傍晚时分疑似云彩的烟雾和真正失控的大火毫不相同。尤其在当年，人们通常不可能迅速赶到起火点，因为起火的地方一般都很偏僻，不通马路，有时甚至连步道都没有。至于驻扎在密苏拉、可以空投化学灭火剂的飞机,更是很久以后才出现。

那时候一旦遇到火势失控的情况,林业局就会从比尤特或斯波坎镇上临时雇用一百名左右流动农民工,以三十美分的时薪(工头的时薪大概是四十五美分)用火车将他们送到铁路线深入林区最尽头的火车站,最后再徒步三十五至四十英里,翻越"苦根长城"。等这些灭火工人到达火场,火势早已在地图上蔓延开来,火舌都能够着树冠。对于这种情况,一位应聘护林员的家伙在护林员资格考试时说的话最经典。当年我还在林业局时,他已经成为传奇人物。在考试中当被问道:"火苗烧到树冠时该怎么办?"他回答说:"那就赶紧跑,边跑边祈祷下雨。"

那年夏天我们扑过的大火,大到让我感到精疲力竭,眼睛被烟雾熏得生疼,连觉都捞不到睡。多年之后,这场大火还在我梦中燃烧。但即便如此,这场大火和1910年烧光爱琳城和苦根岭大片地区的那些大火还是没法比。那种大火冒的烟能飘到几百英里之外的丹佛,烟雾遮天蔽日,在我老家密苏拉,下午两三点钟街上的路灯就要点亮,烟雾的灰尘盘旋着轻拂路灯,仿佛盛夏八月落下的大雪。当然这样的大火是有记录以来最猛烈的,而1919年的大火则是我经历过的最大一场火。

当时火势迅猛，一下子就蔓延到山脊的最高处。要知道，当火大到一定程度，会自带风。火焰的热度让空气变轻上升，而高处的冷空气就会沉降代替上升的热空气，于是形成一个巨大的环形风暴，助推火势。整个天空像火山爆发，喷薄而出的燃烧的松果和树枝纷纷落入一条一条的火焰中。大火在山脊燃烧，仿佛在呼叫地狱派兵增援。当你想透过火势，看看地狱援兵的究竟，忽然听到有人大叫："噢，上帝，快看后面。这该死的大火已经越过峡谷里的急流。你本来正在观察地狱之火，结果在你一百八十度身后正对着的溪谷中部，从天上落下的某个燃烧的松果或树枝又点燃一处火点，一小团烟雾变得越来越大，把你的后路也断了。这时你该怎么办？

当然，那些临时从比尤特和斯波坎招募来的灭火队员还没抵达火场就已经精疲力竭，还光着脚。当时在比尤特和斯波坎的招募大厅里，应聘者拥有一双好靴子和一件外套是获得雇佣的前提条件。于是他们在排队时就轮流换上别人带的好靴子。等他们翻山越岭赶过来时，几乎都穿着破旧的便鞋。由于落在驮畜队后面，他们只得跟在后面一路上吃灰，足足吃了二十八英里。他们都是些街头的流浪汉，或是怕得肺结核特意避开夏季下井的矿工、酒鬼，或者是世界产业工人联盟¹的工人。第一次世界大战期间，比尤特和斯波坎一带这种工人特别多。由于现在刚刚是战后的第一个夏天，我们一般工人对世界产业工人联盟还抱着十分怀疑的态度。我们这些正式工（就是拿六十美元月薪而不是三十美分时薪的）开玩笑说："世界产业工人联盟'是'我不想干活"的缩写²。我们相信这些人巴不得整个国家全烧光。但不管怎样，我们要花上和灭火同等的时间对这些人进行监工。首先我们得在新起的火到来之前，把这些人带到对面山脊的顶端。可他们中的很多人只想着倒头就睡，才不管什么大火会从后面烧过来。我生平第一次明白，对人来说，有时躺下睡一觉比生死更重要。我们催促他们灭火，他们却央求就地躺下。最后我们总算把新起的山火控制在山顶。我们筑了一道两三英尺宽的"防火沟"，将这范围内的任何可燃物——像干松针或枯叶层——全部清理干净。我们在"防火沟"前堆起一堆堆的干树枝，等风势转向，往回吹向跨过峡谷溪流烧过来的新火。我们等着工头发信号，然后点燃这些干树枝，让这些

---

1. 成立于1905年的美国工人组织，以反一战著称。
2. 这两个表达的缩写在英语中相同，都是"IWW"。前者为 Industrial Workers of the World，后者为 I Won't Work。

火和主火汇合起来。这用行话叫"点迎面火",就是以火攻火。但这个方法只能试一次,否则如果风向变回原来的方向,我们就会引火烧身。我们三天都没合眼。专门有人负责提着保暖帆布袋,爬上一千英尺高的山脊给我们送饮用水。其他人慢慢地将"防火沟"一点一点向火场边缘推进。谷底的大火我们暂且不管,因为火势朝下蔓延时一般不会太快,也烧不远。

我们正面拦截火势取得良好效果。灭火的头几个小时至关重要,如果方法不对,那你最好听从那个年轻护林员的建议,把希望放在祷告上。比尔和他任命的灭火工头都是既有灭火天赋又有灭火经验。凭着天赋和以前来过这里,他们知道在哪里需要投入最大力量以将火势压回到原先的轨迹。只要温度不超过一百一十华氏度,你一般不会被直接烧死,耳边也没有震耳欲聋的呼啸声。你不会窒息,还能呼吸到热的空气,浓烟也不会熏得你眼都睁不开。如果灭火也算一门科学的话,把其中简单的科学原理说清楚不是难事。你需要全力以赴做的,就是把火赶到山脊顶部的开阔处,因为那儿都是些不易燃烧的页岩和石块。如果附近没有山顶开阔地,那就要尽力把火赶到一片稀疏的高山松树丛或其他不容易迅速着火的地方。可要是地狱烈火增援赶到,加上浓烟弥漫,你就只能看见身前两三个人。要判断哪里是火头,哪里是开阔的山脊,风向何时何地将发生改变,你带领手下是否该待在原地,这时需要的就不是什么科学了,而是天赋和勇气。当你安排人手时,千万别忘了最后一点。马厩着火时,受惊的可不只是马。不过我们最后都被安排在合适的位置。而我们或者由于勇气过人,或者由于累得无所谓了,不管怎么说,等我们站好后,风也停了。我们利用迎面火把大火赶回去,迫使它回到林木线[1]。

但每当我们把火势控制住,总有奇怪的事情发生。往往在某个不起眼的地方,火突然越过防火沟,于是我们笃定是那些"世界产业工人联盟"的家伙故意把燃烧的木头推过防火沟,重燃火情。如果真是这样,他们的目的是为了多干几天,多拿点工资。但情况并非我们想象的这样,而且我们怎么想其实也不重要,反正火势不停地从防火沟各处越过。最后我和一个红头发家伙接受委派,去巡查火情。负责灭火的工头让我俩带着左轮手枪。他只告诉我们这一点。我还纳闷为什么这个任务交给灭火队伍中最年轻

---

[1]. 树木生长的最高海拔线。

的两个小伙子。会不会是他们觉得我们两个毛头小伙子能大张旗鼓地拿枪吓唬人，但到动真格时又吓得不敢轻易开枪？抑或他们认为我们是愣头青，只要遇到见不得人的事就会拔枪怒射？再有一种可能就是，人们尤其是联盟的工人们对上述两种情况也拿不准。不管怎么样，我们一连巡查了好几英里，沿途尽是些燃烧的树枝，还有烧完的灰烬，轻薄得不等我们靠近就像羽毛一样在我们身前飘荡起来。我们并不主动去找麻烦，也没发现什么麻烦，而且我们也没祈祷，但最后雨还是来了。那个红头发小伙估计是个急性子，我觉得他以前肯定放过枪。我没有什么放枪的机会。

我猜比尔如果事先知道我是多么需要休息，他就绝不会把我派到山上的瞭望哨。一想到这里，我就乐不可支。由于我还是他的眼中钉，所以我每天按照规定的最低次数给护林站打电话汇报情况——一天三次。当时用的电话是一个棺材形状的盒子，钉在支帐篷的杆子上。电话盒子带手摇曲柄。电话铃长响两声是打给护林站的，而一长一短是打给我的。但护林站从没有往我这里打过电话。远处一个瞭望点是一个女瞭望员值班，每次向她打电话是两长一短。我确信其他所有瞭望员都经常站在电话旁,想打两长一短的电话,但从没有人真的拨出过。我们只是眺望她值守的山头,想象她的山和其他人的山不一样。每次轮到她给护林站打电话汇报情况,我们都会拿起话筒在旁边听。她已经结婚,每天晚上给在库斯基亚的老公打电话。这时候我们都不敢偷听,以免自伤身世。

经过几天的休息,加上不修理帐篷,我觉得自己又有劲了。我知道被派到这里是一种惩罚。我该老老实实地待着,就负责看山,没有人陪,没有事做,譬如玩克里比奇牌。我觉得这就是他们对我的惩罚。我当然会看山,这是我的本职工作,但我并不孤单。我老早就知道山有生命,山会动。很久以前还是孩子时,我有一次害了一场病,没人知道病因也不知道该怎么治。母亲就给我的床装上一顶帐子,移到户外。我躺在床上望着山,最后病居然好了。从那时我就知道,如果有需要,山会帮我。与此同时,我内心萌生出另一个想法。这个想法和以下这个念头有关,即我不能让比尔通过看山达到惩罚我的目的。我一个人在这里时,第一次开始清楚地意识到此前说过的那句话——开始感觉自己的生命正在变成一个故事。我开始感到两种存在差异的想法。一个想法是我只是即将结束一个夏天的劳动而已，另一个想法则是我将开始一个故事。如果即将到来的，是和原来一样的生活，那么情况就是我将结束夏天的劳动，回家后和伙伴们聊起这场大火，聊我别着点三二—二〇型手枪巡视火场，硝化甘油之类的事情。但现在站在墓碑峰向下眺望，我却不敢肯定这场大火会不会对我今后的生活产生重大影响。更重要的是，我不喜欢那个该死的厨子。他本来默默无闻，连厨艺都谈不上好坏，除了会洗牌一无是处。我心中隐约而又真切地感到自己正成为某个故事情节的一部分，被迫成为我心目中英雄比尔·贝尔的对手。其实也不能算被迫，而是我自己稀里糊涂主动成为他的对手。厨子也稀里糊涂成为我心中的恶人。对于整个过程，我都感到稀里糊涂。我只想向比尔和厨子证明，发派我看山并不能打垮我，山是我儿时的伙伴。

当一名瞭望员，在身体和精神上并不需要付出太多，要考验的是灵魂。奇怪的是，至少在大山面前，人类的灵魂其实都显得差不多。对我们所有人来说，大山的形象瞬息万变，而且这些多变的形象似乎都是真实的，有时像流光溢彩的波浪，有时又变成怪兽紫色的后背，或者类似的形象。反正总是像从流动的深海里冒出来，总有种海洋的感觉，绝对不是从湖里冒出来，也不是从天空中出现。但不管我用什么来形容山的形象，只要观察的时间足够长，山就会变得像梦一样。哪怕到了现在，我看山的感觉也像在做梦，只是倒过来了，现在经常从梦中惊醒，感觉自己还置身群山之中，而且山还是动的，有时凶猛前行，有时犹豫潜行，有时又无限地后退，让人分不清什么是群山，什么是梦境。

当然在傍晚时分，对瞭望员来说，群山就是工作。遇到大风转向，从山谷朝山峰吹，就有可能把暗地里已经燃烧好几天的小股山火冒的烟给带出来。而雷电引起的新的山火，在雷声抵达前就会蹿出来。一般在下午三点半或四点左右，闪电在远处山脊蜿蜒曲折地显现，像跃跃欲试的职业拳击手，侧移，躲闪，拳法花哨却什么都没击中。但从四点半到五点，比赛又呈现出另一番样子。你能感受到空气发生了变化，变得令人窒息。闪电开始朝你扑过来，挥出短促有力的重拳。这时你要拿着森林火灾测位仪，在地图上画一道线，指向闪电击中的地方，然后开始数"千零一，千零二"，一直下去。加个"千零"是为了计数时把语速降到每秒钟一个数。如果数到"千零五"时才听到雷声，那么闪电击中的地方大概在一英里之外。闪电这个拳击手击出的拳越来越短，计数越来越靠近，你明白就快要挨上拳头了。当闪电和雷声同时抵达，就不用再计数了。

我记忆最真切的就是夏天晚上从帐篷里钻出来撒尿。在高山上，夏天晚上也有秋凉的感觉。对一个大男孩来说，在星星中撒尿是件新奇美妙的事。没错，不是在星星下面撒尿，是在星星中间。哪怕在晚间，山上的风也很大，把树梢吹得弯了腰。但在一个除了瞭望没有其他事可做的大男孩眼里，天空仿佛发生弯曲，天上的星星像是纷纷越过树木被吹下来，一直延伸到远处，银河和森林融为一体。宇宙星辰从男孩身边掠过，消失在树林中，而天空不断地有星星补充。所以整晚男孩身旁都有星星掠过。但男孩感到凉意在加重。

如有机体冒出的点点热气也在逐渐消失。

现在回想起来，那天应该是8月25日。天气异常炎热，一场雷暴朝山顶袭来，接着就是罕见的狂风。风吹了整整一夜，第二天我不得不把拴帐篷的所有绳子再系得紧一些。狂风吹来了寒冷，第二天晚上我上床后，天开始下雪。到了8月27日，雪花又湿又沉，大片大片地落下。大多数雪花都可以透过帐篷的裂口飘进来，但落在外面的也不少，以致到了早晨，就能看到驼鹿在雪地上留下的脚印。

我不着急去生火做早饭，而是先爬上峰顶看一看。举目望去，眼前大地的美景估计今生今世都不太有机会复睹。你心目中的美和你亲眼见到的美叠加起来，而它们构成的整体之美又不是部分之美的简单堆砌。我见到的也许属于另类冬日景致，却给人留下深刻印象。但我知道大地下面依旧充满生机，到了明天，更不用说后天，一切又重回绿色。正因为我明白这点，所以我眼前看到的是一场三天之内就会神奇复活的死亡。从我所站的位置到仿佛是世界尽头的"苦根长城"，一路上差不多全是被风刮得临时聚拢的雪堆。而"苦根长城"的外面，却和平时毫无二致，并没有因为苦根山脉风吹起的雪堆和夏日积雪而有任何变化。

还没等到我回到营地，雪就开始化了。成百上千的矮小灌木像被绑得弯曲的机关陷阱，在空气中摇晃，把一小团、一小团的白色积雪向外抛掷，好像成百上千只雪兔瞬间同时被捕到。

我正在做早饭时，闹钟滴答一样的声音在我耳边重复响起："该辞工了，该辞工了。"这声音刚一响起，我就听见了，并且心里立马同意。我对自己说："你扑灭了一场大火，还别着一把枪。"我还说："你撕开过蜡纸包着的硝化甘油，再给它们装上雷管，然后跳开，看着导火索嘶嘶作响。"我接着说："你帮比尔捆绑包裹，还独自一人看山。一个夏天干了这么多的活。现在到了该走的时候了。"我把这几件事翻来覆去说了好几遍，给自己加深印象。而且我也知道，森林的防火季已经结束。其实只要下雪，护林员也会告诉我收工。我给护林站打电话，让铃声长响两次，结果用力过猛，差点把摇柄从电话箱里扯下来。不过我心里清楚，大风很可能把护林站和驼鹿峰之间连接电话线的二十棵树吹倒了。最后我决定等到明天再说。到时大部分雪都会化了，我就可以步行走到护林站，然后再从容地翻过山，回到汉密尔顿。

我有意没告诉自己的是，想从一个讨厌你的护林员手上辞职几乎是不可能的，因为你不喜欢他的厨子，同时一旦你成为故事中的角色，再想从故事中抽身也是不可能的。那天剩余的时间，我把营地清理干净，把帐篷缝补好，而耳边那闹钟滴答声越来越响。我把剩余的罐头盒放到树里，这样那头熊就够不着了。我曾见过这头熊一掌就把罐头劈开。

第二天我出发前往护林站时，差不多快上午十点了。走得太早没有用，要等太阳把雪化一些。我还决定带上攀爬工具，因为我怀着一线希望，或许暴风雪只吹倒两三棵树，这样我就顺便把压断的电话线再连接起来。于是除了斧子和我自己的零碎生活物品，我还带了攀爬爪、安全带、绝缘材料和九号电话线，这些东西把我压得走路时腿都打弯。当我终于走出雪域时，我也不确定海拔高度是否下降了一千英尺。不过这时我已经砍断压在电话线上的两棵树，并将其中一截断掉的电话线捻接起来。我已经估摸过了，自己绝不可能在一天之内把十二英里长的电话线都清理一遍。但现在既然下定决心辞工，我内心反而生发出一种虔诚感，想尽职尽责地站好最后一班岗。于是我戴着攀爬爪，顺着电话线沿途走，检查电话线在树与树之间的连接情况。一旦只顾着留意电话线，就会失去对大地的一切方向感，眼里只剩下笔直延伸的电话线。我不可能留意响尾蛇，除非它长着翅膀，为了越冬朝南飞。对我来说，驼鹿峰地区不会有响尾蛇，即使有，在这个深秋季节也会钻进洞里冬眠，毕竟刚下过雪。你可以随便找个土堆，一直探到底部，保证看不到一条蛇印。

我不用具体描述响尾蛇发出的声音是什么样子，因为保管不会弄错。也许有时人们会把张着翅膀的蚂蚱误认作响尾蛇，但绝不会把响尾蛇误认为别的动物。我在空中久久地注视着这条响尾蛇在灌木丛中窜行。这是一条短小、丑陋的家伙。和平原地带的响尾蛇不同，它脑袋后面的蛇身更加粗壮。

我不知道到底跳出多远，但落地后我觉得自己肯定疯了，居然敢从这么高的地方往下跳。我解下攀爬爪，捡起斧头，冲向灌木丛中去追那条响尾蛇。我记得那年夏天山谷里一位牧羊人曾被一条响尾蛇咬了一口，结果他气坏了，没有冷静下来处理自己的伤口，而是去追那条蛇，最后终于把蛇杀死，自己的命也赔进去了。我记得员工们聊起这件事都觉得那个牧羊人疯了。而我这时肯定比那个牧羊人更疯狂，因为我想起牧羊人的事情后，依然闯进灌木丛去追蛇。我跑得很快，但还是没发现蛇。

我们现在说起一件事情时，用"冷不丁"这个词。这是个好词，用来形容我生命中接下来这个时刻非常恰当。在我看来，整个事情既不是连续发生，又不是彼此分割：这条蛇在我面前四英尺处盘成一团。我将斧头朝下，放在它和我之间。它一口咬向斧柄，斧柄发出的撞击声像铃声一样响。这几个动作快得都插不进去时间。接下来时间又开始了，因为冷不丁这一下子过后，我感觉握着斧柄的手一阵发麻。这种感觉就像一个小孩握着棒球棍，一不留神被另一个拿棒球棍的小孩悄悄照着棍子偷袭一下。

蛇还是盘卧在那儿，好像从未挪动过。它吐着信子，盯着我。当它再次跃起扑向我时，我也不遑多让，立即来个立定向后跳远，跳的距离几乎打破我的生平纪录。一来一往如此迅疾，以致我大多数思考都是在身体滞空时进行的。我当机立断，准备落地后要再砍几棵倒在地上的树，以抵消手上的麻木感。可当我真的落地后，却站在那儿一动不动地回想刚才这条蛇袭击我的画面。因为有部分画面已经记不起来了，我能回想起来的只是这条蛇有一点五英尺长的尾部一直卧在地上，而头部和前半身一直不在画面中。它们像是被垂直地镀了一层釉质，变得模糊不清。我又向后撤了一点，终于明白过来，这条蛇一英尺半的身段始终没有离开地面，而是作为发起进攻的平台。而它攻击时速度又太快，让人看不清过程。这个家伙还在吐着信子，我只好再往后退，然后戴上攀爬爪。这回当我再沿着电话线走时，目光主要集中在脚下。

如果你拉过电话线，就会知道用电线杆和用树连接电话线，所需要的攀爬爪不一样。爬树时用的攀爬爪要比爬电线杆的攀爬爪长两英寸。因为爬树时攀爬爪要先扎进树皮，然后才能扎进木头里。只要有树皮，攀爬爪就十分好用。但没过多久，电话线经过一段火烧区，或许就是1910年大火中的某一片过火区域。这里残留的树木早已枯死，树身也没有树皮，树体像乌木一样硬。我只能将攀爬爪扎进去半英寸。于是我借着爪尖这点依托，摇摇晃晃向上爬，内心祈祷扎进去的这半英寸爪尖能抓得牢靠。我在这些石头一样硬的枯树上爬得越高，就越发祈祷。不久电话线又要穿过约二百五十码或更宽一点的被激流冲刷的沟壑。我的运气够坏的，不过这也算正常现象。沟壑一边的电话线脱落下来，毕竟横跨二百五十码宽的沟壑，所需要的九号电话线是非常重的，根本不是风暴中的一棵枯树所能承受的。有的枯树的树根早就烂了，直接倒在地上。我把倒下的树上缠绕的电话线砍断，重新捻接上，再多接几英尺，将它挂在另一棵树上。做完这些，我几乎要撒手放弃，把剩余的电话线就这样扔在地上不顾，径直前往护林站，因为我不想背着沉重的电话线再去爬枯树。可每当我准备这样选择逃避，就会想到护林员比尔的目光一直在注视我。于是我又把电话线绑在安全带上，再把安全带系在树上，然后屁股使劲用力地去压攀爬爪，尽可能地将爪子更深地扎进钙化的树体里。你们肯定见过电话线架线工干活时的样子，屁股向外伸。哪怕你没用过攀爬爪，也会明白其中的道理。因为用树而不是电线杆连接电话线，会多一重困难，那就是需要身体后仰，挥舞着小斧头把向上的树枝砍掉。由于安全带是拴在树上，你向上爬，安全带也跟着向上走。除此之外，你还得拿着至少二百五十码长度的九号电话线。所以你每次向上挪动一下，就得将攀爬爪往这根硬得像金刚砂一样的图腾柱上扎进半英寸，背着的电话线就愈沉重，也愈紧绷。而身体下方的树上则是砍掉枝桠的尖利树桩。

还没爬到一半，电话线已经绷得很紧。我要不是系着安全带，就会被电话线从树上拽下来。这时攀爬爪扎进树体的深度越来越浅，接着我就听到破碎声。要是没有安全带，紧绷的电话线会将我弹过峭壁，甩到沟壑里。如果那样，我也就解脱了。当我的攀爬爪再次从图腾柱里扯出来时，我猛地向下掉了十到十二英尺。最后安全带挂到某个东西上，我悬在半空。我的腹部一下子滑过十英尺高的树枝尖桩，衣服和尖桩摩擦得都能闻出烟味。我把安全带松了松，又向下滑了十到十二英尺，就这样逐渐下降。现在我再也无法将身体和树保持足够的距离，然后借力将攀爬爪蹬进树体。最后当我终于降到地面，那种感觉就像一个印第安人拿两根木棍摩擦生火，而我自己就是其中一根木棍。

落地后，我都不敢看下半身还剩下哪些物件。相反，我先仔细研究那些树上的尖桩，看看自己的下体是否有物件永远留在上面，慢慢石化。最后我从全身疼痛的分布，判断出身体的每个部件都还受神经系统的支配。

这时我一下子破除了执念，觉得自己已经算是把修电话线的活给全部干完了。我尽力把物品打包成一个包裹，但脑子里想的尽是那条山地响尾蛇的蛇头后面粗壮的身躯，以及前方会十分暖和。

去护林站的路全是下坡。我到达时已是傍晚，但浑身还没凉快下来。不出我所料，比尔在库房。我进去时，他连头也没抬，只是说："你怎么从山顶下来了？"可是他妈的他心里清楚得很，我为什么要下来——因为他以前对我说过，下雪就回来。我说："山上有响尾蛇。"他听后乐了，似乎对他自己和那条蛇给我造成的麻烦感到很高兴。我对爬树一事闭口不提，虽然我的衬衫前襟已经破烂不堪。

比尔没在打包，只是把换季的东西归拢一下。我俩之间没怎么说话，因为我对那条蛇还感到悻悻然，而他也正暗自高兴。但过了一会儿，我俩都专心于手头的活，开心地忙起来。当一名绑货工，也许一个重要前提就是喜欢收拾杂物，修理工具。每年到这个时候，大多数厚切培根都发霉了，许多工具的手柄也断了，刀尖和刀刃需要磨得再锋利一些。我拾起一把简单的鹤嘴锄，当初为了挖防火沟，我们用它刨树根岩石，结果刀片都变钝了。现在把它修好了。这种感觉好极了。就连那发霉的培根，也给人早该端上餐桌的感觉。最后比尔开口道："你干吗要和那些修路工人一起走？没有你，也不耽误他们干活，可我这里需要人手清理营地，这不到季末了吗。"接着他又说："今晚在站里玩克里比奇牌怎么样？"他说这话时，好像脑海里已经把这两件事合二为一，放在一起考虑过了。我对他说，如果他想玩，我可以陪他玩几局。我在心里又对自己说，辞职的事还是往后拖一两天再告诉他吧。我逐渐感觉自己正滑出现实生活，被拽进一个故事里，甚至到了该辞职的时候也无法辞职。

对于玩克里比奇牌，我并不热衷。但比尔却对玩牌十分重视。只见他戴着一顶黑色宽檐帽，穿一件蓝色衬衫，嘴里衔着一根没点燃的公牛达勒姆牌香烟，穿着双鞋舌的伐木靴，鞋舌上还缀着漂亮的流苏。除了这一身气派的行头，他还是这里最好的绑货工，也是我们心目中最好的护林员。他指挥灭火大军，就好像这些人和整个苦根山脉都属于他。他甚至杀死过一个牧羊人，可就偏偏克里比奇牌玩不转。如果汉密尔顿那边关于他玩牌的传言属实，就说明他根本不会打牌，也无法摆脱那些牌友。但我眼下的麻烦是，只能和他一对一地玩牌，找不到一个同行加入进来。如果三个人一起玩的话，就可以玩一些别的。我先前说过，那个厨子已经拒绝我的邀请。你就可以想象，在找厨子之前，其他员工我也全都试过了。

护林站的员工和我在林区其他地方共事过的员工差不多。他们都是实打实的小气鬼。就拿鞋带来说，只要旧鞋带还能打出结，他们绝不会买新鞋带。他们连五分钱输赢的牌也不玩，会在衬衫上缝又大又丑的补丁，会花上整个星期天的时间织补袜子，给衬衫打补丁；他们不停地攒钱，过着节制禁欲的生活。这样回到镇子上，头一个晚上才会有一大卷钱可以输。离散工的时间越近，他们攒钱劲头越大，变得愈加克己禁欲。我走进员工帐篷，准备将自己的铺盖在天黑前拿出来晾晾风，结果发现大伙全在。我很高兴再次见到他们，尤其是史密斯先生。他也亲热地在我后背上捶了一下。但我并没有怂恿他们打牌，哪怕是输赢都不大的牌。我知道自己要和比尔玩克里比奇牌。我都能听见比尔数点的声音:"一个十五点两分,两个十五点四分,三个十五点六分,一个对子八分。"

那天晚上,我明白一个道理,绝不要因为一段时间没见面,就以为会停止讨厌一个家伙。比尔和我还互相保持一点戒心。但两个星期在外的流放生活,把我们彼此的恶感消除了一些。可是将我流放到西伯利亚,并没有提升比尔玩牌的境界。我明白除非换一种玩法,否则我们又会陷入到新的麻烦中。我确信自己的感觉是正确的。但我的错误在于不长记性,忘了要对那个厨子继续讨厌下去。厨子一直在刷餐盘。他做的饭很好吃,尤其是我在外吃了两个星期自己做的饭之后。现在又经历了一场八月暴风雪,三个男人之间的关系似乎会缓和一些。

作为我们当中耳朵最尖的人,我又听见自己诚意满满地说:"嗨,给我一块抹布,我来帮你洗餐盘。完事后,你也来和我们玩牌,怎么样?这个季节的活又快结束了,我们三个还从没坐在一起玩牌呢。"

我正要伸手去拿抹布,厨子却猛地把抹布拿开,生怕我会抢走似的。他穿着帆布鞋,一会儿踮着脚尖,一会儿又踮脚后跟,就这样重复着。在此之前,我还没老练到明白下面这个道理：要不是抬举一个家伙却没得到相应回报，你是不会恨他的。我还一直以为讨厌一个人属于个人好恶。"我得告诉你多少次——我绝不和同事一起玩牌。"我手里握着遭拒绝的牌，而他则把抹布卷成一小团，扔到碗架上。"来，把牌给我。"说着他不由分说把牌从我手里夺过去，坐到桌旁开始洗牌。牌在他手里上下翻飞，好像变成摇曳的火焰。他对我命令道："坐下。"我乖乖坐下，张着一只刚才还握牌的手。

接下来，他做了两件事。

首先，他把所有的牌都弹一遍，从中抽出四个A。然后他又把四个A重新插进牌里。接着他让我切牌。他再亲自分别给比尔、我和他自己各发了一手牌。"下面亮牌。"他对我说。我手上是普通的一手牌，比尔也是，而他手上却是四个A。

第二遍开始，他又如法炮制，挑出四个A，插进牌堆里，洗牌，让我切牌，然后给我们三个人发牌。"亮牌。"他又说道。这回所有人手上一个A都没有。他把剩余那摞牌扔到我面前。"从里面找出四个A。"说完他就转身去洗刚才没洗完的餐具。

我通常不是一个听话的人，但这次却照他吩咐的做了。我把这摞牌全部找一遍，结果一个A也没找到。我又彻底地重找一遍，还是没有，只好作罢。他边摊开抹布晾干，边回头对我说："看看你的衬衫口袋。"四个A果然在口袋里。我把四个A摊开，一张一张地数了一遍。这个把戏我说什么也不会忘记了。

"他是玩牌高手。"比尔面带笑容地说。这个笑容和之前他听我讲差点被响尾蛇咬到时露出的笑容一模一样。

过了一会儿，比尔又加了一句："他是个艺术家。"听了比尔这句评价，说实话我有点晕。毋庸置疑，这个厨子确实是玩牌高手。在男魔术师界，那些顶尖高手的扑克牌一般都玩得出神入化。但比尔称厨子是艺术家，我不能接受。我对自己说——幸运的是这次我没大声说出来——"这个家伙还是有毛病。我还是觉得他是个无足轻重的小角色。"

厨子走过来，在我身旁的桌边坐下来，又开始洗牌、发牌。这次他只是一个人练手。他一般发完一圈牌，就来一句话。他要是想强调，就会洗牌、切牌，然后发出四手牌，再跟一句话。就像这样："关于打牌，我再说最后一遍……"（发一圈牌）"打牌可是我的饭碗。"（发一圈牌）"我是身体原因，才在夏天出来……"（又发一圈牌）"我不能干重活，因为要让双手保持柔软……"（再发一圈牌）"所以我才干做饭、刷碗的活……"（新一轮）"我每天晚上睡觉前都会练习牌技。"最后他将整个过程再重复一遍后，才算结束。"我绝不和同事打牌。"

等他一把将发出的四手牌全部归拢，大家就准备睡觉了。

"噢，对了，"当我正要走出房门时，比尔说道，"我有个计划——我想明天告诉你。"但我在睡觉前就已经猜出比尔的心思，而且猜得很准。

事实真相就是，我认为比尔说这话时，压根没想清楚自己的计划到底是什么样子，或许永远也想不清楚。第二天上午我们在库房交谈时，很明显比尔边说边在脑海里构思。从一开始他就相中我做那个"搂钱"的人，他帮我"打掩护"，反正大概就是这个意思。而且他一开始就认为只要再添两个人就够了。但他挑的两个人让我觉得奇怪，一位是史密斯先生，另一位是个加拿大士兵。这个加拿大士兵由于酗酒过度，伤了身体，被送到山里来疗养康复。虽然他戴着一副我从未见过的牛角眼镜，还用编成结的眼镜绳连着，但后来证明他拥有和比尔同样的本事，天生善于和牲口沟通。他可以和骡马交谈。不管它们有什么毛病，他都会治。他一定有什么本事被比尔看中，觉得以后遇到麻烦时可以派得上用场。他有时咳得很厉害，我们就把他的威士忌拿走自己喝，美其名曰这种私酿美酒让一个要死的人喝了浪费。比尔选中他，一定是两个马夫之间的惺惺相惜。一开始比尔只准备算上我们三人，加上他自己。但还没到中午，他就决定把所有员工都带上。"我们是一支很好的队伍，"比尔说，"一个都不应该落下。"至于那个厨子，比尔警告我不要碰他。

比尔估摸等到季末，我们这伙人把护林站整理归置好，并将灭火用剩的工具打包，大概需要一个星期或更长一点时间。比尔让厨子骑马去汉密尔顿，我们其他人步行走去。考虑到厨子在林区还穿着低帮帆布鞋，这个安排并不奇怪。

按照计划，到了镇子上第一晚，我们在一个名叫牛津的台球兼扑克牌馆碰头。据说这家是汉密尔顿最好的娱乐场所。比尔把他所有的赌资都压在厨子身上。至于我们其他人，如果乐意的话且尽可能地多出力，也肯定都会有好结果。整件事情取决于我，还有他们。由我来给他们发信号，然后所有人一起动手。比尔叮嘱我好几次，万一遇到麻烦，我只负责搂钱。他又告诉我一遍，到时他会"掩护我"。

"带上你的枪。"比尔对我说。"上帝,"我惊呼道,"比尔,这个我做不到。我只有那把点四五口径。点三二—二〇型号的枪。这把枪大得像马拉大炮。还没进场子,我就会被抓起来。""那你等着倒霉吧。"过了一会儿,我问道:"比尔,除了那把点四五口径的枪,你就没有什么小型武器?你觉得带那玩意能进赌场?"他回答道:"我不是跟你说过吗,我会给你打掩护。"

第二天一早,我在脑海里把这件事理了一遍,想起当初汉密尔顿的那些传言,当地赌徒把比尔视为上天赐予的礼物。据说当比尔来到镇上时,他们为了捞到狠宰比尔的机会,彼此还要争斗一番。而现在我们即将上演一部"护林员复仇记"的大戏。我来出面邀请护林站的员工投注,大家会越投越多,最后那些坑过比尔的汉密尔顿小混混们,会连本带利地把钱吐出来。几个星期前,我因为威胁要揍厨子而被发配流放。现在又是厨子骑马去汉密尔顿,其他人只能步行。

"嗯,"我对自己说,"这样一来就全说得通了。"不过我只会在那个混蛋身上押二十美元。通常我和其他人一样,把钱攒起来。

鼓动护林站的人在厨子身上下注，费了一番功夫。首先，他们和我一样，不喜欢厨子的为人。其次，在各种人性欲望的博弈中，很难讲贪婪和吝啬哪个会占优势。员工们宁愿自己缝补袜子，也不愿失去一角钱。但他们同样不愿失去一个笃定发财的机会。最后我把上次厨子将四个A放进我衬衣口袋的那件事说给大家听。"这种事说白了并不难，但真做起来不容易。"史密斯先生道。史密斯先生大半辈子混迹于矿区，对玩牌各种把戏全都懂，但他自己玩得并不好，可以说从来没实际玩过。"他是利用掌心。"史密斯说。"到底怎么用掌心？"我追问。史密斯拿起一张牌，教我们如何用食指和小指将纸牌边缘夹住，然后伸出大拇指将牌从掌心推到手背，或者反过来，从手背拉到掌心，与此同时转动手腕，让面前的人看不到牌。"他的手法就是把牌藏在手背，却把空无一物的掌心亮给你看。等他从你身旁走过时，再弯曲手指，把牌塞进你的衬衫口袋里。"史密斯先生尽力想把整个过程演示给我们看，但他的动作笨拙。虽然我们弄明白了其中原理，但还是能看到他的牌。我们也都试了试，但手法比史密斯先生更笨拙。其实后来我花了好几年时间想把这个技法练好，都没有成功。史密斯先生怕我们不信，又说："你们在杂耍表演中肯定见过这种把戏。当年潘特吉斯剧团在斯波坎、比尤特、密苏拉一带巡回演出，我们都看过魔术师在掌心亮一张牌，然后朝天上一挥，牌就不见了。"麦克布莱德先生问："你的意思是，厨子的技术都好到能进潘特吉斯？""他也许能吧，"史密斯先生说，"毕竟我们玩一张牌都够呛，他却能一次玩转四个A。"一个家伙听到这里，由衷地赞叹道："老天！"于是大家都下注了。

而且大家还和我有同一种感觉，觉得自己即将在一个低俗杂志的故事情节中扮演某个角色。他们喜欢这种感觉。他们比我更热衷在故事里扮演角色，原因可能是他们喜欢自己的角色，而我不喜欢我的角色。反正最后当我汇总大家下的赌注，平均每个人出的钱比我要多一些，甚至比半个月的薪水还要略多。等这些赌资由我正式转给比尔后，大伙每天晚上都聚在厨子身旁，看他洗牌。大家在桌旁围成一个半圆，像一群赛马场围栏边的观众，盼望着心仪的马儿胜出。既然大家都把宝押在厨子身上，他们甚至声称对他的人身拥有"部分股权"。

虽然我遵从比尔的建议，在护林站附近忙，没有和那些筑路工人在一起干活，但我知道他们也没完成多少活。无论对筑路工人还是对我来说，都已经到了告别的时候。

我们又结束了一季的工作。脑子里萌生这种想法，不仅是因为我们沉湎于那个故事情节中而变得心猿意马。凡是做过季节工的人都知道，每到季末，"该告别了，该告别了"这种心情就会准时出现。连史密斯先生也对炸药失去了兴趣。

我们开始找乐子，算是为去镇上第一个夜晚热热身。我知道在一般人眼里，伐木工人和牛仔总是过着寻欢作乐的生活，灌一肚子劣质威士忌，对新入行的人开尺度很大的玩笑。我对牛仔的生活不是很了解，他们在我妻子的家乡更常见。但在这一季里，我和许多员工在森林里干活。我们日复一日地干着，并不怎么互相开玩笑。即使拿新手开涮，也不会太出格。这其中的原因，一方面是活太累，干的时间又长，最后令人没心情相互戏耍；另一方面，我们干活时，大多数时间自己干自己的，或者两三个人小范围合作。人一少，就不觉得那么好玩了。当你又累又孤单时，很容易就会变得消沉悲观。但要想让心情欢快起来，就得有心情、有时间，还要有对象，这样才能找到乐子。无论你有多么热爱森林生活，森林都不算是充满天然乐趣的场所。不要误会我的意思。我们其实也有自得其乐的时候，但那一般都出现在比较正式的场合。大多数时候，我们开的玩笑都很老套，而且最后把自己变成笑料。我所谓的正式场合，也不过是一大帮员工聚在一起，尤其是在快收工的季末，大家都不卖力干活了。

不管怎么说，这时我们都会稍微抛掉平日里清教徒般刻板的生活方式，准备做点越轨犯戒的事。我们一开始是对一队也驻扎在护林站的工程师下手。他们当时正在绘制偏远地区的地图，用他们自己的话说："政府一直没弄清，到底从印第安人那里偷了多少土地。"我当即就去找他们，因为我喜欢地图以及和地图相关的事。但我们中的其他人比我反应慢一些，对这帮绘制地图的家伙还没产生兴趣。因为一方面他们每天晚上还要看厨子洗牌，另一方面作为林业工人，他们在地图上都吃过亏，对林业局的地图本能地不信任。他们坚信早年许多偏远地区的地图是由住在帐篷里或冬天端坐在密苏拉地区行署的家伙们绘制的。"不，应该朝这里画一点。"其实早年我们从不根据地图来确定一座山的位置，除非美国地质勘探局已经确定好位置。所以我们这些人和绘制地图的那帮人很快就吵起来。我们假装是密苏拉的地区行署，讽刺地说道："见鬼，这条溪流居然不是朝那个方向流，而是朝这里流。"我们有时是迷惑他们，有时说的是事实。

在当时，对这些地图绘制人员来说，给一条溪流命名比确定它的流向更麻烦。他们先是绘制清水河的向北支流，接下来顺理成章就到了"湿屁股溪"。他们也确实将它的位置定得很准。他们用的也许是罗盘链路法，至少是罗盘步测法。但是对于是否将这个不雅的名字标记在地图上，呈送给地区行署制图室，大家的意见分成了两派。其实地区行署才不关心名字的雅俗，所以我们这些人都坚决支持保留原名，理由是在西部已经有太多地名以某个来自明尼苏达或马萨诸塞的家伙的家乡名字来命名了。有时甚至直接以这个家伙自己的名字或一头熊、一只鹿来命名。"全国有五千条鹿溪，但叫'湿屁股溪'的只有这一个，还是保留这个名字吧。"我们这样争辩道。但另一伙人，也就是马上要去汉密尔顿，把一夏天辛苦挣来的钱挥霍在妓女身上的这伙人，坚持说在密苏拉林业局制图室上班的都是妇女，抄录这些粗俗的语言会亵渎她们的手。

最后投票表决，我们这一方获胜。或者就当时而言，我们认为己方获胜。反正最后大家都同意把原来的名字呈交给制图室，并盼望此地最后能成为一个国家公园——"湿屁股国家公园"。到那时，从布鲁克林来的游客可以把汽车停在马路中间，让他们的孩子喂灰熊，不然就让灰熊喂他们的孩子也可以。

但最后的结果却令我们哭笑不得。在林业局的新版地图上，这几个单词被合成一个词，而且还在新的合成词的词尾加了一个字母"e"，这样发音也确定下来，中间字母"a"按照波士顿一带的发音。现在这个新词不表示任何涵义，但你却要把它的音发准了："什比肯溪"，这个音听起来好像这条溪流发源于波士顿的比肯山。当时我们喜欢开玩笑，并借着一时的兴致，也开别人的玩笑。但我们都得了"夏末疲倦症"，可能还没从那场大火中缓过来，所以我们的玩笑也透着疲倦。我们甚至想动员那个加拿大家伙参加一场猎鹬行动，让他负责拿敞口的黄麻袋，我们把鹬往里面赶。不过这个加拿大人还没有在法国喝酒把自己喝得蠢到来爱达荷举着黄麻袋的程度。而且我们也开始为汉密尔顿之行做准备。我们去汉密尔顿可不是为了开玩笑。那时我们在林区有个蒸馏酒桶，于是我们就用从仓库偷来的杏干、桃干和李子干酿私酒。史密斯老头弄来一些固体酒精做燃料，大伙把酒体上方的粉色玩意蒸馏挥发掉，然后就喝剩下的东西。这种酒喝了会让人闹肚子，有时会让人来不及去厕所或灌木丛。与此同时大家也在为汉密尔顿之行进行练习，这时离启程还差几天。我早已打定主意，准备第二天就出发，用一天时间徒步前往汉密尔顿，打算创下一个纪录。所以他们酿的私酒，我一口都没尝，就连他们用猪油桶酿制的杏干白兰地也没喝。当我告诉他们第二天就出发，他们都惊讶道："你到底是啥人？你不想帮大家去清洗小镇吗？厨子还要帮大伙把汉密尔顿那群装腔作势的赌徒的钱全赢来呢？要是不清洗小镇，我们还算是林业局员工吗？"

他们说的这些事都很重要，我当然早考虑过了。在季末的最后一次行动中，如果不去"清洗小镇"，你就不算是林业局的员工。我不太理解到底是什么原因，但在你感觉良好时，这种情况总会发生——那就是当你在镇子外面的野外干了几个月的活后，你就会觉得比镇上人高出一头，并对他们抱有敌意。镇上人甚至都不知道你是谁，但你却总是想着他们，总是谈论他们。只见史密斯老头又喝了一口带残渣的私酿果酒，借着酒劲说道："我们要把那个镇子撕成两半。"结果话音刚落，他就颜面尽失地奔向厕所，边跑还边嚷嚷要让镇子上的人看看，他们统统没有美国林业局的员工厉害。

况且，厨子还要帮我们这些人大赚一笔。每天晚上我们都在聊到底能赢多少钱。我们讨论的数额，在看了厨子发牌前后会有所变动。但我们大体估算了每人赚的数额，大概是一个夏天的工钱。我们内心希望能赚得更多。

但我却要去创造一个纪录。自从护林员发现厨子是玩牌高手，用他取代我作为新宠，我就愈加觉得有必要去创下一个纪录。我曾希望在绑货上出人头地，像德克兄弟那样一夜成名，设计出最新式的驮鞍。不过我没有在这个白日梦里沉浸太长时间，炸药味道让我恶心，所以最后只能是徒步。我知道自己比当地任何人都更能走。那时候我想在当地出出风头，这种愿望还十分迫切。

从驼鹿峰到斑点峡谷的谷口有二十八英里，从谷口到汉密尔顿镇还有几英里。这段路程不算很远，但也不近，真要是走起来还是很艰苦的，因为这里所说的英里，是"林业英里"。如果你对"林业英里"没有概念，我来给你举个现在的例子，这个例子很有代表性。我家现在的度假小屋位于"使命"冰山群附近。很自然地，在附近众多的湖泊中，有一个湖泊名字就叫"冰川湖"。它位于克拉夫特溪路的尽头。但通往顶峰的最后一段路程非常陡峭，需要徒步才能到达。在这段徒步路线的起点，有个林业局立的标识，上面写着："冰川湖——一点二英里"。真正走起来，一点二"林业英里"比一点二英里要多出长长一段路程。我当时徒步前往汉密尔顿要走三十多林业英里，其中一半路程是上坡，最后海拔超过雪羊活动区域，而另一半路程是下坡。下坡路会令你走到双腿恨不得再走一段上坡，但这时却已经有心无力了。这条步道上充满着花岗岩卵石。我要拼命把这段路程走完，这样消息就会传到比尔的耳朵里，说我用一天时间就徒步走到了汉密尔顿。

我对嘴唇微动、正在数克里比奇牌点数的比尔说："你准备什么时候带着驮队和人马去镇上？"

他把点数数完后，才回答道："你在那儿等着，等我们到了再说。"我不知道他这话是对我提的要求，还是陈述一个事实。我抓起他的那手牌，也数了一遍。"我需要整个队伍都去。"比尔道。我说："好的。"比尔又说："如果你能等到明天，帮我把包裹收拾好，我将尽量赶在后天中午出发，后天晚上在分水岭上宿营。你可以后天一早，赶在我们之前出发。"

那天是星期三，根据比尔的计划，我们星期四要干一天的活，然后我星期五一早出发，他带着其他人星期五中午再走。

"那我星期六和你们在镇上会合。"我说。

"星期六晚上在汉密尔顿见。"比尔道。这句话后来成为我徒步时哼唱的曲调之一。

离天亮还早得很,我就上路了。我穿过"马天堂草场"时,双脚像甲虫触须一样探路。"马天堂草场"这个名字可不是我起的,是地图上标的。我还没那个本事,可以随手编一个地名出来。就算过了"马天堂草场",天亮前还要再过一个高山草场,那儿到处都是稀奇古怪的声音。这些声音不光是许多马发出的,还有很多其他大型动物,驼鹿和驯鹿肯定少不了,说不定还有熊。这些动物夜间醒来,从山上下来饮水,然后再慢慢地向高一点的地方觅食。等天变热了,它们就再次躺下睡觉。在黑夜的各种声音中,清脆的叮当声是最吓人的,但很快我就反应过来这一定是马蹄声。如果你想通过美妙的声音来辨别鹿,那么鼻息声在这些声音中是最悦耳的,而且只有驯鹿才发出这种悦耳的声音。驯鹿喷着鼻息,跳来蹦去。驼鹿则打着响鼻,很快就互相撞到一起去了。熊能一股劲蹿到山上,没有哪种动物像熊这样具有如此强劲有力的后腿。

天亮后,我还在这片奇境里徒步。远处灰色悬崖远远望去,我眼睛里看到的都是些白色斑块,但不是白点。步道已经变得越来越陡。我估计中午前会越过雪羊生活的区域。根据我的经验，地球上活动区域比雪羊更高的动物几乎没有。

我在林业局工作的第一个夏天，我们曾取道科莫湖，翻过苦根山岭，才走出爱达荷州。狩猎季里，在爱达荷州可以捕猎雪羊，但在蒙大拿州却不行。那时我们林业局的员工，交钱就可以办爱达荷州的居住证。我们都办了，于是就在两州交界处待上几天，宿营打猎。比尔对我说："你只要爬到雪羊上面，就好办了。它们从不会认为自己的上方还有东西。"于是我所要做的，就是爬得比雪羊更高，那里一般都是人迹罕至的地方。最后当我爬上去后，果然发现一只羊站在我身下一处悬崖边，和我距离大约二百五十码。我知道要是从这个角度朝下方射击，必须朝目标瞄得低一点。但这只羊几乎垂直在我下方，所以我没法瞄得足够低。结果一枪打过去，子弹连悬崖都没击中，只听见一声回响在山谷久久不绝。这只羊闻声躲到一块岩石后，藏起来了。要是从下面看，根本看不见它的藏身之所。但我在它上面，所以它对我来说是一览无余。比尔那句话说得没错。事后我想，雪羊这种动物真是心大，居然认为危险绝不会来自头顶上。不过这些雪羊并不是长老会教徒，也从未听过我父亲的布道。我又开了一枪。这次我把枪口压得更低，低到差点射中我的脚，但最后还是射偏了。这次击中了岩石。我很想知道子弹从岩石上会反弹到哪里。最后这只羊和子弹一起消失了，估计再也没有人见过它。在那个狩猎季里，我再也没放过枪。在一个季节里失手两次的人，显然没资格再开枪。

我只顾闷头走路，因为再抬眼看时，并不知道自己走到哪里。我意识到这家伙的存在，是先听见呼哧声，接着传来跺脚声。他就立在我前方的步道上，是一只体形庞大的雄性驼鹿。他那副神情给人感觉他今天哪儿都不去了。那年头要想在蒙大拿遇到一只雄性驼鹿，一般都是在苦根岭附近，靠近古老冰川深坑形成的雪堤湖。

这只雄性驼鹿低下头上的角，然后又抬起来，好像在活动活动它们。雄性驼鹿的嘴还向外伸着嚼了一半的沼泽地里的草。最后它变换一下顺序，先跺脚，再发出呼哧声，不情愿地转过身，沿着步道走开。他一开始走得慢，后来越走越快，好像撤退的想法在脑子里是逐渐形成的。我目视它的走路姿势，腿晃荡着硕大的脚，好像脚上穿鞋似的。我几乎敢肯定，这只雄性驼鹿会四种步态，因为我看见在短距离里，它居然用单脚蹦。反正这里是一片奇境，一只雄性驼鹿怎么就不能用单脚蹦、步行、小跑、侧对步四种步态呢？

我又低下脑袋，用我那唯一的步姿闷头走路。反正我只会这一种步姿。现在路上全是花岗岩，攀爬和呼吸都变得困难。只为了博得比尔一个人的眼球，已经不足以支撑我了。我想起我的女朋友，她的形象开始出现在我面前，仿佛她刚才一直在森林里和驯鹿在一起休息。

由于我父亲是镇上长老会牧师，所以多年来我一直抱着一个观念，认为信奉罗马天主教的女孩比新教女孩更好看。至于犹太教女孩，我持一分为二的看法，这也许是因为我们镇上只有两个犹太女孩，两人各占据我一半的脑海。其中一个女孩比较时髦，会弹钢琴，对我看都不看。另外一个岁数小一些，长得不好看，可是为了取悦我什么事都肯做，甚至帮我牵线搭桥，联系她认为我喜欢的女孩子和我约会。她一开始帮我联系了一个罗马天主教女孩，这个女孩成了我的女朋友。这个罗马天主教女孩最引人注目的就是前额上有一块深深的疤。这道疤盖住了她一侧眼角的一半，使她显得总像不是在真的看我。几年后我却发现，我这个女友几乎和镇上所有人都乱搞过，就我和几个新教徒没和她发生过关系。发现这点后，我忙不迭地去找红头发或黑头发的新教或犹太女孩。但当时我真把她当作自己唯一的女友。她在用那双欺骗的眼睛看着我，而我心里却充满对她的钦慕，兴奋得小跑起来。

当我终于达到分水岭后，我仔细研究了分水岭的中心地带，在脑海中设想了一下爱达荷和蒙大拿的州界应该所在的位置，并撒了一泡尿，作为物理印迹，风干后的尿渍算是短短的一段州界。我经常在分水岭上这么干，尤其是大陆分水岭。当你身处其上，就会不由自主地想，是把尿撒到大西洋还是太平洋。现在这个分水岭不是大陆分水岭，但也激起我类似的联想。

撒完尿后，我坐下来，在雪羊的脑袋上休息一会儿。我回过头看了看我干了三个夏天活的地方，觉得它显得很陌生。有时候经常这样，当你回首曾经待过的地方，你会觉得自己从未去过那里，甚至那地方根本就不存在。在直插云霄的山岭诸峰中，我当瞭望员时的老伙计墓碑峰当然是我最熟悉的。我在那里时，它是非常难爬的山峰，从山谷盆地向上，全是巨大的岩石，矮小的树根，最后临走时才补好的一顶帐篷，被闪电削掉脑袋的树木。那里找不到舒适的地方可以坐，还有一头灰熊和一条响尾蛇在附近出没。但从分水岭上看墓碑峰，又是另一番景象。它像是天空中的雕塑，摒弃一切生命的细节。我家乡旁边也有一座山峰，我们管它叫"印第安女人的奶子"。那座山峰也不高大。它的名字用于站在分水岭上看到的墓碑峰也很合适。从分水岭上看，我曾经生活过的大山像一件青铜雕塑，只有纯粹的造型，没有任何修饰。统统没有，只有颜色、造型和天空。它就像一个印第安美女，在长眠前决定把身体不算最美的那部分裸露在外。某种意义上，我们离开一个地方后，会经常将它想象成仙境，和现实并不相同，通常比现实更美。

我竭力不去想上山这半段路程走得过快、身体过累这个事实。到现在为止，我已经走了十四英里，一路上哼着"该离开了"、"该离开了"作为节拍。问题是这个节拍让我越走越快，尤其当我脑海中浮现出我女朋友那半闭的眼睛注视我的样子。坐在分水岭上，虽然阳光照在身上，但我开始感到寒意。于是我穿过分水岭，向下方的斑点峡谷远眺，想看看前路是什么样子。

你或许从未听过"地质"一词，但你只要向下看斑点峡谷，看到一个巨型冰山的杰作，你就会明白"地质"一词的涵义。几万年来，这个峡谷就像一尊冰雪怪兽，在崇山峻岭的裂缝处发出嘶嘶声。峡谷在我正下方的那部分，像一道盘旋的天梯伸过来。这道天梯从冰斗中升起。"冰斗"一词是我后来从地质学家那里知道的，但我觉得它的形状更像一个用绿色冰川盘绕而成的鸟巢。这道天梯袭向峡谷，将群山劈成两半。在这天梯蜿蜒回旋处，是一座山峰，也可以说是一束峰尖。天梯到达峡谷谷口时，没被完全消化的群山残余物从峡谷怪兽的咽喉处滚出来，一路滚向那条小溪。

这里只有一个壮观的世界，和一个涉世未深的大男孩。我觉得大男孩该重启旅程了，虽然他休息的时间不是很够。

我抖了抖身体，让自己暖和一些，然后便沿着那条蜿蜒的天梯下去。我本来没把重新启程太当回事。但沿着曲折的天梯朝下走，对徒步者来说并没有太多选择。当你年轻气盛，脑子里光想着创造新纪录，走这种回旋往复的下山路时，在每个拐弯处，就不想跟着绕弯子走远路。一旦遇到开阔的山坡，我就直插过去，完全不管什么百分之六的坡度率。结果我下山的行程几乎被小山崩包围。身旁有山崩，身后有山崩，身前还有山崩。在飞一般的下山途中，我要经常回头，以躲避身后袭来的砾石。走着走着，我两条腿的正面疼得像裂开一样，不得不停下来。这时我能听见花岗岩石子汇成的小石流从身后追我，追着追着就放弃了。但过了片刻，又再次开始追。当我终于到达谷底盆地，站一会儿好让我痉挛的双腿平复一下，正好各种小山崩也消停了。这时却不知道从哪里掉下一块花岗岩巨石，正好落在我身旁。我抬头一望，没有发现任何可能落石的地方，除了峡谷正上方的天空。

身处谷底盆地，我的位置已经比峡谷峭壁上的白色斑点更低。峭壁上偶尔长着一棵树，那一定是曾经某只鸟儿嘴里掉下的一颗种子落到了峭壁裂缝处。刚才在分水岭山顶，虽然有阳光，我仍感到寒意。现在身处冰川盆地的谷底，我的脸部却热得发紧。伴随着从天而降的小山崩，我终于下到了坑底。热量完成巨大的一跃，从太阳系弹到花岗岩峭壁上，像是专门给我送来了热。而且我所到之处，热量都是从脚下升起。我觉得面部以下被烤焦，就像但丁下地狱火海一样。

由于刻意不喝水，我身体上也出现了生病的症状。我以前从未在一天当中走过这么远的路。我又不想事先声张，只想走完之后让别人刮目相看。所以整个行程完全由我一个人思考规划。我想起当年去泥腿河钓鱼时，天也很热。我就开始喝河水，很快我就喝得收不住嘴，水也很快变得不那么好喝了。最后我出现水肿症状，恶心想吐。我根据那次的经历得出教训,"这次一定不要让自己恶心,所以一定不要喝水"。我记得只是在吃三明治时喝了一口水。或许在其他时候还喝了几口,我记不太清了。不管怎样,这次我恪守心中立下的不喝水誓言,有点年轻气盛、出于崇高目的而对肉体施加禁欲的感觉。整个一下午我都忍着口渴,在峡谷裂缝中朝下行走。四周的群山已经为它们身体上的这些裂口哭泣数百年了。最后当我走到黄昏晦暗之时,身体已接近脱水。

讽刺的是,在上山途中,一条水流湍急的溪流一直陪我走到分水岭,而另一条溪流又陪我走完下山的路。在谷底我刚才差点被那块巨石击中的位置旁边,正是斑点溪的发源地,四周全是汩汩涌出的泉水和绿色海绵状植物。我脱下羊毛袜,伸脚蹚进一眼泉水中解解乏,恢复恢复脚力。泉水很凉,刺激得我心脏有些不舒服。于是我把脚往后缩,放到海绵状植物上。沿着峡谷下山途中,我又停下几次,在身边的溪流里蹚蹚水。我还看了一会儿溪流里吐泡泡的黑色小鳟鱼。但我坚持和喝水的念头作斗争,还觉得自己的行为很崇高。

我试着让脑子尽量去胡思乱想,但沿着峡谷下到一半时,我就一门心思只想喝水。我想象自己探身越过绿色赌台，把所有的钱都搂过来，但我握钱的力气越来越小。我感到钱慢慢从我手中滑落。那个戴着斯泰森高帽的家伙——我一直想成为他那样的人——时不时对我说："我给你打掩护"。但我依旧不解其意。此时我甚至都没法拿女朋友作为幻想中的慰藉。她先是看着我直到眼睛半闭，然后就像几年后那样，她使劲朝我眨眨眼，就不见了。

我不时有种身处防火线的错觉，觉得天空曼舞着燃烧的球果，宇宙倒转，地狱跑到头顶上。而在前面的步道上，我脚步靠近之处，从地面升腾起轻灰。在其他时候，我有恶心感，不久还闻到炸药的味道。

但我一直想喝水。我知道作为伐木工人，应该喝"混饮"才对，就是先来一小杯威士忌，再来一瓶啤酒。但我现在只想喝冰激凌苏打水。我对自己说，冰激凌苏打水是小孩子的饮料，但我一想到威士忌和啤酒的"混饮"，就感到要脱水。我从小就喜欢喝冰激凌苏打水，十七岁时还暗自好奇，为什么男人爱喝威士忌这么难喝的酒。所以当我一英里一英里地向前走，脑子里只想着冰激凌苏打水，只不过苏打水的颜色随着掺和物的不同发生变化，白色的是香草，黄色的是柠檬，棕色的是巧克力，这几种都是我的最爱。但偶尔我也会在巧克力口味之前，先想到草莓味。我用气泡水把杯子接近倒满，故意留下不太够的一点空间加一小勺冰激凌，这样泡沫就会溢出来。我先舔一舔泡沫，然后再将亲手制作的冰激凌苏打水一饮而尽。我这种吃相显得邋遢而孩子气，正是我平时想极力避免的。

当我最后终于从峡谷谷口看到光亮，峡谷北面的峭壁倾斜度已经超过了九十度。

直到这时候，如果汉密尔顿真的在我记忆中那个位置，距离峡谷谷口不过一二英里，我的体力还算能应付。可等我仔细一看，不由得停下来。让自己从难以置信中缓一缓。出峡谷后，沿河向上游走，要走五六英里才能到达汉密尔顿。对普通人来说，五六英里的距离，而且还是沿河的缓坡，走起来也许并不费事。但我现在累得坐在路边休息，往地上玩掷刀扎地的游戏，好松快自己双手。我想起了《圣经》，盼望能出现一双臂膀，把我抱到一头骡子上，直接载到汉密尔顿，不必再受折磨。虽说放眼望去，汉密尔顿已经清晰可见，但要是徒步走过去却又显得不太可能。这次是我有生以来第一次在搏斗中，在最后一刻遭受重创。十七岁的我已经打过无数场架，大部分都打赢了，当然也输过几次。可是以往每次败局已定时，总有某个我不认识的大哥会介入进来，让双方住手。我还从未遭遇过旁边没人拉架的搏斗。看人打架时,只要见到一方两腿打弯,双手下垂,连后退的意识都没有时,你会很自然地告诉另一个旁观者:"看那个屁货。连手都不敢举。"可要是那个两腿无力、手抬不起来、连后退意识都没有的家伙换成是你自己,就是另外一回事了。

玩掷刀扎地游戏时,我没有去试那些有难度的部分,其中难度最大的莫过于扎鼻子和双耳。但这个游戏对我还是有帮助的。我渐渐地缓过来,反应过来为什么自己会在这里,而汉密尔顿却在那里。春天的时候,我们林业局员工是坐卡车从汉密尔顿到斑点峡谷谷口的,然后再从峡谷谷口去爱达荷。对坐卡车的人来说,一二英里和五六英里没什么差别。而且春天时,我没站在斑点峡谷回首看一座冰川是怎么形成的,又是如何将剩余物一路带到河里。而汉密尔顿就位于河边,所以我明白自己为什么还有四五英里的路要走。

想清楚这些道理后,我站起身,将折刀收起来,又开始赶路。有时候你打赢的原因仅仅就是搞清楚为什么要打架,以及意识到没有人会帮你。

既然光用眼睛看并不能缩短距离,那就索性不看,等走到了再说。从此以后,我对汉密尔顿这个地方心怀感激,虽然它也许不是我心目中的样子,但这个地方却是我能理解的。

而在当时我对汉密尔顿心存感激,还有一个原因是,经过一天的跋涉,从外表看汉密尔顿就是个结构简单、一览无余的镇子。从斑点峡谷延伸的道路,垂直右转,就连上了汉密尔顿镇的主街。汉密尔顿的主街就叫"大街",和它垂直相交的街道以数字命名。我沿着"大街"走,大概在第二和第三街区之间找到一个药店。我点了两份冰激凌苏打水,一份是白色香草味,一份是黄色柠檬味。当我想再来一份巧克力味,以完成我最喜欢的颜色序列,药店店员却说:"娃娃,我觉得你不能再喝了。"我气得真想绕过柜台,把这个店员塞进他那巧克力冰激凌机器里,尤其是他还叫我"娃娃"。但我没有这么做,也不是经过一番思索后觉得不这样做更好。我只是感觉怪怪的。

一切都在飞快地进行着,包括和辞工相关的时间节奏。我原本以为到了镇上后,节奏会慢下来,甚至停止。恰恰相反,凡是我一夏天渴望做的事,我恨不得现在立即着手就做。我想找到那家中餐馆。在林区,来自苦根岭的人都说这是镇上最好吃的馆子。我还想找到那家名叫牛津的赌场,看看赌场上那些骗子如何施展骗术。我也不是没想过先找一家旅馆，放下行李，洗手洗脸，然后躺一会儿再去镇子上玩。但是躺一会儿这个念头对我最没有吸引力。于是我走到外面问一个人，向他打听那家中餐馆的位置。它和药店在同一个街区，开在"大街"上，在第二道和第三道之间。

收银台后面那个中国人穿着黑色真丝外套，白色衬衫，系一条黑色窄领带。他端详我一番，又打量我衣服上的补丁、背包和三个月未剪的头发。显然他并不喜欢从驼鹿峰来的林业工人。可我不管这些，没等他引座，径直走向后面靠厨房的最小一张桌子前坐下。我把行李放到桌子对面另一张椅子上。一个白人女服务员拿着菜单走过来。她的嗓音粗声粗气，但却是整个夏天我闻到的第一个女人。她身上散发的也确实是女人的气味。我看不懂菜单，也许是我不认识那些中国菜的名字，也许是字看不清楚，反正那个女服务员过来好几次，我也没点餐。她盯着我看，我心想"也许我身上太脏了"。于是我问她男厕所在哪里。我就着冷水洗了洗，用里面的布毛巾擦拭，这条毛巾边上有个按钮，每摁一下，毛巾出来一英尺。我把头发蘸湿，但梳子却在行李包里。我只好散着湿漉漉的头发走出来。虽然用冷水洗完，但我并没有感觉好多少。

女服务员很快又走过来，依然神情困惑地看着我，最后问道："你想现在点餐吗？要不等一个小时再吃怎么样？"

我要是一个这样想问题的人，那一辈子都走不到汉密尔顿。我说："不，现在就点。"她明白这次我肯定要点餐了，于是职业性地推荐道："干吗不试试……"她说了几个以"碎"或"面"结尾的词。每次我都回答说："行，好的。"我表现得过于礼貌，想向她显示我虽然外表邋遢，但对这种时髦的中餐馆完全能够应付裕如。我不停地说："好，挺好的。"直到她把铅笔插进上衣口袋，朝厨房走去。

当又只剩下我一个人时，我身体感到十分难受。我现在回忆不起来当时我是否清楚自己身体很不舒服。我那时只知道世界分成两部分——中餐馆外面和中餐馆里面，而且我确信只要不待在中餐馆里面，无论去哪儿，肯定会感到舒服一些。后来我甚至还想去找那个名叫牛津的赌场。

终于那个女服务员又走过来了。我对她说："请给我账单。"她吓坏了，"可是你还没用餐呢。"我说："我知道，你只管结账吧。"她说："请稍等。"这次她没有朝厨房走，而是走向收银台，对那个系窄领带的中国人说话。

我那时身体内的一切都在快速不停地动，让我恶心，而身体外的一切又静止不动，也让我恶心。我不知道自己能不能撑到结账的时候，恨不得马上就呼吸到新鲜空气。我都能猜到他们在收银台后面窃窃私语的内容。伐木工人都喜欢对柜台后的中国人开一个基本相同的玩笑。四五个伐木工人一起聚餐，然后其中一个走到前台，对中国人说："他（用手大致朝餐桌方向一指）给我买单，他打赌输了。"说完就溜走了。然后同样的一幕继续上演，最后剩下的那个家伙在桌子上放刚好够他自己的饭钱。"见鬼，我干吗要替那些家伙买单？我基本上都不认识他们。"我虽然孤身一人，但也属于林区人员。我点了餐，但没吃就要走。这似乎是个与众不同的新把戏，但还是在伐木工人和中国人之间玩，所以吃亏的一方应该还是中国人。女服务员匆匆从我身旁经过，朝厨房走去，刻意不朝我看。

我这时难受得再也等不及他们之间是如何商量的。我站起身，幸好还记得拿行李。厨房的门开了，我从来不知道一个中餐馆的厨房里会有这么多中国人在干活。他们都是一大家人，从小孩到老人，每人手上都拿一把菜刀。他们慢慢地跟在我身后，朝收银台走去。那个女服务员站在原地吓呆了。她心里一定在想："我的差事完结了。"

我把账单看了几遍，确认上面的金额没超过我手上握的一元银币，然后将一元银币和账单一起放到收银柜台上。我还记得当时在想，我这种付款行为，对中国人来说肯定是个捉摸不透的玩笑。我伸手去取找零时，碰倒了一瓶牙签。接着我整个人和一团牙签一起，慢慢地滑向地板。

我记不得身体是否重重地砸在地板上。

接下来我能记起的，就是那粗声粗气的嗓音和女人的体味。我睁开眼睛，还没看见就能感觉到那女服务员正在用餐巾给我擦脸。我立刻就爱上了她。在此之前，我无论在哪里，都感到孤独。所以当她弯腰给我擦脸时，我马上就爱上了她。那群中国人在我身旁围成一圈，俯身朝我看，都被我吓坏了。那个系窄领带的中国人不太高兴，因为在他的地盘上发生了这种事。女服务员见我醒过来，兴奋地笑道："我们已经叫了医生。"

我想这中间肯定过去了很长时间。当我再次睁开眼睛时，医生已经听完我的心脏，开始扶我起来听我的后背。他看我醒过来，就问了问情况。他上了年纪，戴着一顶斯泰森高帽。我们很快就发现医生人很好。除非被医生问到，没有人多嘴多舌。医生知道大家都吓坏了，想安抚一下,就说他会尽力而为,不必担心。

他帮我把衬衫穿上,在帮我把纽扣扣上之前,说了一句:"都是那些冰激凌苏打水惹的祸。"

他对在场的所有人说,不光只是对我说。他说情况是这样的,我走了太远的路,天又热,一路上我滴水未进。等到地方后,我又痛饮了那两瓶该死的冰激凌苏打水。他从医学上对我病情又是这样解释的。他说我供应体力的血液(他用了"体力"这个词)主要分布在身体的外部,像大腿、胳膊和肌肉。我喝下该死的冰激凌苏打水后,由于水很凉,所以血液都涌向我身体内部,这样就导致我大脑缺血,于是晕厥。他说没什么事,歇一两天就好了。我们都觉得听懂了,于是放下心来。

他是那种小镇医生。我从来不问大城市医生对小镇医生的诊断怎么看。不过我敢保证,没有哪个大城市医生会对我说这位小镇医生接下来的话。他说:"明天上午晚一点的时候,来我办公室,听明白了吗?如果你明天不来,今晚的出诊我要收费;如果你明天来了,今晚和明天我都不收你的钱。我只想看你到明天时是否好了。"

围观的人群散开,大家帮我把摔倒时从手里散落的零钱又找到了。医生对那个穿真丝外套的中国人说:"给他找一家旅馆。"在这之后发生了什么,我一点也不记得了。也许我又晕过去了,也许睡着了。

当我醒来时,反应过来自己已经在旅馆里。我下床,检查一下衣服,它们就搭在一张椅子上。我的行李包在房间的一个角落,钱也一分没少地在行李包的一个口袋里。我知道自己刚才睡着了,也知道现在离天亮还早。我又回到床上,对自己和周围环境又查看一番。

我一开始想搞清楚自己的身体状况,但不久周围的环境令人不由得关注起来。不过我最先反应过来的还是现在是周六凌晨时分的汉密尔顿。如果现在就让我谈谈今晚会有什么感受,那时间还太早;但我对昨晚的感受却非常糟糕。我居然在收银台前晕倒,牙签都掉到头发里了。在我印象中,晕倒一般只发生在女人身上,而且是在书中出现。我自己从未碰到过人晕倒的情况。我的心头突然罕见地涌起一股巨大的伤悲。我辛辛苦苦一路从驼鹿峰走来,就落个躺在一家中餐馆地板上的下场。现在我也没脸向比尔吹嘘自己在一天之内走十四英里上坡,又走十四英里下坡,外加五六英里的平路。即将到来的这个夜晚将是我和护林员、护林站员工以及厨子在一起的最后一晚。我提醒自己："今晚一定要好好表现，那个该死的厨子最好晕过去。"我又进一步给自己打气："希望到晚上时，状态会更好一些。虽然现在感觉也不坏，但我还不敢起床，去楼下大厅看看。"

这时周围的情况引起我的注意。一个巨大的屁股把墙推到我床前，还轻轻地碰了我一下。我就像书中说的那样，一骨碌坐起来。那肯定是个屁股，但屁股是怎么穿过墙的呢？我借着房间里半明半暗的灯光，仔细打量起这堵墙。一看才知道，这堵墙其实是帆布做的，同样另一面墙也是帆布做的。但我床边的这面墙时不时鼓起来，好像那座形成斑点峡谷的冰川正在隔壁使劲用力推。突然我想起上了年纪的史密斯先生和麦克布莱德先生曾经对我说过的事情。"这里就是旧时候的西部妓院，床铺之间用帆布墙隔开。"我睁大眼睛，竖起耳朵，终于听清隔壁的动静，也看清了向我这边延伸的东西。我说道："这哪里像旧时候的西部妓院？这就是一个旧时候的西部妓院。"

开始我以为隔壁有好几个人，但后来我数来数去，总共就两个人，一个拉皮条的和一个妓女在床上颠鸾倒凤。两人的身形虽说偶尔会有所偏离，但基本上在我的墙上呈波峰、波谷状起伏。遗憾的是，构成这道风景线的主要是那个男人的屁股，女人的身形呈一条直线，也不会伸过来碰我。最后我总算弄明白其中的原因。那女的在两人干的过程中，一直用单一的语调在说话，说那男的又如何和其他妓女搞。我那年偏偏对节奏很敏感，所以最后终于听出她咕哝的内容。如果我要是能在她句子里加一些诗行中的停顿，那她说的话可谓是素体诗。

那年我刚跟着我们中学最有名的一位老师学一门英语课程。她人很好，就是对诗歌要求有点高，让学生有些吃不消。不管怎样，刚到冬天，她就觉得她教的低年级中学生能够写十四行诗了，于是布置我们写一首。在那个年代，蒙大拿中学里的低年级中学生只知道马鞍的肚带在哪里收尾，马鞍上的皮带从哪里抽头，对于什么是十四行诗的前八行，什么是后六行一窍不通。于是在经历连续几天愈加痛苦的折磨后，我终于不得不向母亲求助。我母亲认真打量我一番，确认我真的是遇到麻烦后，说道："等刷完碗，我来帮你。"于是我们坐在桌子旁，我扶着她的左手，她用右手写十四行诗，左手一直在颤动。她写的十四行诗叫"论弥尔顿的失明"，这个题目我以前闻所未闻。这首诗后来获得密苏拉县中学英语老师们的一致好评，并且在五月份获得年度最佳诗歌奖，出版在学校的年刊上。

诗的旁边还配了一张我的照片。我母亲很为我感到骄傲，但私下里却要求我每天晚餐后留下来，至少要学会划分音步。于是我们母子二人又在桌旁坐下来，这次我们用的是弥尔顿或莎士比亚的诗。我再次扶着母亲的左手，她用右手给我标出重读音节。然后我们又自创几行五音步抑扬格诗句，素体诗句。不过和弥尔顿或莎士比亚诗句不同的是，我们写的诗整齐划一，结尾不留零碎字词。我们写的都是"不朽弥尔顿，灵魂铸造者"这样的句子，反正让蒙大拿所有中学低年级学生能看懂读通，认为是诗歌。至少得让他们能数出五个音步来。

我一开始并没有听出隔壁传来的节奏。那个女的显然还处于热身阶段，说的都是寻常调情时的那些脏话。"你这脏逼"之类的。但她接下来用一个诗节叙述一件这个男的骗过她的事，每个诗节的结尾都是"你一肚子花花肠子"。她喜欢这一句，把它作为诗节末尾的叠句来用，没想到我从这句中听出韵律来，第一次发现她说的这句话居然是五音步抑扬格，而且在某些地方还带省音和跳进，比母亲和我写的诗更得弥尔顿和莎士比亚的神韵。看来她的男人不但做了对不起她的事，还到处去吹嘘，因为她又换了一套诗节，这次的末尾叠句变成了"你像个乌鸦，从嘴巴到屁股"。我无法核实这个男的嘴像不像乌鸦，因为他这会儿正忙着顾不上开口说话。至于他的屁股倒很简单，只需看看我墙上的影子就一清二楚。他的屁股在我的墙上起起伏伏，像一条弄潮的虹鳟鱼。

我本想在脑子里想象一下这个女子的容貌，但又睡着了，也许是受她节奏的催眠。当我醒来时，时间一定过了很久，因为隔壁一点动静也没有。我对自己刚才睡着了感到不安，因为我无法肯定刚才拉皮条的和妓女那一番云雨，尤其是五音步抑扬格是不是我在做梦，是我病中对自己节奏感的一种扭曲性的延伸。这时外面大厅传来脚步声，来来回回，时远时近。我瞅准一个声音较远的空当，伸出头来，啊，准没错，就是他。虽然我看到的仅仅是一个毛茸茸的大屁股，但即使借着煤气灯，我也认出这个大屁股就是他。他刚进大厅，胳膊下搂着那个女的。这个女人小巧的屁股和两条腿裹成一个"V"形。显然两人刚出去转了一圈，趁着晚上正式营业前，先放松一下。他们朝大厅里面我这个方向走来。这时不知为什么，我没法把脖子缩回去了。他俩径直从我一动不动的鼻子前走过，朝他们的房间走去。这男的是个趾高气扬的家伙，光忙着想自己的生意，没有注意到我。而那个女的就是一个随处可见、一脸贱容的小娼妓。她和那只大猩猩无论在做什么，她脑子里肯定同时在想其他两三件事情，包括会想到我。她扭头朝我匆匆扫了一眼，然后突如其来地骂了一句："操你妈的"。她这句话依然符合韵律，可惜没有人会为她别出心裁地朗诵出英语中这最广为人知的句子而给她评分。

那些老伐木工过去常常谈起的"流动妓院"，现在我越来越清楚是怎么回事了。我刚想说"那就是妓女们像流莺一样整夜在旅馆旁掠来掠去"，突然想起不是所有妓女都是在游掠，其中一个就差点破墙而入，差点进到我房间里，就仿佛有人把她扔进来。

要知道，上述这一切都发生在我身体还不大舒服的时候。结果我又睡过去了，这次一直睡到快接近中午。这一觉睡得我轻松解乏许多，但我脑子里还是充满各种节奏，除了原先的辞工节奏，现在又多了隔壁那些节奏，挥之不去。这些节奏都是抑扬格。但现在这些节奏中奏出的最强音是："星期六晚上汉密尔顿见。"我不知道这个节奏的名称，但听起来像"这里就是原始森林"。

我穿衣服时身体还有点控制不住地发晃。我想试着走出大厅，但又摔倒一次。最后我终于走出去了，准备找个地方吃早餐。什么地方都行，只要不是那家中餐馆，因为我怕昨晚那位令我一见钟情的女服务员在白天看起来没那么好看。我去了一家希腊餐馆。为了保存美好的第一印象，我下决心永远都不去那家中餐馆。看着面前的菜单，经过久久地思考，我最后点了茶和烤面包片。这家餐馆的女服务员脸上的表情说明她并没有对我一见钟情。而且这家主要做工人生意的餐馆也并不欢迎人们点快餐，尤其快餐里面包含的是茶而不是咖啡。更糟糕的是，最后我把茶全喝了，烤面包片却剩下了。

吃完早餐我去找那位大夫的诊所，结果发现它在离"大街"一个街区的某栋楼里面。这里的租金要便宜一些。医生的办公室很小，很拥挤，里面的空气估计还是当初盖楼时的空气，没有换过。人们坐在露出弹簧的沙发上。医生名叫查尔斯·里奇，医学博士。窗户上贴的名字要倒着读。

里奇大夫并不看复杂的专科。他在办公室里也戴着那顶黑色斯泰森高帽，在每个病人身上大概花五分钟时间。他每次从里间伸出戴斯泰森帽的脑袋，用手指着一位病人，弯弯手指头。轮到我时，还没等我进门，他就已经戴上听诊器。他一言不发地找到我胸口昨晚听诊的位置又听起来。他的举动让我有点担心，最后他把听诊器从耳朵里拿出来，又像昨晚那样，只要他感到放心，就会说一些轻松的话。他说："没事了。"接着他问我家住哪里，我说在密苏拉。他告诉我最好在汉密尔顿再住一晚。"休息时间再长一点，"他说，"不要打架。"

我的病情不复杂，所以他只是补充叮嘱我一句："都是那些该死的冰激凌苏打水惹的祸。今后除了好威士忌，什么也别喝。"

这听起来是个不错的建议，而且还免费，于是为了向他表示感激之意，我对这条建议采纳至今。

我还想向他表示谢意，他已经向下一位病人勾手指了。

在回房间的路上，我留意其他旅馆，结果发现一家自称豪华旅馆的旅店每晚二十五美分（带洗浴的价格翻倍）。我正要走进原来的房间，准备收拾行李，却发现隔壁房门大开，那个女的一丝不挂地站在镜子前试一顶帽子。她还特意穿了一双高跟鞋增加身高，将那顶硕大的帽子一会儿往左边斜，一会儿往右边歪。她看到我，把帽子摘下来，仿佛以免阻碍我的视线。她把上次对我说的那句话又说了一遍，当然还是那么韵律分明。我进房间后，累得又躺下来。

躺着的时候，我暗自希望隔壁这位高邻能和那位厨子在风月场上交交手。至于结果，无论哪一方输，我都不在意。

过了一会儿，我收起思绪，收拾好物品，下楼后却发现没人结账。也许这家旅馆不是按房间收费。我不知道是不是搬家劳累，反正到了新房间后，我又展开身子躺下了。我翻个身，自打春天离家以来第一次体验到肩膀和灰泥墙摩擦带给人的那种安全感，一连几天第一次差点睡过头。醒来后，我就知道自己没时间愣神。不用看表我就知道比尔和其他员工已经从靠近分水岭的大沙湖旁宿营地赶过来，正在路上或者已经到达。我从一个水罐倒水洗脸，发现这水已经不新鲜了，就像我对从驼鹿峰一天之内走到汉密尔顿的经历感到兴味索然一样。

当我走到那条通往斑点峡谷的大路旁的畜栏——这个畜栏是林业局专门用来圈牲畜的——比尔已经开始给驼队卸货了。厨子和那个加拿大人坐在一个废弃木屋的阴凉处。林业局把这间废弃木屋当作仓库。其他员工都还没到，所以厨子和加拿大人显然是骑马过来的。像史密斯先生这样上了岁数、步履又碎的人肯定落在后面。对于加拿大人骑马过来，现在又坐在地上不帮比尔卸货，没人能表示非议，毕竟在路上他骑的马摔进峡谷，他能活下来已经够幸运了。至于厨子，你也许想踢他两脚，但如果你知道在林区的情况，就不会这么做。在林区，厨师号称"营地之王"，身居高位，因为在那里吃是头等大事。森林里的活很重，所以干活之余的其他大部分时间都要用来补充能量。况且林业局从不以薪水优厚著称。在林业局工作，要想获得恰如其分的回报，最好就是能吃回来，尽情地吃，使劲地吃。

所以在森林里，我们其他人都忙着干活，而这该死的厨子只负责做饭，剩下时间就是陪工头聊天。

我和比尔一言不发地干起活来，卸下货包，解开马鞍，将货包、马鞍和被汗水浸透的鞍毯往仓库里搬。搬的时候正好从坐在阴凉处拍打苍蝇的厨子跟前走过。

最后比尔和我说起话来。在林业局工作的人，说话一般都不完整，要么是因为咕哝说话或大口喘气，要么就是说话者不是那种拐弯抹角把话说周全的人。当时比尔正在骡子的一边卸货，我在另一边卸货。

他问道："你怎么……？"

这时货包正滑到我肩膀上，我咕哝一声："我就……"

如果我们说话时比较从容，又愿意把话说完整，那么句子应该是这样的。问："你是怎么从驼鹿峰走过来的？"

答:"我就这么走过来的,不必废话。"

虽然话没说完,我们肯定都互相听懂了,因为一直到其他员工三三两两进入畜栏时,我们都没再说话。这些人从畜栏的栏杆处钻进来,坐到厨子和加拿大人旁边的阴凉处。他们坐在一起,谁也不说话。我对我的史密斯先生格外留心,心疼地发现他步子还是迈得那么小,脖子由于出汗变得发白,脖子底下发黑的血管处系着他那条扎染印花大手帕。

其他员工在一旁休息,我和比尔给牲口喂燕麦。现在是九月,你不能让这些牲口在苦根岭上驮一夏天的货,指望它们沿途吃点草就能活命。比尔虽然没说以这些牲口为荣,但在牲口呼哧进食时,他挨个拍了拍它们的屁股。夏天快过去了,它们看上去还不错。

比尔喂完牲口,就转向我们这伙人。他和史密斯先生一直在交谈,不过我不认为他俩能预先计划出什么来。比尔说:"我们是一个队伍,但到牛津前千万别聚在一起,那样子显得太坏。"

史密斯先生问:"你想我们什么时候到,比尔?"

比尔说:"九点半到十点之间,你们分头进入牛津赌场。"

这时史密斯先生显示出与其年龄不相符的恢复力。他解下那条扎染印花手帕,擦了擦脖子。他似乎总是只和比尔说话,不和其他人交谈。"比尔,"他说道,"牌室内部由你负责,我站在门口负责从台球房过来的人。"

比尔对我说:"假如出乱子,你就负责搂钱。"说完,又一如既往地加了一句:"我给你打掩护。"

麦克布莱德先生也对比尔说话。他只有一个意思:"一定要记住,我们来玩是为了捞钱的,可不是为了筹码。出去的时候,可不一定能把筹码兑换掉。"

比尔说:"其他人相机行事,看我们遇到麻烦时再出手相助。你们都是好伙计,我们不需要太多计划。"

史密斯先生表示同意:"没错。就这件事来说,不需要太多计划。"

这时厨子开口了,还是那副装腔作势的口吻。他说:"你们必须要明白,我很少在出牌时玩猫腻。我如果只有在出牌时才能赢,早就不知道死多少回了。除了偶尔一两把牌会失常,一般来说我是个比例牌手(我还是第一次听到这个词)。我是个非常棒的比例牌手,应该能一路领先。假如没领先,你们也不要急。肯定会赢一把大的。大家到时做好准备就是了。"

既然厨子说了这番一锤定音的话，我相信他肯定胸有成竹。他喜欢自己成为整部剧的中心，喜欢自己成为比尔眼里的红人。史密斯先生和我交换一下眼神，共同表达了对厨子的厌恶之情。很快大家就像比尔要求的那样，四散而去。

在回房间的路上，我在先前那家不是很受欢迎的餐馆前停下，问餐馆的女服务员有没有多余的小面粉袋子。她这次对我的好感似乎有所增加，去厨房看了一下，说没有面粉袋，但有一个十磅的糖袋。她把糖袋拿给我看，袋子上面"糖"的字样还没完全洗掉。我说："很好。这个比面粉袋更好。""糖"这个字眼用在这里很吉利，因为我要用这个袋子装赢来的大把的钱。一想到我们和自己开这么多无聊的玩笑，这本身就是件很搞笑的事。

我离开房间已经很长时间，所以一回来就躺倒在床上，心里还在为糖袋这件事感到好笑。但突然之间，我的精神就完全崩溃了。这里我虽然用的是"突然之间"，但其实很长时间以来，我是故意无视下列事实，即如果我探身越过赌桌去搂钱，势必会挨一顿痛揍。我一直怀疑，比尔策划这场行动的目的是为了挑事，而不是为了钱财。但我又经常给自己打气，譬如故意瞧不起这些家伙，认为他们不过是些贪财之徒，而非好斗分子，一旦赢了钱就会走人，然后去喝个酩酊大醉。可当我发现这伙人中最年长的史密斯先生和麦克布莱德先生也和比尔有着相同的求战欲，并且还单独制订出一个几乎和比尔一模一样的行动计划，我开始明白自己在劫难逃。其实刚才我在畜栏和史密斯先生暂别时，我就发现这伙人的打架目标将不局限于那些虚张声势的赌徒。用史密斯先生的话说："我们要清洗整个小镇，先拿那些爱吹牛的赌徒开刀，然后是那些牧场打工仔，最后是妓女。"

如果我们把这些人全部清理掉，整个小镇也就不剩下什么了。在我们看来，小镇上虽然有许多房子，但里面住没住人不知道，反正对我们开放的只有赌徒、牧场打工仔和妓女住的房子，外加一个希腊馆子和中餐馆。这就是我们眼里的小镇全部。不知你发现没有，史密斯先生和我用的都是"牧场打工仔"一词，而不是"牛仔"，因为我们林业局的人把牛仔唤作"牧场打工仔"，正好表明了我们对他们的看法。我对史密斯先生说："妓女或许是这些人中最难搞定的。"史密斯先生透过比头发还白的唇髭大笑起来，说希望如此。

不过我毫不怀疑，我们肯定会陷入一场大麻烦中。毕竟我已经在林业局干满了三个夏天。前两个夏天在辞工时,我都经历过"秋季仪式"的洗礼。那两次我都目睹了如何通过"清洗小镇"行动,原本是一群乌合之众的林业工人最后成为生死之交的兄弟。在早期的林业局,每个人都通过这种"秋季仪式"得到净化。我们清理小镇,小镇反过来又净化我们。当仪式结束,一切都变得神圣、庄重——员工、辞工时间、"清洗小镇"行动,和我们相关的一切事物都变得更宏大,除了钞票。

当时我还想,那场大火已经变得无足轻重。但在这一切成为故事前,我就明白过来,那场大火是"夏季狂欢节",而"清洗小镇"则是发生在秋季的大结局。就这么简单。你将永远不会忘记这些帮你一起灭火、一起清洗小镇的家伙。

不过尽管如此,我躺在床上还是没想出一个避免挨揍的办法。我明白,一场恶战在所难免,而且我肯定要探身去搂钱。搂钱时,我肯定要用双手把钱装进糖袋。这个场面现在变得一点也不好玩,因为到时候我暴露在外的下巴将被那些戴黄铜戒指的关节打得皮开肉绽。我在床上一连躺了好几个钟头,也没想出自保的办法。更糟糕地说,我知道自己以前经常想这个问题，一直在掩耳盗铃。因为哪怕在梦中，我也没想出什么好办法。现在是我最后的思考机会，但直到天黑后，我还是毫无思绪，只想到各种感觉。我总是感觉自己去搂钱时，下巴从侧面遭到重击，还不知道是谁打的。接着我感到脑袋里血管破裂，血流到嗓子眼。

我不想假装自己是个爱打架的人，或嗜血之徒。但挨打时无法还手最让我感到难受。那种感觉就像又回到童年，被关进一个黑屋子，等着父亲过来用鞭子抽你。在那种地方是完全无计可施的。最后我对自己说："反正不能再在黑暗里躺着了。过去瞧瞧那个地方吧。"我不知道当时是否抱着想计策的心理，反正我要先过去看看。

牛津赌场是个多功能场所，有开伦台球室、普尔台球室和扑克牌室。对许多西部人来说，这里是他们的家外之家。一进大门就对着吧台和卖烟的柜台。吧台后面的家伙看上去尽力让自己显得像老板的样子。我买了一杯自酿啤酒，不过我如果要一杯私酿威士忌，估计也能买到。我溜达穿过大门，走到里面的游戏房。它呈几何形缩在牛津赌场的后部。越往里走，赌注越大，罪孽越深，越无法无天。前面是长方形的开伦台球桌和普尔台球桌，再往里走就变成了圆形的扑克牌桌。天花板黑漆漆地看不见。每张桌子上方有一个灯罩,把铺着绿色桌布的台面照得耀眼。愈往里走,大房间渐渐变成地势略微升高的小房间。小房间里一片漆黑,只有一张绿色桌子上有亮光。最里面的地方就是扑克牌桌。

我慢慢地走到后面,一边假装随意闲逛,一边喝着淡啤酒。开伦台球桌是供那些付得起一小时二十五美分的精英玩家玩的。开伦台球桌外形漂亮,两个选手技艺精湛,他们玩的是三库开伦。他们打出一记好球,站在我身旁的一位看客拍手喝彩,并向我低语道:"其中一位玩家是本地最好的理发师,另一位是银行的副行长。"接着他用更低、更敬畏的语气告诉我,这两人约好每晚只打到九点钟,因为他们在回家找老婆之前,还要各自和另一个女人缠绵几个钟头。

普尔台球桌和玩家就邋遢多了,旁边也无人围观。那些球重得像水泥做的,台球桌库边里的橡胶已经老化,失去弹性。玩家要想让球从库边反弹,就必须大力击球。你拿一把步枪射击时,如果像他们击球时那样猛地震动头和肩膀,那么哪怕站在一百码外朝墓碑峰射击,也会射不中。他们每次一击不中,都会骂一句:"真他妈该死。"并用白垩粉擦一下球杆。不管在哪里,你都能一眼看出那些打得不好的球手。他们嘴里总是咕哝着"真他妈该死",总是擦球杆,击球时总是震得脑袋直晃——擦白垩粉也不管用。用射击术语说,这叫"枪口跳动"。我继续朝前走,来到第一张牌桌。

和其他赌场一样,牛津赌场的前几张牌桌总是供当地老主顾使用。这些人不是赌徒,一般都是服装店雇员和送货工,后者一般年纪轻轻就结婚了,输多了不行,但彻底不玩也忍不住。所以在赌场帮助下,他们假装不是赌博,这样就谈不上输钱。他们一般玩的是慢牌,即使输也是慢慢地输,不像玩扑克牌那样,一翻牌就会输一大把钱。我看到的几个人正在玩"波兰纸牌"和皮纳克尔。他们不是用筹码下注,而是用"条子"。他们先用真钱购买"条子",把这些"条子"当筹码用。但回兑时,赌场只返给他们代金券,仅供购买自酿啤酒和玩普尔台球。赌场表面上不收他们的牌桌费,但我站在那儿的时候,一个赌场里的人走过来,从下赌注的底池拿走一张"条子"。如果统计一下赌场一年中从底池抽走的条子数量,就会发现维持这种小镇赌场经营的,不是那些真正的赌徒,而正是这些假装不在赌博的送货工。

我经过扑克牌室时，装作喝啤酒的样子，这样就不会有人注意我。这里一共有三个人，都在假装玩牌。他们装作互相玩，认真研究各自的牌面，还用左手摆弄条子堆。我一眼就看穿他们都是赌场自己人，故意支起一个牌局引诱那些刚从林业局或牧羊场领到薪水的工人来投注。这三个人穿的都一样，都像比尔那样戴着黑色斯泰森帽，穿着蓝衬衫，衬衫口袋外面还缀着装公牛达勒姆牌香烟的烟袋黄色抽绳。我不知道苦根岭这片自认为厉害的家伙是不是都穿着这一身行头，因为就连给我看病的那位医生也戴一顶小的斯泰森帽。他们假装没注意门口站着人，故意用帽檐遮着脸，装作研究牌面。接着这三人几乎整齐划一地轻抬起帽檐，从帽子下面向外窥视。他们一看就是赌场雇用的托，因为四周没人围观他们打牌。西部人都知道，没有人围观的牌局绝不是真正的牌局。牌局就像一个磁场，哪怕只有一个怀揣夏天工钱的牧羊人被吸进这个磁场里，周围也会围一圈人。

为了不让他们注意到我，我不停地走来走去。但这样一来，我也没法好好观察他们。我透过倾斜的啤酒杯边沿，看到的只是他们的帽檐，以及正好挡住扑克牌的弓起的肩膀。他们戴的帽子虽然也是黑色的，但和比尔的黑帽子不同。比尔的帽子由于沾了灰尘而呈灰色，而弓肩膀的这几个家伙显得块头都大，其中一副肩膀至少和比尔的一样宽，我管他叫"超大肩膀"，管另两个叫"特大肩膀"和"大肩膀"，就像给橄榄分类那样，哪怕最小的橄榄也冠以"大号"。这几个家伙除了一双手，基本上看不见身上其他部位。这些手故作笨拙的样子，想引诱我入局。

刚才在旅馆客房时，某种说不清道不明的感觉让我从床上爬起来，提前到现场刺探一番。不过收获并不大。我现在亲眼看到这些吹牛皮的赌徒们本人。他们和我脑海中的形象差距不大，没有面容，但眼睛始终盯着你不放。不过有一件事我倒是搞清楚了，从后面的扑克牌室到前面的大门，有很长一段距离。如果我们边打边撤，就必须小心两旁可能会有人挥动台球杆袭击我们。我特意记住这点。

我现在精神紧张，又来得太早，虽然感觉还是不太舒服，但开始意识到从驼鹿峰出发到现在，自己还没好好吃过东西。我穿过马路，来到那家女服务员不是很喜欢我的希腊餐馆。那位女服务员正好在上班。她用围裙在我桌子上面挥动一下，用一种仿佛很熟的口气说，"你今晚肯定要吃点东西。你来镇上到现在还什么也没吃呢。"

我说："我也是这么想的。"

"你先看菜单,我给你来点汤,"她说,"一定要点肉菜,吃肉会让你变得强壮。"

趁她去厨房的工夫,我一直在琢磨她。她对我这种母爱般的转变,搞得我有些措手不及。因为人一旦受过伤害,不会很快释怀。她一边用眼睛盯着把汤放下,一边对我说:"我想我知道比尔·贝尔的那条狗在哪里。"

汤冒着热气,而且令我高兴的是,闻着也不错。这说明我的身体状况正在好转。所以刚开始我没听清她在说什么。等我听清后,我问:"你认识比尔·贝尔?"这次轮到她没听清。"你一定要点那种带很多肉的。"她帮我参谋一番。我俩经过大量思考,最后点了一份任何人都会轻而易举点的大众食物——一个汉堡。肉要煎嫩一点,还带洋葱,因为我们一致认为半生的嫩肉和洋葱会让人强壮。点完菜,当她从厨房回来后,说道:"我不认识比尔·贝尔,但我知道他的狗在哪儿。这汤怎么样?""很好,就是有点烫。"我说完,等她继续刚才的话题。

她拿起汤碗,顺便把桌子上一些食物碎渣拭去,说:"我来自达比附近的一个牧羊场。我听说比尔的狗就在汉密尔顿附近的一家牧羊场里。我可以告诉你具体位置。"

这次她去的时间比较长,因为要等汉堡做好再送过来。我觉得她说比尔那条狗的事比较靠谱。和比尔一样，他养的那条狗也是苦根山岭的一个传奇。它有名字，但人人都唤它"比尔的狗"。在人类中，它最喜欢的人是比尔。但除此之外，它还有更高远的抱负，照看绵羊。春天它会随比尔到森林去。它尤其喜欢围着比尔，看他伺候那些牲口或晚上捻弄那些绳子。但到了七月中旬，它会遵从内心的召唤，消失一段时间。到秋天，比尔会在某个绵羊圈找到它。

作为一只牧羊犬，它专门对付郊狼。郊狼很狡猾，但上至人类，下至郊狼，所有狡猾的动物比我们想象得更墨守成规。绵羊圈通常位于溪流底部，或靠近泉水，而郊狼往往站在附近的山脊上，发狂似的嚎叫，搞得声势很大。而牧羊犬却不紧不慢、若无其事地朝这只郊狼跟去。郊狼见状，就从山脊不见了。而当牧羊犬伸着舌头巡视到山脊时，往往有三四只郊狼已经在候着它了。但领头的郊狼并不知道，"比尔的狗"就是要找郊狼群。

从外表看，"比尔的狗"身体分成两部分，头和肩像牛头犬，而身体用来奔跑的其他部分则像猎犬。论速度和凶猛程度，整个山谷罕有其匹。其实要说它对绵羊尽职尽责，还不如说它对有郊狼可猎杀的绵羊圈更上心。山谷里的每个绵羊圈都以能接待"比尔的狗"为荣。

这时女服务员又回来了,问我:"比尔明天什么时候回驼鹿峰?""说不准,"我对她说,"但我估计是中午。""那我争取上午把他的狗带过来,"她说,"不过若是我上午没带来,这儿有一张便条,上面有那家牧场的名字和路线。你能帮我把这张纸转交给比尔吗?"

我点点头,把纸放进衬衫口袋里。"你不认识比尔?"我问道。我把汉堡三明治切成四块,但即便如此,每块依旧很大。我不得不张大嘴巴。她说:"不认识。我家是达比的,我后来跑到密苏拉。"密苏拉是我的家乡,也是附近最大的市镇,靠近苦根河河口。达比是苦根河上游七十英里处的一个小镇。而汉密尔顿无论在距离还是在大小上,都介于这两个镇子之间,但离达比更近一些。她又说道:"我在汉密尔顿找到这个在餐馆当服务员的活。而且我也从未到过密苏拉那么远的地方。"

我继续在张口大嚼,而她依旧往下说。"我是土生土长的苦根本地人,所以就算我不认识比尔·贝尔,也听过他和那条狗的事情。"

她有一头深红色头发,牙齿缝隙有点大,但长相还算好看,身体健壮,所以不难想象她确实来自绵羊牧场。她的脸和脖子布满太阳斑,而且这些太阳斑越往下延伸越密集,最后消失在胸部。

"我知道你是比尔手下的。"她说。接着她说了一句早就试图想说的话:"我知道你们今晚要搞出大乱子。"

闻听此言,我放下最后那块三明治。"你是怎么知道的?"我问。

"男人们都在这里吃饭,"她说。我看了一眼店里的钟表,对她说:"我得走了。"她说:"你的三明治还没吃完呢。"我敷衍道:"三明治很不错,但我现在必须出发。"

"好吧,"她说,"不过别忘了比尔的狗那件事。""我不会忘的。"我对她说。

"千万别忘了比尔的狗。我要你今晚就告诉他。"她说。

"你这张嘴真会讲。"我夸赞她。

"哪里,"她说,"我连密苏拉都没去过。"

这个苦根女孩一直将我送到门口。她的年纪和我差不多,我们都觉察到这一点。"再会,祝你好运。"她说。接着她又在我身后说:"别忘了告诉比尔我给他写的那个小条。但是你不能看。"

"我会告诉他的。"我回头对她说道。但接下来我脑子里只装着那张扑克牌桌,其他生活中的一切全抛诸脑后。

牛津赌场的酒吧间空无一人,除了吧台后面站着的那个家伙。这个不一定是老板的家伙,脸上还挂着一副位置即将不保的样子。我一度以为隔壁房间鸦雀无声,但突然传来一声撞击,接着又是"砰"的几声,仿佛那些水泥似的台球撞到失去弹性的库边后当场丧命。显然这时还有一对普尔台球没走。

"嗨,小子,"那个酒保向我吼道,"你要去哪儿?"

我因为来晚了,所以有点担心,因为隔壁房间只有台球声。所以我想故意装作讲礼貌的样子,趁机混过去。

"我想去会会里面的朋友。"我说。

"过来。"他对我说。这时我真有点急了,因为按计划,我本该站在厨子身后。不过我还是朝吧台方向移了移,正好看见柜台下方他洗酒杯的地方放着一把史密斯&威森点三八口径手枪。我刚才买啤酒时,那里还没有左轮手枪。他停止打量我,拿起左轮手枪旁边的酒杯喝了一口。

"来一杯私酿威士忌吧。"他对我说。"不,谢谢。"我摇摇头。"算店里请你的。"他说。但我还是婉拒了。

他说,这次是指着我,"你和比尔·贝尔是一伙的,对吧？你刚才来过这里。"

我说："我在他手下干活。"

"他在那边。"他对我说。"他在那边干什么？"我问。

"你干吗不自己过去看看，然后告诉我？"他说。

这时我发现如果再这么客气下去，会待在这里没完。"那你干吗不去看看？你还有枪，从这走到那边门口不过二十英尺。"

他说："这里不能没人看着。万一要是有人进来偷东西，那就麻烦了。"我又朝那边看了一眼，发现从这儿到那边，连二十英尺都没有。我明白他是尿了。我不喜欢外强中干的家伙，尤其他们碰巧还有枪的话。如果他们一直狠下去，还好推测出他们枪的用途。

我轻手轻脚走过这不到二十英尺的距离，朝里面看了看。

正如刚才的声音显示的那样，偌大的房间里只有两个玩普尔台球的家伙。他俩很可能是牧场工人，在牛群里待的时间太久了，所以注意不到人群中发生的情况。不然的话，他俩不会对周围的一切视而不见。这里的地面好像发生了倾斜，所有人都滑到靠里面的那个房间去了。你几乎看不见扑克牌桌，但每个人都向里面窥视，而且一言不发。

要知道,看暗扑克牌和看其他大多数牌局不一样。看其他牌局时,虽然打牌时要保持安静,但一局结束,所有的牌都扔到牌堆后,会有一阵放松。大伙也会七嘴八舌地议论一番。而且在普通的牌局,当所有的牌打完后,大伙可以看到牌面。一局结束,就不用担心说话会泄密。但是在暗扑克牌中,一半或大部分时间玩的是心理。出牌时,牌面要朝下扔进牌堆,所以你手上到底是什么牌没有人知道,除非你不打算再玩了,或者笃定自己会赢。牌一手接一手地打下去,但始终不亮牌,只是碰到对子时才允许下注。谁要是看牌时对牌面朝下扔进牌堆的牌进行暗示,就不允许再围观。玩暗扑克牌时,你看每张牌都要花钱。

我站在普尔台球室门口,扭着头朝扑克牌桌张望时,瞬间有种穿越感,感觉自己回到小时候,在看着一群大男孩们穿着牧羊人的服装进行庆典,一个个故作气质神秘的伟人状。

我转过身,对那位正在调酒的酒保说:"这里活像圣诞节时的主日学校。"说着我快步走向最里面的房间,心情十分紧张。这种紧张来自两个因素,一是怕自己发出动静,惊扰里面的人,二是怕身后那把点三八口径的手枪。

虽然史密斯先生按事先的计划站在扑克牌室门口望风，但他显然闷闷不乐。根据计划，他担任守卫一职，除了我们的人，其他人一律不能放进来。但现在既然地面发生倾斜，他显然也被山体塌方掩埋。我对他说："酒保有一把点三八口径手枪。"他没有应声，而是带我从人群中挤出一条路，来到厨子身后。我还没来得及仔细看厨子，就先看到他面前的钱堆。这些钱真的堆在一起，体量并不大，但估摸怎么也有四十美元。桌上另外三个玩家都戴着大檐帽，面前的钱堆都很小。比尔·贝尔站在那位超大檐帽的正后方。牌桌上方的灯罩正好将比尔分成明暗两半。他的肩膀和帽子在灯罩之上的半明半暗处，显得高大伟岸，而在灯罩下方，他的两只手赫然醒目地放在臀部，仿佛按着一把枪。我的思维停止跳跃，仔细端详比尔腰部和肩膀，看看有没有什么凸起的地方。最后我确信，接下来将要发生的不过是一场寻常的打架而已。正当我端详比尔的时候，那个超大帽檐把椅子往右移一点。当他第二次又移一点时，我猜测他大概不想比尔站在他的正后方。正当超大帽檐看比尔一眼时，比尔却把旁边一位围观者也往右边推一下，这样他又站在超大帽檐的正后方。我暗自思忖："如果他俩这样移来移去，很快就会移到我跟前。"正在这时，那个红头发小子从暗处冒出来，站到超大帽檐身旁。红头发小子和我块头差不多，但当超大帽檐试图再一次挪动位置，好再看看比尔时，红头发小子却一动不动，丝毫不让。见他这个样子，我对他在关键时刻能否挺身而出就不再有任何疑虑了。

紧接着，那个醉醺醺的加拿大人出现在超大帽檐的另一侧。他不停地咳嗽，但是却也寸步不让。

我身前的厨子还是一如既往地趾高气扬。他站在他身后，能清楚地看见他脑瓜后面伸出的一撮毛，活像蓝背松鸦的羽毛。由于他是牌桌上唯一不用帽子做遮挡的人，也是唯一一个面前放着一堆数量可观钞票的人，几乎我们所有人都在盯着他。

轮到他发牌时，他的样子更招眼。几轮过后，我就看明白，那三位无脸人的策略已经和刚才傍晚时分相比发生了改变。那时他们故作笨手笨脚的样子，想引诱我入局。但现在每个牌手都知道厨子是真正的赌徒。于是他们的心理策略转变为动摇打击对手的信心。这三个戴帽子的人牌玩得很熟，但也仅此而已。我有点看出门道，明白我心目中的赌徒和一个引诱刚发工资的工人去赌博的小镇赌场的托儿还是有诸多不同的。不过厨子还是最引人注目的人。只见纸牌纷纷从乱糟糟的牌堆跳进他手里，然后又绕着牌桌依次飞出。为了让我最后能搂到更多的钱，他极尽炫酷之能事。我们同事都以他为傲，我站在他身后估计当时也是类似感觉，仿佛他在为我卖力。不过即便如此，我始终有种挥之不去的感觉，觉得他身上少了一点什么东西。

厨子以前说过，他是个比例牌手，虽然我当时有点不以为然。和只知道坐在那儿数点、碰运气相比，厨子的玩法更大胆。譬如，在很短的时间内，他两次因为有一对J（J是最小的下注牌）而获得开牌机会，两次过牌，两次让其他人开牌，接着他又两次提高开牌赌注。但此后他每手牌的打法都不同。在第一手时，他只抓一张牌，仿佛表明他手上有两个对子，而他又不用这两个对子开牌，因为在没算准其他人手上的牌之前，贸然用两个对子开牌，会让自己陷入麻烦中。三个无脸人中最小的那个家伙坐在厨子左边。他开牌，摸到一个三点。因为J是最小下注牌，这意味着他握有三个对子，每个对子都能轻易打败厨子。最糟糕的是，他手里的牌不可能比一对J还小，而厨子抓起一张牌后，手里就一对J。

提高赌注后，特大帽檐和超大帽檐都没有再跟。由于是大帽檐开牌，所以抓牌后由他首先下注。经过一番长考后，他对厨子的加注，决定过牌。厨子在加注前也长考一番。他押了两美元的注。牌打到这个阶段，两美元算是大注了。这时下注要非常讲究，不能犹豫不定，让人以为你想赢个大的。因为你现在下的注虽然不算特别大，但也够大了。你既要显得有把握赢，还要钩住其他人，让他们跟注，同时又不能把他们吓跑。这次大帽檐看上去主意已定。他打出一对Q作为下注牌。厨子放下胳膊，做一个搂钱的动作。超大帽檐不满地咕哝一声。我当时如果在牌桌上，会认为他咕哝的意思是不想被厨子的动作吓倒。

第二次厨子依旧没有开底池，虽说他手握一对J。相反，他选择继续加注。他摸了两张牌，而不是一张，好像在暗示他有个三条。当然，如果他摸的两张牌中一个J都没有的话，那就完蛋了。最后他以一个三条结束这局。当然，人如果运气来了，就不需要像希腊人尼克[1]那样打牌了。大帽檐和超大帽檐选择继续留在牌局。超大帽檐在付出五美元的代价后才发现，厨子并不是虚张声势，他果真

---

1. 全名叫尼古拉斯·安德里亚斯·丹度罗斯（1883—1966），美国历史上最著名的赌徒，曾经在赌场上有过七十五次翻盘的经历，一辈子赢得赌资超过五亿美元，但去世时一贫如洗。

以一个三条结束战斗。

随着厨子赢的钱越来越多,他愈加张狂起来。他的嘴开始不闲着,在牌局上的表现也越来越好。玩牌的人中,只有他在说话。他一直在说自己的牌如何如何。在我遇到的扑克牌高手中,有一个是职业拳击手。他由于长期打拳,脑子被打得有点迷糊。他和厨子一样,打牌时对自己的牌说个没完。你不知道他说的哪句话是真,哪句话是假,但又没法不听。厨子总爱说:"我要出一对J让你们加注。"其实他出的是三个K。接着他又说:"我还要出一对J让你们加注。"这次他出的真是一对J。他就这样虚虚实实地谈论自己的牌。大多数时候说的是假话,但偶尔又有真话。只有站在他身旁的我才知道他哪些话是真,哪些话是假。我庆幸自己没有和他对垒。厨子显然是一段时间以来汉密尔顿这三位大帽檐见过的最厉害的扑克牌手。那个超大帽檐在椅子上扭动一番,不情愿地从屁股口袋掏出钱包。那是个黑色小钱包,用摁扣开合。他把摁扣打开,从里面掏出几张纸币展开。他把纸币一张一张分开,兑换成银币,在面前重开新的底池,继续输下去。

尽管只有厨子在说话,但在发牌间隙还是能听到大家活动腿脚、伸懒腰的声音,只有比尔例外。除非大帽檐动,他才动。比尔要确保自己始终站在大帽檐身后，否则他纹丝不动。比尔那硕大的帽子和一副肩膀都在暗处，放在屁股上的双手在明处，包括我在内的所有人都已经仔细端详过这双手。史密斯先生像一位全职巨人守在门口，偶尔回头朝那把点三八口径史密斯&威森手枪的方向看一眼。

我感觉左胳膊被轻轻碰了一下，原来是麦克布莱德先生。他假装盯着牌局，其实是在低头看我。他比我高出很多，和我贴得又近，要是下雨的话，雨水一定会顺着他嘴角的唇髭滴到我脑门上。头顶有这种感觉，让我心里很踏实。我把手伸进衬衣里，摸到那个糖袋。不过我不喜欢我们的人围着站在桌子的光圈里面，除了史密斯先生和另外两个望风者。那两个望风者的名字和所站的位置，我现在记不清楚了。我现在不是十分忌惮桌边的这三个无脸怪，因为毕竟我们在人数上占优，而且就算这三个家伙是好斗之徒，他们一整个夏天都在这绿色牌桌上舒舒服服地度过，不像我们整天攀登高山，练就一副铁打的身板。我担心的是不知道会从什么地方冒出他们的帮手。傍晚时分，我看那间普尔台球室至少有两位赌场的人。而那些笨手笨脚的玩家中，肯定有赌场的托。他们假装在玩，如果你是邻镇人，又自认为有两下子，他们会让你输个底朝天。况且吧台后面还有那把点三八口径的左轮手枪。还有个问题：一旦打起来，赌场里有多少客人会留下来参战？这个问题现在不好回答。这取决于好几个因素，譬如到时哪一方占优，牛津赌场平时对客人怎么样，比尔在赌场有多少朋友。现在这些人都缩在暗处，可一旦打起来，他们就会冲到前面来。至于我自己，挨一顿揍是免不了的。想到这里，我每隔几分钟就用手摸摸衬衫里的糖袋。

很显然，吧台那个酒保始终没敢走到门口来看一眼。

厨子依旧势不可挡。虽然每次赢得不多，但他发挥稳定。我开始觉得在接下来的时间里，他会把所谓的比例选手的玩法发挥得淋漓尽致。因为他本来就是个高比例赢家。但是我忘了一件事，一个爱炫耀的人终归会忍不住要炫耀自己。

现在的情况是，底池的钱已经很可观了。不过还没多到我准备以身试险，用糖袋去装，更没多到要动枪的程度。但钱确实已经不少。接下来三到四轮，都是连续过牌，谁也没有开牌。当然每一轮，所有人都必须下注。最后底池的钱非常可观。由于上一轮没有人开牌，所以还是由厨子继续发牌。我明白他这时依旧没玩猫腻。大家还是纷纷再次往底池投注。厨子把牌递给坐在他左边的大帽檐。大帽檐是牌局中手法娴熟程度仅次于厨子的人，甚至有时发挥得比厨子还要好。但不管怎么说，我已经确信这三个戴大檐帽的家伙都不算什么高手。我在心里暗想："我真傻，也不想想，哪个扑克牌高手会待在汉密尔顿这个小地方？"我认定这几个人只能称得上比较会玩牌而已，会使一两招下三滥的伎俩去哄骗牧场工人和像我们这样从山上下来的林业局职工。

大帽檐发完牌，厨子把自己的牌捡起来，正准备理牌时，却突然将牌扣在桌子上，探过身子，轻轻把大帽檐的帽子抬起一点。

"不好意思，"他语气略显正式地说道，"我有个习惯，总爱看看和我玩牌的人长什么样。"

当厨子的手从帽子上移开后，我看见某个东西一闪而过，就像兔子的尾巴一下子隐进灌木丛不见了。我尽管伸长脖子，但再也瞧不见。不过我心里清楚，刚才突如其来的这一下子，把牌桌上的人注意力都引向前方。在这短暂的间隙，大帽檐被厨子动了手脚。超大帽檐将牌攥在手心，按着牌桌半站起身。在他身后的比尔退了几步，好获得一个更佳的视野，也可能是为了更好拔枪射击。而那个一直输到现在的特大帽檐在拢自己跟前那一小撂钱。我则把手伸进衬衫里，摁住糖袋。

不过大帽檐还蒙在鼓里，没发现自己中招，一只兔子已经闪进他的帽子里。从我的角度看，他的帽子现在有点歪斜。他向后靠了靠，开始理牌。他理牌的时间算得很准，正好厨子也理完他的牌。他一副胸有成竹的样子。

"对不起，我冒昧地说一句，"大帽檐对厨子说，"你把牌摊开。你手上多一张牌。"

"谁？你是说我吗？"厨子问。

"对，说的就是你，"大帽檐说，"你手上有六张牌。你肯定把多出的那张牌藏在袖子里，专门准备赢一把这样的大底池。"

"那你数数吧。"厨子说。他把所有的牌按照小扇形，牌面朝下放在大帽檐前面。

大帽檐把牌摆得更开一些，开始数起来。"到底多少张？"厨子问。大帽檐又回到牌前，这次把牌摆得更开了，一张一张用手摸着又数一遍。

比尔隔着桌子问："多少张？"

大帽檐盯着厨子，但没有看比尔，说道："五张。"手还摸着牌不放。

厨子得意忘形地说："如果你想从发给我的牌里找到

多出的那张牌,好以此把我赶出牌局,那你还不如从自己帽圈里找找看。"

大帽檐摘下帽子,把它放在桌上,感到有点难以置信。在他的帽圈里有个梅花2,这是一副牌里最小的牌点。可是如果这张牌要是被发现在厨子手里,他将被逐出牌局。

这时我脑海里冒出在驼鹿峰厨子神不知鬼不觉地把牌藏进我衬衫的那一幕。现在牌又像兔子一样蹦进了大帽檐的帽圈里。我现在根本无须别人告诉我这个梅花2怎么进了大帽檐的帽圈,或者那只兔子跑到哪里去了。

下面轮到我伸手去搂钱了。

我首先去抓桌子底池的钱,因为我估计厨子能护住他自己跟前的那摞钱,不用我来拿。我不知道最先是谁动的手,只听见椅子撞击的声音,不是有人被椅子砸了,就是从椅子上摔下来。

我朝底池搂钱时,有人重重地给我一下子。这一下在我预料之中,是我边上的一个家伙朝我下巴上沿重击一下。我根本没看清打我的人是谁,但我猜是大帽檐。最后一定是麦克布莱德先生把他干倒。反正我伸手去够钱时,大帽檐倒在我身上一动不动。我站直身子,他才从我身上滑下来。底池里还剩一些钱，既没散落出来也没被人拿走。正当我伸手去拿时，有个家伙抓住我胳膊，另一个家伙张开手臂帮他扭住我。我还感到刚才面部挨揍的那一侧，连带着耳朵里面都疼。

最后当我把胳膊挣脱开来，已经没有劲了，底池剩下的钱也抓不起来。不过我也没错过太多，大概只有几块钱的零头。我当时手指发木，实在没法去捡。于是我就去拿厨子跟前的那摞钱。结果这家伙帮我的方式，就是坐在那里看着。你或许以为他被人打蒙了，但事实是他头顶那撮毛还那么立着，没人动他一根手指。正如我先前所说，赌场这些抽老千高手，在大家眼里都是有法力的人。既然厨子刚变过魔法，所以众人都害怕万一用手碰他，自己就会立刻化为青烟消失。所以他就在那儿坐着，既不动也没人敢动。可这个杂种居然连我也不帮，不帮我把钱往糖袋里塞，虽然我觉得自己一个人也把钱装得差不多了。

接着又有人朝我两眼之间打了一拳。印象中我还从未挨过这么重的拳。我硬挺着站在那儿，觉得自己穿的衣服像个装土豆的袋子，身体像里面装的土豆。我连人带袋子一起瘫坐在地上。我竭力想保持清醒，想让大脑转动起来。我知道自己现在脑子晕乎乎的，有点辨不清现实。我试着往大的方面去想，仿佛在思考人生。我连"生命就是……"这样开头的句子都想构思，可惜不知道怎么该接下去，因为不知道该把什么样的内容往这种句子里装。

一开始，事情的进展和我设想的一样，我伸手去够钱，毫无保留地把自己豁出去。接下来也不出所料，我感到鲜血从我脑袋里面流进喉咙里。

可是当我蜷缩在地上时，一切又变得和设想的不一样。我忽然突发奇思，还不止一个，可能有两个，都是关于刚才伸手够钱时自保的想法。可就在几周前，我绞尽脑汁也想不出一个保护自己的办法。我挣扎着用胳膊肘撑起身子，想看看现在试试这些办法还晚不晚。可我一杵胳膊肘，马上就反应过来刚才冒出的想法全是馊主意。转眼之间，这两个想法就消失了，我再也记不起来。

我一边强撑着用胳膊将身体支起来，一边居然还把糖袋塞进衬衫里。这个过程中，我认出了桌子底下和周围的几只脚。

我又脸贴着地躺下来。由于一切都乱套了，我没法去想那些符合常理的事，于是就想通过观察这些脚，看看能不能推断出斗殴的进展。我再次将脸从靴子走过留下的锯木渣和踩过的烟头上抬起来，用胳膊肘支着脸。眼前这一幕是我采取卧姿目睹过的最大一场战斗。战场就在扑克牌桌下面。

转眼之间，我就分辨出哪些是我们的人，哪些是他们的人。我们的人穿的是伐木靴，对方穿的是牛仔靴。而一想到晚上我们还有"清洗小镇"行动，我的头又大了。我又花了点时间才摸清膝盖以上部分的战斗形势。不过局面越来越明朗。开始时，我正对面是最大的一双牛仔靴，靴子上方的膝盖分得很开，靴子脚尖朝上。可以想象一定是比尔、红头发和加拿大人联手将他摁在椅子上，让他动弹不得。接着一双牛仔靴凌空腾起，然后直直地竖在那里。原来是我们的兄弟把这个家伙放倒在扑克牌桌上，让他的头和脚都悬空着。为了验证一下，我朝对面望去，果不其然，正是那家伙的脑袋，嘴角还挂着涎液。我赶紧回头一瞧，看看到底是谁把这家伙放倒在扑克牌桌上。不出所料，比尔那双硕大的伐木靴正分开站立着。你们肯定还记得，他这双靴子多出一个缀着流苏的鞋舌，让人过目不忘。这双靴子缓步朝我走来。

突然，一双城市里穿的便鞋跳到前方。我猜鞋的主人应该是刚才玩普尔台球的某个赌场员工。只见他的两条腿像跳舞一样动了动，然后就有节奏地消失了。我不知道这家伙到底怎么了，但他消失得这么突然，估计一定是比尔把他制服了。

穿着李维斯牛仔裤的一双腿弯曲下来，越张越开，原来是麦克布莱德先生瘫坐在我身旁。我没力气给他让地方，他只好靠在我身上。在桌子那头，蹦来跳去的那双伐木靴一定属于麦克布莱德红头发儿子的。他令这双伐木靴不停地移动。我看得出它只帮其他穿伐木靴的人，不帮穿牛仔靴的。过去我们这些林业局的人进城入户，总会招来镇上人对我们大喊大叫，因为我们穿的伐木靴脚跟处的尖利防滑铁刺会把地板戳出一个个小窟窿。但现在这却成了我们的优势。这个身形灵活的红头发小伙子向后跳开，进行闪避，接着马上出拳反击。在这过程中，他穿的伐木靴牢牢地抓住地板。而穿高跟滑溜牛仔靴的本想一个侧闪，躲过他的反击，却一个趔趄，侧滑跌倒。

令人难以置信的是，那个加拿大人戴的绑腿在大多数时候一直站立着，只是偶尔咳嗽时弯一下膝盖。

整个打斗全程中，脚底一直不动的是我旁边一双橡胶鞋底的低帮帆布鞋，有点像女子篮球鞋。这双鞋一直没离开地面，就待在原处。我下意识想努力站起来，向前探探身子，摇摇晃晃站起来。这一幕想必很滑稽。这时我想起身为长老会牧师的父亲，于是身体不再摇晃。

厨子抓起牌，在手里把玩。我猜想他是在保持手感。

我照着他的脑袋侧面一拳打过去，位置和我自己刚才挨的那一拳差不多。他一头栽倒在地上，我也软绵绵地倒了下去。我知道自己这一拳其实不重。我现在没有力气。麦克布莱德先生应该缓过神来，因为他稍微挪动身子，给我留了些地方。我坚信厨子蜷着身子在地上是装厌。我看见他睁着一只眼睛在琢磨我。当他确信我基本上没有还手之力后，他跳起来开始用脚踢我。在我们伐木工当中，这叫"给他一顿皮的"。不仅是对倒在地上的人用靴子踢，而且还用靴底脚后跟的尖刺刮挠，最后给对方留下一身尘土，并令他元气大伤。不过我这回挨的不是带刺的伐木靴，而是娘们穿的篮球鞋。即便如此，这个杂种还是瞅准位置，踢到我刚才挨揍的伤口上。我能感觉到血又顺着嗓子眼流下来。我想尽力抓住他的一只脚，把他拉倒，可是我抓不住。

正在这时，厨子那两只帆布鞋突然直挺挺地竖立在空中。我还听到碰撞、破裂的声音。后来我才弄明白，这是厨子撞到墙壁的声音，是比尔将他扔过去的。现在横在我眼前的则是双鞋舌缀着流苏的伐木靴。接着比尔伸出一只胳膊，将我扶起来。然后还没等我完全站直，他又弯腰用另一只胳膊将麦克布莱德先生扶起来。

他抖了抖两只胳膊，说道："你们怎么样？"我们像事先约好似的，都说没问题。我和麦克布莱德先生正要从他胳膊里滑出来，他又快速换个部位重新把我俩抓牢，说："等一等。"他用两只胳膊分别搂着我们，向前迈了几步。他带我们走几步，就把我们的身子骨活动开了。我俩被他这样搂着有点尴尬，咕哝道："谢谢你，比尔。"并想从他怀里挣脱出来。他看我们好一些了，咧嘴一笑，但依旧紧紧搂着我俩。他又搡着我们来回走了五六步，这次我们坚决挣脱出来，想重新挽回自己的男人气概，并装作一副还没打够的样子。

但战斗基本结束。只是在稍远的一侧，麦克布莱德先生的红头发儿子正在和一个穿摁扣衬衫的镇上小子厮打。麦克布莱德先生摇摇晃晃地走过去，将两人分开。此时他儿子肚子刚刚被对手抡了一拳，但老人没让儿子继续还手，而镇上小子因为占了便宜，也洋洋自得地离开了。麦克布莱德的儿子低着脑袋，像是在思考什么，接着一个急转身，朝镇上小子攒过去，想重启战斗。可这时躲在阴影里的人全部跑出来，死命地拦住他。这伙人都是来打架的，可当我躺在桌下时，他们却也躲在阴影里。现在他们又从阴影中窜出来开始保卫和平了。

我脑子渐渐清醒一点，开始和红头发的感觉相似，对于战斗就这样结束，既惊讶又失望。这是我第一次参加有这么多人在场的群殴。我当时还没明白这个道理，人越多，打的时间就越不会长，原因很简单，不喜欢打架的人总是占多数。喜欢打架、会打架的人毕竟是少数。大多数家伙只要鼻子上挨了几拳，吞了几口血下肚，兄弟情就会减弱，娘们气会滋生。红头发收手后，战场上最后只剩下站在门口的史密斯先生和吧台酒保依旧抱在一起。对这个酒保来说，这是他平生第一次，估计也是最后一次和一个靠抢手持式风钻谋生的家伙搂抱在一起。这个酒保的脑袋，也是他全身唯一能自由活动的部位，正疯狂地扭动着。最后他两个胳膊一定被钳固得缺血发麻，因为那把左轮手枪从他手里掉下来。比尔捡起这把点三八口径的手枪，打开弹夹，摇出子弹，正式宣告战争结束。

我脑袋疼，心情也糟。我还在一个劲地纳闷，这场架怎么我还没参加就打赢了呢。麦克布莱德先生大多数时候一直置身事外，史密斯先生也只不过站在门口和酒保熊抱在一起。和大多数群架一样,我们这次战斗也主要是由一个好手,以及一个具有成长为好手潜质的小家伙完成。他们两人联手至少撂倒两个大帽檐,玩普尔台球的所有赌场雇员,和若干勇于出头的赌场忠诚顾客。那个加拿大人躬身坐在一张扑克牌桌旁的椅子上。他身子弯得像虾米,让人觉得他要咳嗽却咳不出来。他不管做什么事都做得体面,但最后作用却不大。

那三个大帽檐独自坐在一旁,帽檐拉得更低了。不过他们看上去受伤并不重。他们互相比较手指,接着又绕着围观的人群走了一圈,努力解释他们三个都是正经的牌客,并不想参与打斗,因为害怕将手指弄骨折。也许这三个虚张声势的赌徒也是兼职拉皮条的。我甚至怀疑其中一个人就是昨晚睡在我隔壁的那个家伙。但我自始至终没能好好瞧一眼他们的长相,好验证我的猜测。不过最主要的是,我要尽力接受这个事实,大家基本都毫发无损,除了我之外,或许还可以将麦克布莱德先生算上。就连这个场地,当比尔将我从桌底下拖出来时,这里显得一片狼藉。但现在被酒保和赌场的人收拾完,又迅速恢复原状。有些客人还帮忙把椅子扶起来摆好。一些老主顾开始聊起天来,接着有一对玩起了普尔台球,发出砰砰的撞击声。其他人也都纷纷恢复常态。大家的举止似乎在表明，这里什么也没发生过，也没有迹象表明曾经发生过什么。

我吐出一口血痰，然后走到加拿大人身旁坐下来，想看看他的情况。他伸出一只胳膊搂住我，我也伸出胳膊搂住他。这就是结局。

转眼间这里所有人都成了比尔的朋友。大家纷纷走上来握着比尔的手，或想摸摸他的胳膊有多硬实。厨子一直靠在墙边，现在也从墙边的地上站起来，想离比尔近一些。比尔这时正在接受大家的祝贺，显然心情一片大好。红头发小子靠在父亲身上，眼神依旧愤愤不平。

除此之外，就是一片祥和。我对此还不能适应。至少在过去的两周里。我们一直在酝酿策划，每个人都想一锅端地赢下一笔和夏天薪水一样多的横财，然后还要清洗小镇。现在一锅端已经完成，我伸手向衬衫里摸了摸那十磅容量的糖袋。里面的所有钱，用一个公牛达勒姆牌烟盒就能装满。我们算是清洗了小镇，我也知道自己今后会把这件事作为谈资挂在嘴边。但牛津赌场这时已经基本恢复原状。就连那三个虚张声势的赌徒也回到扑克牌桌旁，三个人开始玩起貌似干净的牌局，一心等着某个怀揣夏季薪水的牧羊人偶然路过，好让他们给他发出第六张牌。现在所有桌上都有人在玩，除了那张开伦台球桌是空的。大概是到了理发师和银行副行长回家前陪情妇的时间了。

打架好手首先要能打，而很多人其实并不能打，这对小镇来说反而是幸事。否则的话，一夜之间这些小镇都会被毁灭。因为一到夏末，每个小镇天天晚上都被林业局员工清洗。但通常这些小镇都会重新收拾好桌椅，继续照常赚林业局员工的钱。

比尔聚拢起队伍，像牧羊人赶羊一样带我们走了出去。吧台酒保抬头爽快地和我们说再见。他正忙着将条子卖给两个有家室的男人，后者正打算玩皮纳克尔牌。

麦克布莱德先生和我互相搂着胳膊走了出来。走到外面我们都觉得好一些了。不过我受了伤，这点大家都知道。大家还知道钱全在我这儿。他们扶着我绕过街区，在街角一盏弧光灯下停下来。我坐在靠近灯的马路牙子上，停了几分钟，才从衬衫口袋掏出钱袋。所有人都聚拢过来。大家聚得太近，搞得比尔最后发话："都往后退一点，把光都挡住了。"接着他和史密斯先生开始数钱。我没去帮他们数钱。我觉得我现在没那个力气了。

首先，他们把我们每个人先前押的赌本还给我们。然后比尔问道："不管我们九个人拿多少赌本，赢的钱我们平均分，大家不反对吧？我们是一个队伍，对不对？"所有的脑袋都点了点，于是比尔又坐下来。等他再次站起来时，他讲了一番对他来说堪称是演讲的话。"我们是一个非常棒的队伍。遇到事情从不装屄。况且我们当中没有人数学好到能把赢的钱精确地按本钱的比例分给九个人。"

比尔又坐下去把我们赢的钱数完。我们围成一圈站着，不知道该干什么，只觉得我们很厉害。就事论事，我觉得我们没太多可吹嘘的。在我看来，我们是林业局早期员工的代表，而且还不算那么优秀。因为战争结束还不到一年，许多优秀的小伙子还没回到大森林。留在后方打理这片土地的都是些皮肤起褶、迈着碎步的老家伙和四处寻衅滋事的愣头青。不然就是喝得烂醉的加拿大人或那些不知姓名的瞭望员。他们干活都是应付差事，不可能被人记住。还没有人能对森林这所学校的里里外外一窥堂奥。但就像比尔说的，我们是个非常棒的队伍，遇到事情从不装屄。我们热爱森林，但不自认为是森林的主人。我们每个人都喜欢做至少一件自己擅长的事，有的喜欢手动风钻，感受土地被炸药征服的感觉；有的喜欢打架；有的喜欢给马疗伤；有的喜欢收拾杂物和工具，善于打绳结。几乎所有人都喜欢干活。只要一想起来，关于他们的事情就多得说不完。

当时在我们心里,我们觉得彼此牢不可分。但脑子里却清楚,今晚过后大家可能永不再见。我们是夏季工人。我们没有行李,没有住所,大多数人连家庭和教堂都没有。暮春时节我们才找到这份工作,在这家新成立的名叫"美国林业局"的单位上班。我们只是隐隐约约知道它是由泰迪·罗斯福提议建立的。这个单位让我们自豪,让我们觉得自己都是硬汉,总想着去主动寻找各种麻烦,像山火、炸药以及响尾蛇,虽说后者在海拔高的山区数量不多。除了做分内的工作之外,我们也干一些其他事情,譬如玩一些恶作剧,用杏干酿酒,互相之间你争我斗。最后我们还结队"清洗小镇"。也许这件事是把我们凝聚成一个团队所必不可少的。对我们中的大多数人来说,这个临时性的组织是我们有生以来第一次有归属感的团体。其实它存在的时间也不是那么地短,正因如此,时隔半个世纪之后,我还会对你们津津乐道地进行讲述。

当护林员比尔和史密斯先生数完钱后,我们头顶的弧光灯上已经布满了飞蛾。我脑子里的血液又开始流动起来。

比尔对史密斯先生说:"你来宣布吧。"史密斯先生站起来，对大家宣布，"总数是六十四点八美元。平分成九份，每份七点二美元。"每个人都发出"哇"的惊呼，却忘了这个数量和我们夏天预期的差好几百美元。

比尔分完钱后，史密斯先生说，"下个目标，牧场工人和妓女"，有人想把顺序颠倒一下。另外，既然我们是一个团队，大家突然觉得有必要对我表示一下关心，不过表示关心的方式却是每个人挨个对我进行慰问。"感觉怎么样，小伙子？""你是挨一顿狠揍，但钱也算捞到了。""干得不错，小子。"接着比尔说道："我们送你回旅馆吧。"

"噢，不，"我说，"今晚的事对我来说是小意思。"

比尔说："今晚你已经干了大阵仗，接下来要休息一下。不过我想让你明天中午之前来畜栏，帮我装马鞍。"

其他人也跟着附和道："我们送你回旅馆。"还是和刚才一样，不是一起说，而是一个接一个地对我说。

于是大伙送我回来。走到我那二十五美分一晚的旅馆前，我们互相把手臂挽在一起，但没有人带头唱歌，因为谁也唱不准调子。我们只是低着头站成一圈，像一个即将开始哼唱的大学合唱团。我突然有种虚弱感，转过身朝旅馆没铺地毯的楼梯走去。我感到十分疲惫，对自己又十分失望，所以连一声"再会"也没说。

我翻身靠着石灰墙，这样感觉舒服些。在我大脑中央，来自脑袋侧方的疼痛和脑袋前方的疼痛融为一体。我以前还从未在两天之内挨两顿打。我对疼痛非常敏感，这一方面是因为我还年轻，另一方面是我基本上在打架时都是获胜的一方。虽然现在房间里一片漆黑，我还是使劲紧闭着双眼，想把我满头牙签、躺在中餐馆地板上的那一幕从脑海中挤出去。我不愿回首的另一幕是抱着挨揍的心理准备探过桌子去搂钱。我厌恶地摇着脑袋，试图躲开那即将袭来的、我却看不见的拳头。我想这算是我打过的最大一场架，可我却只挥出去一拳。思绪来得很慢，过了好一会儿我才冒出另一个想法。"要是一个人只能为国打一拳效劳，那我肯定选对了击打的目标。"后来当我放弃回避这些想法时，我感觉颈部肌肉放松，随后就睡着了。

我再醒来时，天已大亮。我感觉好一些了。我从水罐倒水洗脸，很高兴这里没有镜子。我醒来时，本想直接下床，去畜栏和比尔会合。可当我套上衣服，再次看表时，心想："干吗这么着急？"而且我知道要是"吃点东西权充早餐"——这是我妈妈过去常说的一句话——我的恶心感会消失一些。我到那家希腊餐馆时已经十点，那位来自达比的女孩正好在上班。

她安排我坐到一个位于晦暗角落的桌子旁，然后去柜台给我拿菜谱。"我知道你们昨晚大闹一场，"她说，"你最好过来一下，让我帮你洗一洗。"说着，她带我到女厕所，锁上门，让我坐到马桶盖上。令我吃惊的是，这里和男厕所没任何分别。我坐在马桶盖上，头朝脸盆伸过去，她给我洗头。"不要嘴硬，"她说，"你肯定在土里打过滚。"

"是锯末里。"我说。

"噢。"她说。一想到这种母亲般的照料，加上过一会儿还会被人发现头发湿漉漉地从女厕所走出来，我就感到尴尬。但她却依旧没有放过我的意思。她打开钱包，从里面拿出一个小管状物，很可能是润肤膏之类的东西，挤出一点涂在我额头伤口上。接着她又从钱包里拿出一把梳子，将我湿漉漉的头发分到两边，用围裙擦干我的脸。她靠向我时，我能看见她的雀斑面积顺着脖颈逐渐变大，到胸部时连成一片棕色。"这下好了。"她说道，放开我的脖子。走出女厕所时，我尽力不让别人发现是和她一起出来的。可她却毫不在意。

她的举止好像这一切都是分内的事，直到我吃完早餐。接着她又和我聊天,用女服务员的眼神低着头看我,但却故意装作看的是餐具。"你有个朋友坐在那边巷子里。我觉得你应该去看看他。"

"谁?"我问。"我不认识,"她说,"但他是你们一伙的。"她知道自己没有更多可聊的,于是开始收拾餐具。我结完账后,她领着我穿过厨房,打开通往那条巷子的门。

他坐在一个塞满旧报纸的纸板箱上。虽然脑袋低着,但毫无疑问,这是厨子的脑袋。因为在这个男人们都戴黑色檐帽的地方,只有厨子一个人总是光着脑袋,头顶上留着一撮毛。他两脚之间的地上有一张旧报纸。他弓着腰,好像在读报纸的样子,但血却从他看不见的脸庞滴落到报纸上。我慢慢走过去,想瞧个究竟,看看到底是不是血。

"发生什么事了?"我问。"我破产了。"厨子说,说话时头也不抬。"你受伤了?"我问。"我破产了。"他又重复一遍。

"怎么回事?"我问。"我破产了。他们偷了我的钱。"厨子答道。"谁啊?"我问。厨子抬头看了我一眼。他一抬头,血就顺着嘴唇流到嘴里。

最后,他来了一句:"你一肚子花花肠子。"

由于这句话很耳熟,我赶紧问道:"她是不是一个小个子妓女?"厨子答道:"我倒不觉得疼,就是破产了。我需要去比尤特的路费。"我又重复一遍:"偷你钱的是不是小个子妓女?"厨子说:"她身边有个大块头家伙。他们把我狠狠揍一顿,还拿走了我的钱。"我问:"那男的屁股是不是毛茸茸的?"厨子说:"我没看他的屁股。""肯定是他,"我说,"就是那个毛屁股。"

我又想:"别自作聪明了。"我为自己刚才问的那个卖弄式的问题感到一阵巨大的羞愧,因为这个问题厨子根本无法回答。血已经溢进他的嘴角。这时在脑海的一片混沌中,我听到父亲的声音出现了。他像刚刚抄完《圣经》,对我说道:"汝要有同情之心。"我父亲可以随时随地和我讨论任何话题,哪怕他对相关问题是个外行。这次他的声音和我谈起了玩牌。最后他带着总结意味告诉我,不要幸灾乐祸,因为在玩牌手法上具有天赋的人,往往由于自身的"小"(这是他的原话),不一定能成为好的牌手。父亲对玩牌一窍不通,但这番话像是真的从他嘴里说出来一样,虽说他对我们玩牌以及厨子的事不可能知晓。

"你想要多少钱?"我问他。"你借我十块钱可以吗?我以后肯定还你。"

我记得到比尤特的路程是一百七十英里，车费是每英里三分钱。

我对厨子说："不，我一分钱也不借给你。但我会给你足够的钱作为去比尤特的车费。我给你七点二美元。这些钱是给你的，你不用还给我。"

厨子低下头，伸出手来，血又滴到报纸上。

我走进餐馆。现在离午餐时间还早，那个胸部是棕色的小姐一个人在店里。我对她说："是我们的厨子。""是吗？"她说。我说："是我们的厨子。"她还是说："是吗？"我觉得有必要说点别的。我说："他受伤了，你能帮他洗一下，给他弄点吃的吗？"她问："那他有钱吗？"我说："有。"她说："之前他可没有钱，老板把他赶出去了。"我说："他现在有钱了。"她看着我，说道："那你带他进来吧。"

于是我走到外面，把厨子带进来，交给这位来自达比的姑娘。她把厨子领进女厕所，锁上门。

我于是动身前往畜栏，因为比尔要在那里装马鞍。

比尔的狗也在那里。它老远就看到我，朝我跑过来。我听见比尔在畜栏里对它喊了一句，它就停止了吠叫，但依旧朝我跑过来。它绕着我转来转去好像我是根电线杆，朝我嗅嗅，又跑回去躺在步道上看着马匹。它平趴在地上，伸着脖子，两只前爪环绕着搭在鼻子上。从前面看，只能看见它两只大眼睛和一对招风耳。其中一只眼睛侧面有一个暴露在外的伤口，正向外渗着液体，一个苍蝇贴在伤口上。狗不停地眨眼，想把苍蝇驱走。它躺在那儿看我们干活，好像我们也是他守护的绵羊。

比尔说："是一个女孩今天早晨把它送过来的。"

"是脸上有雀斑的女孩吗？"我问。"有很多雀斑。"比尔说。

"她人很好，"我主动说道，"她是那家希腊餐馆的女服务员。她担心不能及时把狗送过来，还写个条子让我带给你。她让我一定要把纸条亲手交给你。"

"谢谢。"比尔把女孩的信塞进衬衫口袋，和公牛达勒姆烟袋放一起。那条狗知道我们在谈论它，起身走过来，来到我们身边，一副乖巧样。

算上他自己的坐骑"大驼鹿"，比尔这次只准备带五匹马回去。除了一匹拉货的马，其余的都已经上完马鞍。我走进仓库，拿出马鞍和鞍毯，又特意将马背上的鞍毯抚平。我最后指着比尔衬衣口袋里的信说："她人真的很好。"

比尔的目光越过马鞍,居高临下地看着我。"她还是个孩子,"他说,"你干吗不把她约出来?"

比尔显然觉得我用手去抚平鞍毯属于小题大做。他捡起我放在脚边的那个马鞍,将它亲自放到马背上。

"回去你准备用几匹马拉货?"我问比尔。他说:"除了'本初',其他的马都是空载。"我明白他这是要加快速度。

"本初"是一匹铁灰色的高大牲口,比其他骡子跑得更快,长得更壮。还更骚。大家叫它"本初",是因为当初在阉割时,它的一只睾丸漏割了。所以它既不是骟马,也不是种马。不过你也可以想象,它当初阉割前,应该有两三对独立的生殖器。到了晚上一卸下马鞍,它就开始追逐母马。你就是将它两脚捆缚住也没用。它是我见过的唯一一匹马,在两只前脚被捆住,只剩一个睾丸的情况下,还能逮到母马进行交配。干完母马后,它又去追逐那些骟马。你要是早晨起来赶马,就必须早早地赶在天亮前就出发,那样的话你才能足够幸运地在爱达荷州看到自己马队连成一线的景象。

我慢慢地走向仓库去抬包裹。我故意放慢脚步,好和比尔一起往回走。这里位于峡谷谷底,时值夏末,又是中午，十分炎热。今天晚上，他们将在分水岭大沙湖旁扎营过夜，那里已经深秋气候。分水岭上的落叶松的松针已经开始变黄。清晨湖面边缘会结一层薄冰。如果比尔头天晚上要我把"本初"拴在两吨重的原木上，我倒是很乐意早起去赶马，因为夜晚我就可以听见黑暗中传来的最美妙的声音——母马的铃铛声。也许黎明时分，我也能看见那只会四种步姿的雄驼鹿，浑身冒着热气站在睡莲浮叶旁。接着一两个小时后，我肯定会再次站得比雪羊还高，也比几乎所有人都更高。除了脱水，我肯定还会在州界上撒一泡尿，并好奇地看看以前的尿到底流向了何方。

我在"本初"的两侧各放一个包裹。我不关心别人的看法，反正当一名绑货工，个子高是一大优势。我承认见过一些身材中等，甚至个头矮小的绑货工。但大个子能轻易举起包裹，顺势推过去，不偏不倚将包裹放到马鞍的合适位置。而且个子高，干活时可以将身前的景象尽收眼底。我当时十七岁，身高大概五英尺九英寸，抬包裹时我得把包裹放在肩膀上，用力向上举，所以有时看不到自己系的绳结，有时又太吃力，说不出完整的句子。

"厨子……"正说着，我往马鞍上举的包裹就滑落了，而且我也没想好接下来该说什么。

"他今天早晨看上去不太好。"这时我虽然依旧没抓牢包裹,但总算说出一句完整的话。

"他怎么了?"比尔问道。比尔看上去也不怎么好。当他用头抵着包裹往上抬时,我能看见他鼻子上有干了的血迹,两只手也肿了。所以我们绑货速度也不快。

"他们偷了他的钱,还把他痛打一顿。"我说。"他们把钱全偷了吗?"比尔问。"我只好给他去比尤特的车费。"我对比尔说。

那只狗知道我们不再谈论它,就回去继续看马匹。

"我给他七美元二十美分。"我说。这时隔着马也可以听见比尔在那边算账,一百七十英里乘以三美分。"足够了。"比尔算明白了。

我非常想把厨子的另一件事也说出来,但那条狗显得不太舒服,站起来,动作僵硬地转着圈,然后又躺下。它比春天时看上去老多了。除了眼睛边上的裂口,还有几道新鲜伤疤,离眼睛都很近。我想:"和郊狼打一辈子架,不落个这种下场还会是什么呢?"于是我决定闭嘴,不说厨子的另一件事,因为我害怕陷入和这条狗同样的麻烦中。

比尔这时正在把一个包裹往"本初"的背上抬。虽然这个包裹轻，我们还是用菱形结将它系得牢牢的，因为"本初"跑得很快。比尔将帆布马毯盖在包裹上。我们在各自的一边将马毯抹平。比尔一边将肚带从马的身下向我甩过来，一边问道："明年夏天你有什么打算？"我等比尔问我这个问题已经很久了，以至于我回答时声音都在颤抖。"还没想好。"我答道。

"我们来给这最后一个包裹打一个双菱结吧。"比尔提议。"好啊。"我说。"明年夏天还来帮我干活好不好？"比尔问。

我本想说"荣幸"或"光荣"这类的话，但最后说出口的却是"一言为定"。

"一言为定，"比尔回应道，"明年春天我会早早给你写信。"

"明年春天我再过来，"我躲在马身的一侧说道，"我还要和那个满脸雀斑的女孩约会。"

"她人很好，"比尔道，"真的很不错。"

"我知道。"我说。

我突然发现之前自己的心一直悬着，现在获得比尔的邀请后，又突然放松下来。自从上次和比尔交恶以来，我就恐惧不安，但内心又不愿承认。我倒不害怕比尔会打我，因为我相信他绝不会打我。我是害怕自己做不成想成为的那个样子，而且还想着和比尔和好后，继续成为那个样子。

我们在夏天的最后一个包裹上打了一个双菱结，然后比尔就要出发了。他没有把驮队前后拴在一起。他这次选的都是最好的马匹，它们会自己相互尾随。

我们站在"大驼鹿"旁边，这是比尔的巨型坐骑。我们紧挨在一起，谁也没说话。然后比尔轻轻转过身，调整一下马镫，背对着我，来个转体一百八十度腾跃，一下子坐到马鞍上。当他完成这个半圆形的上马动作后，已经从半空中朝下俯视我了。而我从下往上看，刚好可以看到他那把点四五口径枪的枪管，还有他那结着血痂的鼻孔。

"后会有期。"他说。

"后会有期。"我答道，但其实并不十分清楚这句话代表的是什么意思。

我放下畜栏的栏杆。队伍一上路，人畜便各就各位，合在一起共同组成了比尔的驮队。那只"大驼鹿"立即启动它那每小时五英里的步速，一身深棕色的毛像驼鹿一样。它昂着头，移动着滑轨一样的马蹄。如果你没看到其他马匹走着走着就落在后面，需要时不时小跑几步才能赶得上，你是不会觉察到"大驼鹿"是以五英里每小时的速度行进的。当然"本初"是例外，它总是踢靠近它的马匹。比尔的那条狗在队伍的一侧小跑着，时不时停下来，举起前爪，显然在想着保护队伍免受一切可能的袭击以及郊狼群的进攻。

比尔依旧像埃及浮雕一样，身体和脑袋对着前后两个方向。总的来说，比尔这个队伍，他本人，他最心爱的坐骑，他最心爱的驮马，他的狗——这些是早期林业局所能提供的最好配置了。

队伍所走的马路朝着山谷延伸了一会儿，但只是稍稍靠近山。接着马路向左猛地一拐弯，笔直地通向斑点峡谷。在走到急转弯前，比尔一直留意他的马匹。过了急转弯后，他一定是在马镫上站起来，摘下帽子用力朝我挥了挥。我站在畜栏正中间的栏杆旁，也向他用力挥挥手。他一定志得意满。干吗不会有这种心情呢？这么多年来，护林员第一次在牌局结束时依旧领先，赢了七点二美元。虽然我现在身体还有点不舒服，但我也感到志得意满。

我对比尔保证过，会再来给他干活。我才十七岁。我前所未有地盼望自己有朝一日也能成为一名优秀的绑货工。

驮队向左拐，以一条直线向斑点峡谷疾行。那只狗像一个黑点，忠实地走在驮队一侧，和驮队保持固定距离。渐渐地，疾行的马匹和狗变得和匍匐前行的动物没什么区别。那条狗成了一个黑点，而整个驮队成了一条线。此后这条线也逐渐消失在烟尘中，最后变成一个点，犹如摩尔斯电码。这个点在摩尔斯电码中一定代表着宽阔的肩膀和黑色的帽子。过了一会儿，即使在阳光下，也什么都看不见了。斑点峡谷变成了天空中的一个巨大窟窿。

"好大一片天。"我们蒙大拿人总爱这么说。

那时我还不知道，我这辈子将再也不会横穿苦根山脉。来年早春来临时，林业局工程部给了我一份夏季差事，和一支测绘队伍去库特奈林区干活。在很长一段时间里，我都没搞明白，为什么1920年春天，自己会觉得干另一份专业性更强的活，会比在比尔手下要好。我想答案或许是我当时快到十八岁了。我对快到十八岁，有着清醒的认识。

反正我再也没见到过比尔·贝尔和其他伙伴，还有那个来自达比的女孩。当摩尔斯电码的黑点消失在天空中，美国林业局的又一支夏季队伍来了，又永远地离去。

凡是要发生的，终究会发生。凡是会见到的，终究会

消失。所有这一切不过是一瞬,最后只剩下天空的穹窿和一个故事,其他什么都没留下。你也许还记得故事开始时那几行诗:

> 然后他觉得终于明白了,
> 自己生命发端的那些群山……

这些话如今已成为故事的一部分。

(赵挺 译)

译后记

从事文学翻译,我选择作品比较倾向于首译和独译。原因其实不复杂。翻译是构成文化交流的基础性活动,对译者来说,在有限的时间和精力下,理应尽可能地多做一些填补空白的工作。当然复译的价值也不能否认,尤其是经典文本的复译,可以促进相关学术争鸣和翻译批评的繁荣。但就大多数文学翻译而言,只要前人的译本说得过去,没有太多硬伤,后来的译者又无法译出新境界,复译就会沦为重复劳动,甚至有炒冷饭嫌疑。至于独译,主要是考虑文责自负和译本风格的统一性,何况我以往翻译的原著基本都是单卷本,并不需要多人合作来减轻负担。

但是2021年6月,当上海译文出版社宋玲女士邀请我翻译麦克林恩的《大河恋》中篇小说集时,我却毫不犹豫地答应了，尽管这次她给我布置的作业，在性质上既是合译又是复译。之所以一口答应，是因为翻译《大河恋》，对于我而言有双重意义，既是荣誉，又是怀念。在这本书里，陆谷孙先生翻译了篇幅最长的"大河恋"，我负责翻译另外两个较短的中篇《伐木兼拉皮条的"搭档吉姆"》和《美国林业局1919》。陆谷孙先生是我敬重的外语界前辈。他虽然是辞书编纂家，但翻译上造诣也很深。自己的拙译能够和他的佳译合集出版，对我是一种荣誉，也是宝贵的学习机会。至于说到怀念，则是因为本书作者麦克林恩和我的恩师巫宁坤先生曾经有过一段交集，在翻译这部作品过程中，恍然徜徉于语词的密林沟壑，我经常有种感觉，觉得小说是两位沧桑老人人生的写照。

《大河恋》作者麦克林恩是美国芝加哥大学英文系教授。19世纪末至20世纪中叶，古典学术复兴思潮在英美知识界盛行，诞生了一批以"新+古典大师+主义"命名的学派，如新康德主义，新黑格尔主义等。这种以老带新的学术风气，通常表现为用旧的、经典的方法来研究新的、当代的问题。在学术重镇芝加哥大学，"新亚里士多德主义"（Neo-Aristotelianism）也应运而生。新亚里士多德学派试图将亚里士多德的诗学思想和修辞学思想引入小说研究领域，对当代文学批评理论和叙事理论都产生了极大的影响。新亚里士多德学派的代表人物包括R.S.克兰、爱德·奥尔森和本书的作者麦克林恩。他们三人有"新亚学派"三巨头之称。

1948年，巫宁坤先生考入芝加哥大学英文系，攻读博士学位。巫先生在自传中曾经写道："我欣喜于这里弥漫的浓郁学术氛围，芝加哥学派对我宛如一道新的神谕。"（I relished the pervading atmosphere of intense intellectuality, and the Chicago school of literary criticism haunted me like a new oracle.）1951年，经过三年的学习，巫宁坤先生获得硕士学位，并修完博士课程，成为博士候选人，开始着手写作博士论文，论文题目是《T. S.艾略特的批评传统》，论文导师正是三巨头之一的R. S.克兰。巫宁坤先生也曾修过麦克林恩的课程，所以从宽泛意义上说，麦克林恩也算是其老师。回国后，由于众所周知的原因，巫先生和国外音讯孤绝。改革开放后，先生虽然又可以重出国门，但已步入天命之年，自然无法再续当年学术旧梦。不过先生对"新亚学派"依旧念兹在兹。上世纪八十年代，巫先生曾应诗人兼翻译家袁可嘉的邀请，翻译过若干首迪兰·托马斯的诗作，其中《不要温和地走进那个良夜》更是深受坊间好评,成为新诗翻译的经典之作。对于巫先生来说,翻译迪兰·托马斯尽管属于应邀之作,但内心深处何尝不是对"新亚学派"音尘久疏的回应。当年三巨头中的另一位爱德·奥尔森,正是研究迪兰·托马斯的权威,自己也是诗人。

严格地说,巫宁坤先生并没有直接教过我,他是我老师的老师。但我们之间颇有缘分。我本科就读的安徽大学,曾是巫先生上世纪六十年代下放的地方,研究生就读的北京国际关系学院,是巫先生长期执教的学校,甚至我现在的工作单位,也是巫先生幼子巫一村的母校。我上大学时,就已慕得巫先生的大名。大三时教我《英国文学》的张祖武教授,是巫宁坤先生在安徽大学任教时的学生,师生之情甚笃。巫先生对这位爱徒的人品十分欣赏。当年在一次批斗会上,还是学生的张祖武老师虽然不得不硬着头皮站出来发言,却顶着压力,名贬实褒地说:"巫宁坤,你要好好进行思想改造,你们这种人今后一定会有发挥专长的一天。"2000年,我考入北京国际关系学院读研究生。在这所巫宁坤先生长期执教的学校,先生的故旧和学生就更多了。我入校时,巫先生已经去美国定居。但是在互联网时代,我很快就通过电子邮件和巫先生取得了联系，经常请益问候。由于我就读的两所母校都曾是巫先生工作过的地方，所以聊天时先生和我总能找到一些共同的话题，也会向我打听一些故交的消息。2005年，已经八十五岁高龄的巫宁坤先生最后一次回国，除了例行的探亲访友，巫先生特意前往上海博物馆，参观亡友陈梦家、赵萝蕤夫妇向上博捐赠的明代家具专藏，并在博物馆前留影，向故国投下最后的回眸。

在翻译《大河恋》时，最令我感慨的就是芝加哥大学的这对师生，在各自晚年不约而同地搁下写学院派高头讲章的笔，拿起另一支笔用文学的语言书写人生沧桑。麦克林恩回到故乡蒙大拿，创作了小说《大河恋》。回首早年在苦根山脉当林区瞭望员时那段寂寞流放的生活，麦克林恩这样写道：

"哪怕在晚间，山上的风也很大，把树梢吹得弯了腰。但在一个除了瞭望没有其他事可做的大男孩眼里，天空仿佛发生弯曲，天上的星星像是纷纷越过树木被吹下来，一直延伸到远处，银河和森林融为一体。宇宙星辰从男孩身边掠过，消失在树林中，而天空不断地有星星补充。所以整晚男孩身旁都有星星掠过。但男孩感到凉意在加重。

当写到苦根山顶八月飘雪,麦克林恩又换了一个视角:

举目望去,眼前大地的美景估计今生今世都不太有机会复睹。你心目中的美和你亲眼见到的美叠加起来,而它们构成的整体之美又不是部分之美的简单堆砌。我见到的也许属于另类冬日景致,却给人留下深刻印象。但我知道大地下面依旧充满生机,到了明天,更不用说后天,一切又重回绿色。正因为我明白这点,所以我眼前看到的是一场三天之内就会神奇复活的死亡。"(赵挺译)

机缘凑泊,晚年的巫宁坤也回到年轻时的母校,从事自传写作。他用和麦克林恩惊人相似的诗意语言写出了年迈的心境:

"一个寒冷的星期天早晨,我如常步出公寓楼,准备到餐厅去用早餐。我吃惊地发现地面上铺着一层厚厚的新雪,而雪一向会使我感到心旷神怡。积雪的人行道上留下了我孤独的脚印,使我的心灵充满一种童真的喜悦,仿佛我正向着某个未知世界迈进。一只孤独的鸟儿在冬天明净的空中飞掠而去。……一位孤独的小姑娘脸上露出天使般的微笑,从一个地下室的窗子向我挥手。我伫立在那里,心里不期然响起济慈抒写激动人心的发现的诗行:

于是我感到自己像一个天象观察者/突然一颗新星游入他的视野/或者像顽强的科尔特斯用鹰的眼睛/盯住太平洋——而他所有的随从,全都面面相觑,将信将疑/寂然无声,在达里恩一个山顶上。

太好了!我也发现了一个宁谧的新世界,一个雪白的孤独世界!小姑娘天使般的微笑点石成金,我的莽原开出了千万朵鲜花。我雪中的脚印走进了我荒漠中的绿洲。"(黄灿然译)

半个世纪后的今天,翻译《大河恋》时,我的脑海里时时浮现这两位老人的影子。如今"新亚里士多德学派"已是明日黄花,麦克林恩、巫宁坤、陆谷孙等一代学人,也已风流云散,但他们留下的文字却并非生命的一场幻梦,会沿着记忆之河顺流而下,令时间停顿,与万物同在。

赵挺

Norman Maclean
A River Runs Through It and Other Stories
© 1976, 2017 by The University of Chicago
Foreword © 2017 by Robert Redford
Simplified Chinese rights arranged through CA-LINK International LLC
Simplified Chinese edition copyright:
2023 SHANGHAI TRANSLATION PUBLISHING HOUSE (STPH)
All rights reserved.

图字:09-2021-144号

图书在版编目(CIP)数据

大河恋／(美)诺曼·麦克林恩(Norman Maclean)著;陆谷孙,赵挺译. —上海:上海译文出版社,2023.9
书名原文:A River Runs Through It and Other Stories
ISBN 978-7-5327-9282-5

Ⅰ. ①大… Ⅱ. ①诺… ②陆… ③赵… Ⅲ. ①长篇小说-美国-现代 Ⅳ. ①I712.45

中国国家版本馆CIP数据核字(2023)第204287号

大河恋

[美]诺曼·麦克林恩 著 陆谷孙 赵 挺 译
责任编辑／宋 玲 装帧设计／人马艺术设计·储平

上海译文出版社有限公司出版、发行
网址:www.yiwen.com.cn
201101 上海市闵行区号景路159弄B座
苏州市越洋印刷有限公司印刷

开本850×1092 1/32 印张11 插页6 字数152,000
2023年10月第1版 2023年10月第1次印刷
印数:0,001—6,000册

ISBN 978-7-5327-9282-5/Ⅰ·5781
定价:69.00元

本书版权为本社独家所有,未经本社同意不得转载、摘编或复制
本书如有质量问题,请与承印厂质量科联系,T:0512-68180628